U0552323

我比世界晚熟

胡安焉 著

陕西师范大学出版总社

人生不是一条通往某个目的的途径，而是所有的经验、感受、思考和领悟本身。因此只要是认真度过的日子，我都不认为是蹉跎岁月。

自序

我的这部非虚构自述,记录了我自1999年中专毕业至今二十几年的工作和社会经历。在这二十几年里,我先后在广州、南宁、大理、上海和北京等城市打工或经营个体生意。我做过的工作包括快递员、物流理货员、自行车店营业员、烘焙店学徒、图书美编、加油站工人、专卖店营业员、酒店服务员等。我经营过的生意包括实体熟食店、实体女装店、汽车用品网店等。

和2023年3月出版的《我在北京送快递》不同，那部自传主要是分享我的职业经历，围绕"发生了什么"展开，而这次我则尝试从自己不同时期的心理、性格和观念等精神内容的形成和演变的角度切入去记叙和剖析，去追问"为什么"，或者说，这是一部关于"我何以成为今天的自己"的自传。这两部作品的写作时间首尾相接，其实是我在同一写作方向和过程中，关注点由外至内、从现象到成因的一种转移和深入。

而两部作品的出版由一些偶然的机缘促成，不属于我计划内的事。2020年4月，我在豆瓣网上贴了一篇日记，讲述我曾在德邦上夜班的经历。这篇文章受到大量网友的关注和转发，我的写作也由此被更多人知道。继而我受到一个艺术组织的邀请，写下了自己在北京从事快递工作的经历，这篇文章后来被收录在《读库2103》。接着有编辑联系我，最终促成了《我在北京送快递》一书的出版。

2021年11月底，黑蓝文学的陈卫约我为公众号写专栏。答应了陈卫的邀约之后，我想可以借这个机会，回顾我做过的其他工作，将每一段个人经历作为连载的行文脉络，继而针对不同时期的"我"，追溯当时的自己何以会有那些表现和想法，以及又是如何一步一步发展成今天的样子的。于是也就形成了今天这本《我比世界晚熟》。

如今回过头看，因为家庭教育和我的晚熟，离开学校之前，我几乎可以说是一个没有个性的人，对人生对世界都没有自己的价值标准,并且我意识不到人还需要这样的东西。

我的心智和观念都是在我真正踏入社会并不断地遭遇各种人和事之后,才一点点地诞生和成长的。性格使然,我缺少工作之外的社会活动经验,工作就是我社会经历的主要组成部分。

回溯这些已被淡忘的往事,由于所处的距离和角度在变化,经验和阅历在积累,看到的景象也大不相同。我更新和加深了对自己的认识,我觉得这些很有书写的价值,至少它们对我本人意义重大。

在我从事过的一些工作领域,从业人员普遍缺乏文字表达能力。比如德邦那些理货的同事,有的连小学都没有念完,仅仅能写出自己的名字,认得很有限的一些汉字。我们的工作地点在远离市区的物流园里,日夜颠倒忙碌的作息令我们就像生活在另一个世界。像这样的职业和人群,对外人来说仿佛透明一般,几乎不会被察觉和关注。很多人对我们的工作和存在一无所知。

我从一篇只花了大半天时间写出的文章里获得的收入和读者,就远远超过了此前十多年的总和,得到的反响出乎我的预料和想象。

当然我也清楚一点,今天终于有读者关注我的写作,是因为那些会读我文章的人,恰恰对我写的内容很陌生,我描写了一些他们从没接触过的社会层面和风貌。而那些熟悉我所写内容的人，比如我的那些夜班的同事，当他们筋疲力尽地下了班后，才不会翻开一本不提供娱乐价值的书，他们只想痛痛快快地打一局游戏或刷刷抖音和快手。

可是我还想在写作上再进一步，我知道重要的从来就不是表象。当然，我没有能力分析这个社会的本质，这也不是我想做的事情。但我相信一个道理：只要我在某个方面足够深入，万事万物的共性都会从中呈现，因此重要的是深入。而这次我决定深入的对象是自己。毕竟我不是一个孤立的个体，我必然部分地是某个时代和社会、某些文化和观念的产物。当我追究我怎么变成了今天的我，以及为什么会有那些经历时，追究的过程必然会发掘出远比我锚定的目标更丰富的内容。

大约在2009到2012年，为了认识和克服自己身上的某些心理问题，我曾读过一些心理学方面的资料，读得并不系统和完整，也没有尝试向人请教，更没去看过心理医生。

在这部自述里，我对自己某些行为背后的心理分析，其实部分来自当年我对自己的"诊疗"。不过，我毕竟没有接受过专业训练，在归因和追溯的时候，我有可能会犯错，为此我力求在表述上做到清晰和具体，假如我对某些问题的认识有误，我希望这些错误暴露出来，而不是被含糊其词地遮掩过去。

当我尝试分析自己的心理和动机时，我很清楚有时或许片面——一般人在做出某个决定时，心里可能有多个动机同时在发生作用，有些动机甚至连本人都很难察觉。而我讲述的很多经历又发生在久远之前，有些记忆已相当稀薄，有些涉及到他人的描述，虽然我已尝试换位思考，希望尽量做到客观公正，但毕竟写下来的仍是一面之词。比如和我有利益或观念冲突的人，哪怕针对共同的经历也很难和我有相似的看法和感受——我希望读者都清楚这一点，不要把我写下的当作结论，而是结合自己的人生经验去理解。

另外，正如前文所述，两本书切入点和侧重面均不相同，但都建立在我的真实经历之上；这些经历可以在一部作品中详述在另一部作品中简述，但不能完全不交代，会有一些相似或重叠的部分，因为还要考虑到只读过其一的读者。

或许写作之于我，就像砥砺自己的精神，并非一蹴而成，而是一遍又一遍地，对往事的反思和消化体现在语感的不断澄清和沉淀。虽然和我本人一样，它伴随着无数的缺陷和局限，但完成这次写作，使我对自己的将来有了更清醒的认识，以及更多的自重和坚持。除此以外，在我性格、能力和经历等的独特结合形式中，我相信肯定会有一些内容，是从未被人如此生动和清晰地记录过的，我希望这是这部作品的价值所在。

目录

所有同学都比我成熟　1

我不喜欢竞争　8

职业无分贵贱　14

兼职送餐的日子　23

不想社交　27

不断地逃离　41

启蒙之光　56

愤世嫉俗　70

在北京"嬉皮"的半年　87

忙碌而徒劳　105

丑陋的商场竞争　122

一个人旅行　157

生命中的光	180	"创业文化"	258
对人的恐惧	195	重建自我认同	266
换一个环境	214		
在上海打工	232	后记（一）	278
回到乡村开店	249	后记（二）	284

所有同学都比我成熟

1999年,当时我还没有毕业,学校安排我们到酒店实习,这是我的第一份工作。去的是一家四星级酒店,我们两个班共去了三四十人。尽管我们是实习生,但干的活和正式工一样。工资是每月六百,学校可能克扣了部分,因为钱是从学校领的。

酒店把所有人分散到各个部门,我被分配到了宴会部。当时我对实习工作是既期待又兴奋。因为我不喜欢读书,待在学校里很无聊，而实习工作则充满了新鲜感。我读的学校很烂，我不爱学习，但我的同学普遍比我更不爱学习，所以我的成绩还能排到班级前三。我的英语特别糟糕，其他主科则经常能拿第一。不过，对当时的我来说，成绩没有什么意义，就像对一个乞丐来说，不会弹钢琴有什么关系呢。

到酒店实习后，我才发现我的同学们不但不爱学习，也不爱劳动。更准确地说，他们觉得实习期的劳动没有意义——反正都是拿六百块钱，把日子混过去，拿到毕业证就行了。我和他们相比，倒显得特别积极。有一次，我们在宴会厅撤场，搬椅子的时候，我想快点把活干完，一次多码了几张椅子。身边的几个同学看见了，纷纷走过来调侃我。他们说你搬得越快，人家就找越多东西给你搬，活儿是干不完的，你以为会让你提前下班吗？这时我才察觉到，他们对我不满，而且肯定不是第一天了。他们认为我干活太使劲，领导就会以我为标准去要求他们。这就是今天人们说的"内卷"。不过作为"罪魁祸首"的我，并不是出于竞争的目的。首先我们干得好或坏都是拿六百，其次我们都打算在实习结束后离开酒店。我也不是真的比那些同学更勤快。他们不愿意在工作中出力，是因为他们清楚实习的性质——假如换一份报酬和付出挂钩的工作，他们可能会和我一样勤快，甚至比我更加勤快。

当时我似乎把工作当成自己的事一样看待，总想更快更好地完成，完全不考虑付出和回报。我不确定这是不是出于一种集体主义意识，如果是的话则必定是受了家庭的影响。因为我父母信奉集体主义，他们从不和我谈个人利益，更不用说教我计算得失了，他们只知道遵守和服从。此外我可能是想通过卖力干活博得身边人的好评。实际上我对钱的欲念不大，但非常渴望好名声，极其在意外人对我的评价。我年轻时羞于提钱，认为这是见不得人的私欲。而外人对我的好评却多来自集体的肯定。假如真的是这个缘故，那我显然搞反了方向。因为我的努力没有换来同学的赞赏，反倒是惹人憎嫌。

当时我很单纯，对人友善，喜欢迎合他人。在学校里，我也是玩在一块的几个同学里，地位比较低的，有时要被欺负一下。所以他们怎么说，我就怎么做，后来就尽量不在他们面前卖力干活了。这只是一件小事，但至今仍然让我印象深刻，不是因为它对我造成过伤害，而是因为那是我众多类似经历中，发生得最早的一件。我刚踏出校园时，人还比较懵懂，不像后来那样，对人际相处的细枝末节怀有过多的敏感和戒备。后来正是因为经历的积累和堆叠，我看懂了更多人们在言行背后掩藏的想法，才渐渐觉得和人打交道是件困难和令人讨厌的事。

我去的宴会部要管理两个大宴会厅和几个小厅。大宴会厅约四五百平方米，可以承接各种宴席、会议或活动，小厅就是只摆一桌的包间。在宴会部工作和在普通餐厅不同，普通餐厅的桌椅不用天天搬动，可能几个月都不挪位。但宴会部每天承接不同的业务，需要用到的桌椅样式和数量也各不相同。因此我们每天都要布场和撤场，甚至一天内重复两三次——桌子都可以拆装或折叠，椅子则十张一摞地码起，平常都堆放在储藏间里。当宴席或会议活动开始后，我们则负责传菜或随侍。因为我们酒店有国资背景，宴会厅有时会被用作开行政会议。布置会议席是有讲究的，每行每列的桌椅以及桌上的杯碟都要保持在一条直线，需要两人拉起一条绳子丈量，另一人负责调整，直到一丝不苟。此外也有一些商家会租用宴会厅开特卖会或发布会，还有婚庆宴席，这可能是我们部门的主要营收来源。

我大概在宴会部干了两个多月，之后被调到了西餐厅。宴会部在酒店的四楼，而西餐厅和中餐厅开在三楼。我们酒店里中西两个餐厅以及一楼的食街都是自营，并没有外包出去。

西餐厅的生意并不好，大概是因为开在酒店里面，很难和开在路边的店竞争。其次我们酒店是国有资产，经营上做不到像私营店家那样绞尽脑汁、竭尽所能。更重要的是西餐的消费客群本来也少，旁边的中餐厅生意就好很多。不过当然，中餐厅的服务员也比我们多。无论是在中餐厅还是在西餐厅，每个服务员的工作量是差不多的。西餐厅还要负责楼上客房的全天电话点餐服务，我们男服务生要轮流上通宵班。

相对来说，我更喜欢上通宵班。通宵班是三个人一起上：餐厅这边一个正式工带一个实习生，负责接电话、下单、送餐和结账，厨房那边则有一个厨师负责制作。上通宵班很自由，因为没有领导在，有餐的时候就去送餐，没餐的时候就坐着叠纸巾和毛巾。一般房客点餐都集中在上半夜，下半夜很少有订餐的，这时我们还可以轮流躺一会儿。

我们的实习期是六个月，期满后可以留下来转正，也可以离开。包括我在内，大多数同学都选择了离开。我还记得人事部的负责人是一个姓潘的大姐，我们都叫她潘主任。她对我的印象似乎不错，还特地向我表达了惋惜。不过我不喜欢西餐厅的经理，我觉得他有股痞子气，说话经常很粗俗。我有些同学有事没事喜欢围着他转，他们倒不是有什么明确的意图，只是觉得和领导混熟了，万一自己工作中犯了错，或没有达到要求时，领导能睁一只眼闭一只眼。他们这么做是不假思索的，就像是出于本能。这使我产生了逆反心理，我觉得这种行为有损人格。原本我瞧不起的应该是那些同学，但我却没有对他们表达轻蔑，反倒故意对那个经理很冷淡，从来不对他笑，还常常在别人面前表达对他的反感和轻视，一点都不担心甚至还有点期待他们把话传到经理的耳朵里，实际上他从没侵害过我的利益。

现在试着分析自己当年的心理，可能是我认为有一种巨大且不可名状的力量，会惩罚人性中的卑劣，奖励人性中的正直。在这股力量面前，经理显得微不足道。出于惶恐，我决心向这股更大的力量表达忠心。换一种浅白的说法是，我很怕被人从自己的品德中挑出瑕疵，当我发现身边的同学"品行不端"时，为了避免旁人把我和他们混为一谈，于是有了矫枉过正的反应。当然另一方面，也有可能我是在潜意识里鄙夷那些同学，想表达对他们的轻蔑，于是故意和他们唱反调，通过对比凸显对方的"丑态"，以此显示出自己的厌恶和不屑。但表意识里，我完全没有察觉到自己看不起他们。我对他们很友好，并没有虚伪地掩饰内心对他们的嫌恶——因为根本不存在嫌恶，或者有，但我意识不到。我是典型的讨好型人格，但偏偏不喜欢讨好领导，可能是出于一种"讨好领导会被人怀疑是谋取私利，而谋取私利是可耻的"这么一种心理。实际上不仅仅在这份工作里，在我其他的工作经历里，以及在学校里面对老师时，我都有类似的心理状态。好几年后我才认识到这个问题：我的羞耻感常常是不恰当和过度的。这种羞耻感既不是理性的，也不是由我的道德观产生，而是出于怕被指责的盲目恐惧，这导致我在和人相处及交往时表现得很不自然。

我曾经在读《菊与刀》时深有感触，本尼迪克特对日本"耻感文化"的分析，很多细节和我的家庭情况都吻合。比如父母习惯在外人面前贬低自己的孩子，孩子在家里没有隐私的空间，父母对孩子的爱非常内敛克制以至近乎冷漠，孩子和外人发生冲突时父母不分青红皂白地训斥自己孩子却偏袒外人，等等。这些教育方式可能使孩子变得缺乏安全感，胆小且不自信，服从性强，或隐忍压抑（压抑可能导致扭曲或暴力），认同集体价值而贬低个人价值，在个人利益上容易放弃且不敢争取。不过，本尼迪克特不是针对个体做心理分析，而是对一种文化传统做社会学研究，因此她是高度概括的。她只关心大的和普遍的方面，而没有深入个别情况——比如对象的社会阶层、生活社区、家庭经济、父母性格等无穷无尽的因素。故此我不能直接把她的分析套用到自己身上，也不能套用到任何一个具体的人身上。实际上我对《菊与刀》产生共鸣的地方非常多，但沿着这个方向推进论述意义不大，我缺乏这方面的专业能力。

　　回到前面的讲述内容，有一点我可以肯定：如果说我挑衅经理是由于潜意识里想要羞辱那些同学，则他们丝毫没有察觉到我的动机，可能只是觉得我对经理表达敌意既弱智又莫名其妙（这是我的猜测）。

我不喜欢竞争

我的第二份工作是在报纸招聘版找到的。这时是 2000 年,其实这也是我毕业后找的第一份工作,在北京路步行街一家新开的服装专卖店做店员。我们老板是个香港人,在香港有几家店,这是他首次回内地开店。

我们店代理一个韩国的小众服装品牌 MoonGoon,这个品牌在当年都没几个人听说过,如今已经销声匿迹。我只记得它喜欢在衣服上使用哥特风格的图案作为装饰，衣服的颜色则几乎只使用黑、白、红三色。至今我还保留了两件当年以员工价买下的短袖衬衫，两件都是黑色的，质量非常好。不过它的定位在当年属于中高端，一件短袖衬衫原价要两百多，销路并不太好。后来这家店开了一年左右就倒闭了。

我记得当时香港老板会亲自到韩国去挑货，但我们店里卖的不全是他从韩国进口的衣服。他在东莞还有个合伙人，他会把部分款式交给合伙人打版仿制，然后掺杂着卖这些仿版衣服。仿版的质量远不如正版——版型确实是一模一样，但面料差别就比较大。我们每天都接触这些衣服，看一眼就能分辨出来哪件是韩国正版、哪件是东莞仿版。但顾客很少有能分辨出来的，他们不虞有诈，只是看到款式喜欢就买了。

很快我发现，自己做不来销售。我的性格非常被动，习惯服从而不是去说服别人。我不是那种锲而不舍、不达目的誓不罢休的人。我很容易放弃，尤其害怕被人拒绝，所以根本不敢勉强别人；当我面对别人的难堪和尴尬时，我会比对方更难堪更尴尬。我向顾客推销产品时，总是小心翼翼地揣摩他们的想法。假如我感觉顾客稍有抵触或抗拒，我就会立即放弃，甚至都不用顾客说出来。

在面对同事时，我也做不到分寸必争。相反，只要身边有同事闲着，我就会把顾客让给他们。有时我已经在接待顾客了，旁边的同事插话进来，我也照样把客源拱手相让。我们的提成和销量挂钩，但我不喜欢与人争抢，对于得失我并不很在乎。我的同事倒是都喜欢我，不仅因为我谦让，也因为我性格温和。有时发生在别人之间的纷争，我甚至都察觉不到，有时察觉到了却装傻充愣，因为我不想卷入别人的矛盾里。可惜我早已过了可以装傻的年龄——如今我在稍微复杂些的人事环境里，就会感觉如芒在背、如鲠在喉。我不喜欢被卷入人和人的斗争，我宁愿和那些好胜的、有利益纠纷的人都保持距离——这差不多也就意味着和所有人保持距离了。

不过当一个老好人是有代价的，我的销售业绩在店里排到了倒数第一。按道理我该被末位淘汰才对，可是当时的店长很关照我。她眼见我不适合做销售，就把我调到仓库做仓管员。仓库原本已有一个仓管员，在我调整岗位后，她就只好到店面去做销售。结果她做销售也远比我出色。大概就在这个时候，我们店要选五个员工购买社保，以应付有关部门的检查。店长首先想到了我。当她通知我这件事的时候，我却想到名额总共只有五个，假如我占去一个，肯定会有同事对我不满。因为我肯定不属于最能干的那五个人之一。于是我谢绝了店长的好意，对她说这可能不利于店内的团结。

当年我在很多方面都很幼稚和愚蠢，原本雇主给我们购买社保是出于劳动法的要求，这是每个劳动者都享有的权益。如果有同事认为自己的利益被损害，那也是老板的责任，而不是我的原因。可是我却根本不懂从这个角度考虑问题。我总是首先担心自己会被人怨恨和排挤，总是从避免这种情况发生的角度采取应对。其实在大多数职场环境里，即使一个人完全没有犯错，也难免会招致闲言碎语，对此我根本没有必要在意。可是我与人发生龃龉时，内心会非常焦躁不安，对此我难以克服。我特别害怕得罪人，受不了别人的非议。

当年我会这么糊涂，除了因为年轻，还由于我父母从不和我谈论这些事情。他们在家里只教我与人为善，教我遵守和服从，却从没提醒我还要捍卫自己的权益——连一次都没有。实际上他们也没有捍卫过自己的权益，甚至都没有"个人权利"的意识。他们都是事业单位的基层职工，一辈子没接触过私营经济，还以为私营企业也和国有单位一样，办事一板一眼、按部就班。在他们的观念里，个人就应该服从集体——是你的人家会主动给你，不是你的就不该去索取。就连学校不再包分配这件事，他们也啧啧称奇。他们认为国家应该为每个人安排工作才对。当然，假如我愿意，确实可以在实习的酒店里转正，这也算是学校安排了工作。可是我的专业是家电维修，和酒店的工作完全不对口。

当年互联网还没有普及，我们偶尔去一趟网吧也是为了打游戏，而不是给自己普及常识。因为信息渠道少，老百姓面对各类社会现象的报道，一般也只能和熟人交换意见。这种小规模的讨论往往片面且局限。我在广州出生，于20世纪80年代度过童年，90年代度过少年并进入青年。广州是个历史悠久的商港，民间的市井文化和实利思想比较突出，有损自己利益的事情在这里吃不开，而我们家因为是外来家庭，在广州单门独户，没有任何亲戚，从头到尾都没融入这种实利主义的氛围。后来互联网的普及使我对社会的认知有了更新，在此之前我一直很单纯。

在我离开学校开始工作的最初几年，我总是为自己和身边同龄人的差异感到不安甚至惶恐。我发现在处世方面，他们都比我成熟、自信，好像他们早就学会了在社会里该怎么说话、怎么做事、怎么看待问题和怎么做出恰当的反应。而我却笨手笨脚、瞻前顾后，经常被人看作异类和笑话。我总是想向别人表明自己的坦诚、证明自己表里如一，甚至不惜故意吃亏。不过讽刺的是，大多数人其实并不关心我是否表里如一，因为他们本来就表里不一，甚至还把这看作成熟的标志。后来我才认识到，每个人都习惯以己度人，向一个不真诚的人证明自己真诚是徒劳的。反过来，面对一个真诚的人，你根本没必要去证明自己的真诚。

我在专卖店工作期间，决定再去读夜大，于是选了一所离家最近的成人大学。入学考试很顺利，2000年9月，我的夜大开学了。夜大上课时间和专卖店的工作时间经常冲突，我尝试了一段时间后发现无法兼顾，于是就去向店长辞职。

店长似乎很不高兴，我不明白这是为什么，只感到有些奇怪和不安。当年涉世未深，人情世故方面我本来就笨拙，或许她认为已经和我建立了共识和默契，实际上我却并没有领会她的意思。我只能揣测，大概她看中我服从性强，做事踏实可靠，不太看重个人得失，和店里的其他同事都不一样，所以想把我留在身边，作为她的助手。她和香港老板是在香港认识的，两人是合作关系，而不仅是雇佣关系，她应该是个小股东。她们对未来的规划肯定不只是开一家店。她一直关照我，就是希望我留下来——我在专卖店的工资是两千多，在2000年，这不算低了——或许她认为留下来对我来说是更明智的选择。毕竟我的学历、能力和性格她都看在眼里，从她的阅历和眼光来看，我离开她的店未必就前途更光明。当然，以上这些都是我的揣测，未必是她当时的想法。

职业无分贵贱

离开专卖店后，我又从报纸招聘版找到一份中石化加油站的工作。刚入职，我只是个编外人员，领一千八百元的固定工资，没有各种福利和津贴。不过有同事对我说，只要不出啥大差错，我干个一两年就可以转正。加油站的工资比专卖店要低一点，但工作时间也短一点。我忘记当时是单休还是双休了，但每天肯定是工作八小时。因为是三班倒，也没有加班的机会。专卖店则是单休，具体排班方式和工时我现在已记不起来，但日均工时肯定比加油站长。

我被分配到一个老站——起码比我要老——站场看起来很破旧，加油机都灰扑扑的。但它离我家很近，大约只有两公里，离夜校也只有三公里。应聘的时候，公司是根据我住处就近分配的。这个站其貌不扬，但营业额在广州所有中石化加油站里名列前茅。我们站附近有一个出租车公司的停车场，每晚来加油的出租车多到要排队。我们站总共有八台加油机，其中四台是90号汽油、两台是97号汽油，还有两台0号柴油。这里的同事不像专卖店的同事那么爱说话。我是站里最年轻的员工，可能因为和他们年龄相差较大，缺少一些共同话题。这样我反倒更轻松了。加油站不计算个人提成，整个油站的营收额高，大家的工资也高，因此同事间的关系要比专卖店里的简单很多。我们每天二十四小时营业，分早、午、晚三种班，十六个加油工分成四个组，每个组每种班上一周后换班，在换班时会休息一或两天。

记得好像是上班的第一天，我正站在一台加油机旁，一辆出租车停在了我身边。司机从车里钻出头，我走上去问他是加90号汽油还是97号汽油。我的态度毕恭毕敬，应该说无可挑剔，只不过问的问题很蠢。那个司机正眼都不看我一下，只见他头朝着另一个方向，歪着眼打量我片刻，然后阴阳怪气地反问道："你说呢？"同事在旁边看见这情形，赶紧把我拉到一边。这时我才知道，出租车全部都加90号汽油，没有加 97 号汽油的。继而我了解到，我的同事从来不招待出租车司机，就让他们自己动手，只负责盯着他们有没有付钱。而出租车司机也不信任我们，哪怕我们主动提出帮忙，他们也不允许我们插手，因为他们认定我们会做手脚。不仅怀疑我们，还怀疑我们公司，经常抱怨我们的加油机出油量不准，有的则咬定我们的清洁汽油是含铅的。有的车可能因为油箱管细窄，加油时如果出油速度过快，油枪有时会自动跳停。但他们却说这是个陷阱，油枪每跳停一次油表就趁机多走一点，那态度可一点都不含蓄，往往以质问的语气，不留情面地要我们知道：他们把我们当骗子看待。这些时候我从不和他们争论。首先我确实不清楚情况，他们也有可能怀疑得对；其次他们抱怨那么多却还是来这里，说明别的加油站他们更信不过，我们在他们心目中已经是所有"黑店"里最有良心的了。总之在我偏颇和片面的印象里，当年到我们加油站的出租车司机，是一群疑心很重、满腹牢骚并且粗鲁无礼的人。我之前在学校、酒店和专卖店里，并没有机会接触到这么多粗鲁的人。

我发现加油工和出租车司机哪怕称不上敌人，也绝不是朋友。双方把各自工作中的劳累、不满和委屈都发泄在对方身上——出租车司机来到我们油站消费，身份从服务者变成了顾客，也就是我们的"上帝"了，于是觉得应该给我们点颜色瞧瞧。他们开车的时候，也受到了他们的"上帝"也就是乘客的刁难和刻薄。可是他们不敢拿乘客怎么样，因为乘客会投诉他们。再说他们要挣乘客的钱，就只能忍气吞声。于是当他们自己成为消费者时，决心要在我们身上把这个世界亏欠他们的"公道"都讨回来。要不然就是他们对自己的公司心怀不满，对工作的收入或交管部门不满，对自己的出身或社会不满——总之就是对一切都不满。

以上这些当然都出于我的揣测，但如果不这么揣测，我就不知该如何解释他们普遍地对我们饱含敌意和态度恶劣。假如油价上涨个一毛几分，他们也把这气撒到我们身上，把我们看作助纣为虐的帮凶，对我们冷嘲热讽，仿佛他们多付的钱最后会落入我们的口袋里似的。另一方面，我们对待他们的方式和态度也差不多。我的同事对出租车司机评价都很低，经常对他们爱理不理。

出租车司机不信任我们，处处提防我们，其实我们根本不会打他们的主意。因为和私车司机不同，出租车司机每天都要加油，而且总是在同一个油站，他们早就把油站里里外外摸透了。还有的司机甚至认定某台油机，其他的即使空了也不用。我也不清楚这是神经质还是洞幽烛微。

不过有些公务车的司机则相反，毕竟他们开的不是自己的车，掏的也不是自己的腰包，他们是用加油券付账的。这些司机很少自己动手，也不爱盯着我们操作。于是和我同组的三个组员，会通过隐瞒真实加油量的方法，多收这些司机的加油券。一开始，我对此全不知情，他们没有告诉我，大概是看我呆头呆脑，怕我穿帮被人识破。这些多收的油券可以换出收银机里的现金,存作小组的后备经费,遇到有司机跑单或收到假钞等情况时,就可以用这笔钱来填坑,而不用自掏腰包赔偿。除此以外,我们还用这钱喝过一两次早茶,所以我也不是清白的。我最初发现同事这么干,是他们有一次被司机识破了。可是那个司机只是骂了他们一通,没有索回被多收的加油券。或许他不在意这些,多给少给不要紧,而我们以为能在这件事上糊弄他,这就是看不起他,把他当傻瓜了。他是为此才生气的。

我在这个加油站大概干了三四个月。有一天早上,站里来了一批领导,这些领导在中石化的职位显然都比我们站长高。他们向我们示范了一套服务动作,又教我们说规范的接待用语。可是或许除我以外,我的那些同事都没把这当回事。毕竟他们都是老油条了,大概心里在想,这又是要搞形式主义,于是就都表现得很冷淡。对于领导的要求,只是敷衍应付,态度非常不认真。我看领导一走,他们马上就恢复原态了。可是领导这趟下来有一个任务——是不是形式主义我说不准——公司想打造一个标准服务示范站,并拍摄一段宣传影片,向市内或省内所有中石化加油站推广,将来也可能让其他站的员工到这个站来体验或培训。领导已经选好了一个新加油站作为示范站,那个站因为位置偏僻,平常业务并不繁忙,加上运营时间不久,建筑和设备都很新,收银区是便利店的形式,而不像我们站只有一个收费窗,司机要站在窗外排队交费或购买机油等。

领导到我们这儿来，其实是为了挑选示范站的员工。我们站里，就数我最年轻，个子也最高。更重要的是，和其他同事不同，我很认真地对待领导的要求，一板一眼地照着做了。于是他们就选了我，第二天就让我到示范站去报到。他们没有提前表明意图，我是直到他们走了之后，才从站长的口中得知这个消息。这时已经轮不到我推辞了。我的站长其实不舍得我走，我在她站里干了几个月，有次要选优秀员工，她把我选了上去，而且是唯一一个。我作为新人，自然觉得忐忑不安，于是隔天买了一箱冰红茶请同事喝。我怀疑她就是故意用这个方法来督促那些老员工。这时她答应我，示范站那边的任务完结后，她会想办法把我调回来。

示范站所在的那片地方远离市中心，我此前从没去过，记得那周围还是一片片农田，但站前有一条新修的马路。不过从那条路上经过的车辆很少，进站来加油的就更少了。因此，我们有充足的时间用来排练和拍摄。从我家到那个站有十几公里远，每天通勤我要花去不少时间。尽管站里为我们提供了宿舍，但我周一到周五的晚上，以及周六日的白天都要上学，所以不能住到站里。可是很多事情就是哪壶不开提哪壶。过了没多久，领导突然提出，示范站要进行准军事化管理，我们要住在站里，下班后也不许回家。或许那些领导里有不少是复员军人，对部队的纪律念念不忘。他们把军队里的管理方法带到企业里，却意识不到军队和企业方方面面都有不同——我只是来打工的，而不是来参军的。再说公司都没帮我转正，我还是个编外临时工，每个月拿一千八百块钱的工资，其余的津贴福利都没有。

其实我应该告诉新加油站的领导我在上夜校，他们应该会给我通融。毕竟读书这个理由无可挑剔，而且我是用工余时间进修，他们没有站得住脚的理由拒绝我。假如新加油站不能为我开方便之门，那就把我调回原来的站好了，我原来的站长还求之不得呢。但是我对向人提出请求这件事有所畏惧，何况对方还是我比较陌生的公司领导，我根本就不敢找他们谈任何事情。除此以外我又觉得，我去向领导提要求谈条件，实际上就是想搞特殊化，而其他同事都是住在站里的，他们要是看到我每天回家，不知道会怎么看我和议论我。当年我就是这么幼稚和奇怪，成天担心一些毫无必要的事情。其实我是不敢去找领导协调，却自欺欺人地为自己找出一些不该找领导协调的理由。

我在新加油站只干了两个月左右，在这两个月里，我既偷偷溜去过夜校，也试过溜回家过夜。我读的夜校毕竟是面对成人的继续教育，也考虑到很多学员工作时间不固定，所以考勤方面要求比较宽松，每个科目只要出勤率不低于三分之二就行了。此外还有部分老师特别好说话，上他们的课可以让同学代签到（但我从没这么做过）。不过尽管如此，成天偷偷摸摸地离站，我心里始终感到惊慌。而且我毕竟还是缺了很多课，难免也有些担忧。我原来的加油站因为离夜校近，骑车只要十多分钟，所以在早、午、晚三个班里，只有轮到午班时我会缺课。而我每周还有休息日，所以绝对能保证夜校三分之二的出勤率。可是调到了新加油站之后，因为通勤路程变远，上晚班时我得从学校早退才能赶上，这又是一件让我为难的事。而且碰到领导在站里盯着时我就走不掉了。最后我想，既然自己满足不了公司的要求，那就换一份工作好了，免得给集体添麻烦。然后我就辞职了。

当年我的很多想法都很幼稚，可能因为我性格内向，不喜欢和人讨论自己的事情，所以也得不到别人的提点。我父母从不给我意见，主要是因为他们的观念也脱离社会和现实。他们自己都茕茕孑立，对社会的变化既不理解，感情上也不接受。所以在我融入社会的过程中，几乎所有决定都是我自己做出的。我父母都是把自己看得很卑微的人，同时也把我看得很卑微。他们和我接触过的同学家长差别很大，主要在于他们极少对我的前途寄以期许。

在私下里，他们从不通过拿我和其他孩子比较的方法来督促我进取。倒是在外人面前，他们老喜欢说我如何不如别人。但这只是一种盲目的谦虚，而不是在激励我。他们最关心的是我的品德和纪律，经常叮嘱我遵纪守法，以及不要给社会和别人添麻烦。其实加油工这份工作，本市的年轻人大多是不愿干的。当初我去应聘时，和我同去的还有一个同学，本来我俩都被录取了。然而我去了加油站报到，他却放弃了。我在两个加油站总共上了半年班，发现做这份工作的人，如果是年轻人，则基本是外地户口；如果是本地户口，则一般年龄都不小了。

我父母倒是笃信"职业无分贵贱"这句话,他们大抵认为职业是一个人的社会身份,没有工作的人是可疑甚至可耻的。因此只要我有一份工作,无论这份工作是什么,他们都会发自内心地感到欣慰——对于这一点,我非常确信。我也相信"职业无分贵贱",尤其是在二十年后的今天,我更要带着尊严和骄傲,而不是卑微和怯惧地重拾父母教给我的很多质朴的道理。

兼职送餐的日子

从中石化辞职后,我在一家快餐连锁店找了份送餐的工作。这是一份兼职,没有底薪,收入完全是计件提成。每天我只是中午去上两个半或三个小时班(我记不清了)。送一份餐的提成好像是一块五,一个月下来我大概能领到五六百块钱。我没再找全职工作是因为之前加油站和专卖店的上班时间都和夜校有冲突,而以我的学历要找到朝九晚五的工作并不容易。

我对这段工作经历的记忆不多。因为我只负责送餐，平常在店里待的时间不长，和同事也不怎么打交道。我记得每天我到店后，首先是换上制服，店里有三个主管，负责接电话和给我们派单，近的订单我就走路送，远的则骑自行车。那家店的外卖订单不少，可能因为附近写字楼比较多，我们几个兼职基本没有等单的情况。下班后我就用发的餐券吃份员工餐，然后就回家了。

　　我记得店里前后有两个女收银员，年纪和我差不多，都是可爱的小姑娘，在我看来都很单纯，永远是我完善自己的动力，永恒地引领我向上。可是她们都因为小额贪污被解雇了。店里还有个和我同龄的小伙，是从农村出来打工的，有天他在写字楼送餐时，溜进女厕所企图偷窥，结果被人逮住并报了警，当天他就被解雇了。

　　此外那一年的春节，公司组织全体员工到东山口一家饭店聚餐。饭后的抽奖我抽到了二等奖，奖品是一桶食用油。有个同事大姐提出用她三等奖的一袋米和我交换。那桶油的价格大约是那包米的两到三倍。我忘记她当时提出什么理由了，我很爽快地换给了她。不过事后我察觉大姐可能一直以为我比较傻，不怎么在乎自己的得失——其实我当然在乎，只是我对得失的在乎不如我想讨好人的冲动那么强烈，而且我也不习惯拒绝人。

　　这份兼职我干了半年左右，后来有个同学主动给我介绍工作，上班时间和夜校也没有冲突，于是我就辞掉了快餐店的兼职。同学给我介绍的工作是给一家雪糕批发门市送货，这是我的第五份工作。这时大约是2002年的上半年。

打零工，读夜大，广州海印桥周边（摄于 2002 年）

不想社交

　　那家雪糕批发门市开在一个菜市场的入口旁，临街的一边是店面，后面还有个小型冷库。原本我以为自己只是去送货，我同学就是这么告诉我的。可是去了之后才发现，我还要自己去找业务，实际上我是业务员而不是送货员。假如早知道这点，我就不去干这活了。之前在专卖店打工时，我已经发现自己不喜欢也不擅长做销售。我的沟通能力没有问题，但做销售工作需要游说对方，我尤其不适应这种带有利益目的的交谈。反过来我也特别害怕碰到向我推销的人。不过我已经辞了快餐店的兼职，那个门市的老板又是我同学的亲戚，所以我决定还是试一试。

结果不出我所料，我真的不能胜任这份工作。每天我要骑着自行车，把附近的大街小巷逛个遍，看到有商店的雪糕柜空了，就问老板要补些什么货，然后给他们送去。但在我之前，门市里已经有一个全职的业务员了，他总能抢在我前面填满那些客户的冷柜。因为他有一部手机，而我只有传呼机，我甚至都没有告诉任何商店老板我的传呼号码。我的竞争对手已经和大多数商店建立了关系，缺货的时候人家会打电话给他。我其实也买得起手机，但我不想接到客户的电话。我宁愿跟在他身后捡漏，或是去找一些他瞧不上眼、离我们很远且零散的客户。

但这些还不是主要的原因。我的竞争对手在给客户送货时，会主动帮客户把冰柜里的雪糕分门别类地码好，同时和客户天南地北地聊一会儿天，混熟关系。而我和他比简直是呆头呆脑，根本想不到要那样做。后来有人好心地提醒了我，但我还是做不到。实际上每次我把货送到地方后，就连一秒都不想留下来。和客户待在一起，我不知道该聊些什么，可是啥都不聊气氛又尴尬，于是我的客户越来越少。我的竞争对手原本还对我有些忌惮，后来则完全无视我的存在了。不过我也不着急挣钱，因为我晚上还在读书，所以给自己找了个借口：我要等毕业后再找正式的工作，现在这个就权当挣零花钱。

这段时期我出现了一些轻微的社交恐惧症状，我开始不自觉地回避交际，尤其是回避与人建立交情。导致这种情况的因素非常多，我想花一些篇幅探究这点。有两件在较早时发生的事，可以一定程度上反映我为什么会有这种变化。

之前我在酒店实习的时候，有时要上一种两头班，即把一天里的工作时间分成两段。比如早上9点上到下午1点，然后下午5点再上到晚上9点。这种班大家都不喜欢，因为中间隔开的时间不好安排——回家的话等于多花一倍通勤费用和时间，不回的话待在酒店里又很无聊。因此主管在排班的时候，给每个人安排的两头班天数是相同的。

我记得有一次，一个上两头班的同事临时找我调班，她好像是家里有事要处理。按照惯例，这天她用两头班换了我的普通班，改天应该用普通班换回我的两头班，这样才公平。可是我却觉得，她换班是事出有因，同事间就该互相帮忙，换来换去的不但麻烦，而且显得我小气。于是我对她说，不用再跟我换回来。可是大概因为很少有人像我这么做，要不就是我的表情看起来太恳切（入戏太深），令她觉得有点奇怪。所以她随口问了我一句为什么不用换回来。我不假思索地回答，我下了班也没地方去，对我来说上两头班和上普通班都一样。我这么说其实是为了让她安心，不必为欠我人情而耿耿于怀。可我说的并不全是真话，哪怕我下了班没事干，我也不想把时间都搁在酒店里。

当年我很害怕别人挑剔我的品德，只有站在道德高地上，我才会感觉安全。今天我已经认识到这种不安感主要来源于我的家教。而在这件事情里,我其实是害怕别人指责我小气和计较,所以才故意表现得无私。这其实也是从我父母身上学来的。可是我父母那套无疑已经和时代以及现实脱节。我没有料到的是,那个和我换班的同事,过了几天后又来找我换班。这次她不是因为家里有事,而是直接告诉我她不喜欢上两头班。她拜托我说:反正你觉得普通班和两头班没有区别,那我们就再换一次吧。她是那么坦诚和直率,我根本没办法拒绝——我原本就特别不善于拒绝人。于是我又跟她换了。但这还没有完:隔了几天后,另一个听说此事的同事,也提出要和我换班。

最后是我一个同学帮我化解了这场"危机"——倒不是因为我向他求援,而是他看不惯提出和我换班的那个同事。他可不像我那么害怕得罪人。有天那个同事又来找我换班,恰好他就坐在我旁边,听到那个同事说的话后,他随口就讽刺了几句,两人为此还口角了起来——那个同事说我同学多管闲事,我同学则反唇相讥说她不要脸。这个时候我在旁边还当起了和事佬,劝他们不要争吵——也说不清这是愚蠢还是虚伪了,或许兼而有之。不过这么一来,之后就没人再来找我换班了。

当年我总体上是个很温驯的人,在别人面前很少坚持自己的意见,多数时候都是服从别人的主张。我发现在很多事情上,大多数人都比我更成熟和清醒。在处世这方面,我的家教几乎完全空白。我父母从没教我和人相处和沟通的技巧,以及怎么避免吃亏等。相反，他们对我的教育是假设了这个社会上所有人都和他们一样克制、自觉、服从和无私（这种无私是指从国家和民族的高度看待自身的利益和得失）。然而现实并非如此。后来我才认识到，很多人连换位思考的基本意识都没有。而我当然不喜欢吃亏，我可没有高尚到即使吃亏也还心无怨念。那么要摆脱这种困境，要不我就学会怎么拒绝人，要不就索性疏远所有人。显然对我来说，后一种方法更容易。

另一段经历则发生在我到专卖店和加油站打工的这段时期。我有一个很要好的初中同桌，是我整个学生时期最亲密的朋友。后来我从职业中学毕业，马上就开始工作了，他还在读大学。我在专卖店上班时，曾送过他一个西门子手机，还帮他办了号（当年不用实名），往里面充了话费。这总共花了我一个月的工资。而我自己则过了一年多才用上手机，而且买的是二手。因为我舍不得给自己买新手机。当时传呼机才两三百块钱，服务费也很便宜，街上到处有公用电话亭，手机对我来说不是必需品。我送他手机是因为在大学里，同学间难免要攀比，而且他还交了女友。手机在那个年代，不仅是个通话工具，也是个炫耀的道具，起码在学校里还是。我感觉自己已经工作了，算是个社会人，而他还是个学生，可以支配的零花钱有限。基于这一点，我觉得既然他是我最好的朋友，我理应和他分享。

其实他家的经济条件远比我家好，他父母的收入都比我父母高。我家六口人住五十几平的房子，他家四口人住一百多平的房子。不过当然了，这不代表他父母会给他买手机。我们男生之间是把对彼此的友谊看得重于家人的。我们什么事情都瞒着父母，但朋友间却无话不谈。可是我完全没有料到，此后他就开始频繁地向我借钱，每个月我发工资他都要借。而且他借钱不是提出一个具体的数目，而是先问我有多少，然后有多少借多少。这使我手头一直很拮据。他明明没有收入，花钱却大手大脚；我每天辛苦打工，反倒过得节俭窘迫。有次他让我上班时顺路带钱给他，他就在我加油站附近的麦当劳里等我。我把钱交到他手上时，表面仍然热情友好，但心态已经失衡了——其实我也想吃麦当劳，但我舍不得啊。二十多年前麦当劳还比较时髦，对我很有吸引力，但我嫌它太贵，所以极少去吃。而他都到了借钱度日的地步，却还那么铺张和潇洒。而且我知道他不是偶尔吃一次，而是经常吃。我强烈地感到愤愤不平：一个舍不得吃麦当劳的人，借钱给另一个人去吃麦当劳，这难道不荒谬吗？更气愤的是，他丝毫没有意识到这点。

他还提出把自己的游戏机和卡带卖给我，好像前后还卖过两台。其实我并不是很想买他的游戏机，但我不懂怎么拒绝。所以我借出去的一些钱，就变成了游戏机和卡带。不久后他又从我手里把游戏机借了回去，我等于花钱买空气。于是我对他越来越不满，但又苦于无法向他挑明。我觉得为了钱的事和朋友闹翻是可耻的。事实上他还用了好些方法从我身上搞钱，令我积压了很多不愉快，但这些事情今天我已不能全部回忆起来。我只记得后来对他既失望又生气。我气他做人不自律，而我是非常自律的。

　　我发现自己有种很奇怪的心理，当我觉得别人对我提出的请求很过分时，我不是去拒绝对方，而是加倍地满足对方，令事情达到一种在我看来荒谬的程度。我心里其实渴望对方能察觉到这种荒谬，然后感到羞愧和收敛。可是我好像从来没有成功过。不过话又说回来，因为我是个极其节省的人，所以有时别人可能只是提出一些平常的请求，我则已经觉得很过分了。比如我同学吃麦当劳的事情发生在2001年，当时我在加油站的工资是一千八百元，如果我没记错的话，当年麦当劳一个套餐是二十元左右，即便再加一份雪糕或鸡翅，顶多也就三十出头，我其实完全吃得起。但我压抑了自己的正常欲望，又为朋友没有克制他自己的欲望而生气。后来我认识到，这是由于我的家庭教育和社会现状错位而导致的。我还记得在读初中时，我的班主任有次找到我母亲，委婉地向她指出，我每天穿的校服上补丁太多了，应该给我买套新的，以免我被同学取笑而自尊心受损。可是我的自尊心其实丝毫没有受损，我没有察觉到老师观察到的那些嘲笑。因为我的父母以身作则，从小教导我艰苦朴素是光荣并正确的。我甚至暗暗为我的补丁骄傲，因为它们会让我得到父母的赞许。

　　当年我那个同学才二十岁，和我一样人格还不成熟。今天我当然明白，他或是那个提出和我换班的女同事，其实都没有侵占我的利益。因为他们都先征求了我的同意。实际上当时的责任在我身上，是我没有拒绝他们，然后又因为自己不敢拒绝而生他们的气——他们是无辜的，因为他们的"不自觉"并没违反社会规则，更没有强占我的利益。"贪心"本身只是一个个人修养或私德水平的问题，社会假如以道德而不是规则来约束将变得很可怕。我的家教令我误以为这个社会上人人都高度自觉，都会换位思考、为别人着想。然而那只是一种美好的误解，现实并非如此。

于是我学会了用撒谎来拒绝人。还在职业学校的时候，有时我明明有一些东西，却对别人说我没有。因为我知道他们会跟我借。当年我有不少东西，比如篮球、乒乓球拍、自行车等，都是被人借去后再没归还。我苦于讨不回东西，苦于拉不下脸要人赔偿，于是就开始了撒谎。初中时我有辆自行车借给同学后被偷了，我大度地没要他赔偿，回家后我告诉父亲车是我弄丢的，结果被训了一顿，并且此后一段日子要步行上学。后来我又有一辆自行车借出后没要回来。现在我记下这些不是在总结教训，也不是检讨自己，更不是批评他人。因为这些事情都过去二十多年了，该总结的早已总结过。我是希望从自己的经历和家教的角度，探究自己当年为什么那样做，以及后来我在人际相处中，种种不自然表现的缘由。我在这里做出的因果推断可能片面和简化，但这种因果影响肯定存在：我发现连最好的朋友都会占我便宜，那么不熟识的人就更不用说了，于是我渐渐地变得不愿意和人交往。这种对人的回避甚至不区分对象，即我可能不是对某个人不信任，而是对人性不信任，要么就是对社会环境不信任。

我一再提到自己缺乏安全感，主要是因为小时候得不到父母的疼爱和撑腰。他们要做公正无私、道德正确的人，一切事情都不能偏袒自己的孩子，对我的感情非常内敛而近于冷漠，因为他们自己也缺乏安全感。

前文提到，我有一种强烈但扭曲的羞耻感，关于这种羞耻感的来源，迄今为止我读到过的最有启发的解释，就是《菊与刀》里对日本"耻感文化"的描述。但"耻感文化"在《菊与刀》里是一种社会文化，而我在我生活的社会里却像是个异类。这可能是因为我接受的家教和身边大多数人接受的迥然有别。

我看见很多人喜欢站在道德高点批判别人，而且对人对己采用双重标准。这种人在网络上很常见，我身边也有不少。这种情形令我望而生畏，我认为这种对他人的攻击是投射一种因自身欲望受挫而滋生的忿恨和恶意。道德原本应该用来要求自己，而不是用来审判别人。但我为了在道德上不被人挑剔，也只能努力做到公正无私，并且时刻反省自己。这方面父母给我做出了榜样，但说实话令我感到非常累和不愉快。因为我肯定也有私心和邪念。我生活的年代和他们不同，看到的现实和他们看到的也不同。他们一辈子待在事业单位里，从没在社会上"闯荡"过。但我对"道德纯洁"的渴望是和我的安全感捆绑在一起的，可以说是我的基本精神需求，我自己无法解开这个结。于是面对这种精神压力，似乎只有一个简单的解决方法，就是远离人群。

我的社交障碍可能成分比较复杂——或许所有的社交障碍都很复杂——远不止前文提到的因素。我发现自己常常对别人话语背后的真实意图反应迟钝，当事后反应过来了，又会为自己的蠢钝感到羞惭和懊恼。我自己和别人说话时，表达的都是表面的意思，并不会暗含什么目的。但我发现有的人喜欢从我话里揣测我不存在的"真实意图"。这类不愉快的经历反复积累，令我渐渐开始封闭自己。

我还很不习惯和人讨价还价，我不喜欢和人讲利益、谈条件。和人谈判给我的感觉近似于有意识地得罪人，而我不喜欢得罪人。可是我也不是真的无所谓个人得失。我的讨好型人格令我不堪与人交往的重负。早年的我在和人交往时经常吃亏，有时确实是由于我蠢笨，还有些时候则因为性格上的弱势。我会故意去吃亏，以证明自己的无私和表里如一。可我实际上不喜欢吃亏，而且吃了亏还要让人觉得我傻或软弱这点令我尤其懊恼和气愤。

此外我既有很强烈的自卑感，同时也有强烈的自尊心。一方面我觉得自己事事不如人，另一方面又极其介意别人因此取笑我。这导致我经常主动且过度地贬低自己，而这当然不是谦虚，而是一种规避羞辱的策略——只要我事先把自己贬得像尘埃一样渺小、像墨水一样污黑，别人就不会对我怀有过高的预期，就算有也不是我的责任了。那么当事后发现我不像自己说的那么糟糕时，对我的评价或许反倒能提高一点。

而被人夸赞对我来说才是值得恐惧的事，但矛盾的是，我同时也喜欢被夸赞。因为夸赞会提高周围人对我的预期，这意味着提高了我被人指摘"名不副实"的风险。于是我会极力地向人澄清，解释自己根本不优秀，完全当不起那些夸赞——这种情形有时会变得非常滑稽。假如谁到了这个地步还要坚持不懈地夸我——这样的人很少——我就会躲开他、远离他。这不是一种出于理智的策略，而是自发的心理防御机制，即我尽管意识到了却克服不了。上面这些由我的自卑感引发的心理反应，实际上也增加了我的精神负担，令我时常处在焦虑当中。而化解这些焦虑的"良药"仍然是孤独——尽管孤独的滋味也很不好受。

其实我讨厌自己的孤僻性格，也为伤害过别人感到内疚，但我无力压制自己过剩的自我意识。尽管我比我认识的绝大多数人都适应孤独，但这不代表我喜欢孤独。只是和人交往带来的精神负担太重，对我的生活妨碍很大，令我难以承受，我两害相权取其轻而已。如果我是个外向和开朗的人，后来很可能就不会写作了，否则我不会直到三十岁才真正动笔——我不清楚哪种情况对我来说更幸运一些。

另外有一点需要说明，在不同的场景下——比如我的社交对象是点头之交还是深交，是在现实中交往还是在网上交往，是私下交往还是公开交往（比如在论坛上）——我的心理反应和表现会有所不同，甚至截然相反。我发现自己更能够亲近点头之交的朋友，这听起来似乎薄情，而且有点自相矛盾。比如我和同事聊天时轻松随意，但和写作的朋友交流时却字斟句酬，层层设障，处处布防（这种情况近年有所好转）。因为今天的我已不太在乎点头之交怎么看我（也在乎不过来）。但对于重视的朋友，我还是很在乎的。又比如我在公开的网络平台上与人交往时，总要摆出一副老成持重、一身正气的样子。但私下里我非常热衷自嘲，喜欢说俏皮话逗人笑。这些都是我的心理防御机制在不同场景下的自然反应和运作。

我肯定伤害过一些朋友，因为我克服不了自身性格中种种扭曲和矛盾的病态。比如我一边极度自卑，一边又尊严感很强。我既自恋，又经常自轻自贱，令朋友无所适从。我经常以冷漠回报别人的热情，以躲避回应别人的主动，以戏谑回答别人的认真……因为我害怕和别人深交。不过我认为每个人都自恋，只是没有两个人的自恋从性质、成分、程度到表现形式等方面都是完全一样的。我的自恋可能主要源于我面对自己无法克服的自卑感时，所产生的一种畸形的自我肯定的补偿心理。

我上面说的这些情况都不是天生的，也不是发生在某个瞬间，而是有一个缓慢的发展过程。我可以追忆到自己最早出现回避型人格障碍的时间，大约是从我离开学校并进入社会工作后。并不是说踏入社会后我有了什么变化，而恰恰是因为我没有什么变化。当年我在做很多事情时，其实主要是受性格的影响，而不是我内心真实想法的体现，或趋利避害的选择。我把自己的精神、心理、性格等方面的内容和经历一同记录下来，是让它们互相作为补充。而且我也要通过回忆自己在每一段工作时期的表现，来判断自己当时的精神状态，然后再通过后者理解和描述前者。这其实也是我在重新认识不同阶段的自己。而工作经历是我回忆时最好用的时间轴。

回到送雪糕的这份工作里,当时我回避人际交往的方式很奇怪,并不是表现为躲避和冷淡——可能因为躲避和冷淡会得罪人,我又害怕得罪人——而是表现为表面对人过度地谦卑客气,从而在自己和别人之间制造一种疏远感。这种情形大概和自来熟相反,即哪怕面对认识的人,我也会显得很生分。比如我记得,当时有些客户明明和我天天见面,但我仍然会说些生疏的客套话。我猜他们都在暗暗嘀咕,以为我可能失忆了。而我还意识不到这种恭恭敬敬的态度会伤害人家的感情。这种情况我到今天都没有完全克服。而且它是盲目的,几乎不区分对象,即哪怕我面对有好感的人,仍然会有这种反应。甚至我后来的女友都指责过我,说我对她的态度经常毫无缘故地变得生疏,令她感觉很受伤——直到那时我才意识到自己这种不自然的心理和行为特征。其实我希望待在一个人人都不认识我、我也不认识人人的地方。我不想和人建立交情,任何交情对我都是负担,处理和维持这些交情会带给我巨大压力。可是除非我已经财务自由,不需要参与社会生产,否则我无法避免和人产生交情。比如那些每天都见面的客户,我怎么能假装和他们不熟呢?可我真的就这么自欺欺人,只要我相信自己和他们不熟,并且像对待不熟的人那样对待他们,我就化解了部分压力,也不再那么焦虑了。

这份工作我干了几个月,业绩简直是一塌糊涂。不过因为我没有底薪,所以就算干得再糟糕,老板也不会开除我。不过我刚去的时候,还是春或夏季,雪糕的销路比较好。做着做着天气渐渐凉快下来,雪糕就没那么好卖了。直到有一天,我连一个订单都没揽到,我觉得没法再这样混下去了,就告诉老板我不再去了。这时是2002年年底。

不断地逃离

我从来没有规划过自己的人生,起码没有有意识地规划过。相比于多数人来说,我直到今天都在得过且过。我父母的脑子里甚至没有"规划人生"这个概念。早年他们认为一切都应该交由政府安排,个人只要服从就可以了。至于我当年做出读夜校这个决定,也可能只是出于一种逃避社会的心理,而不是对未来积极主动的掌握。

我在酒店实习以及在专卖店打工时,方

方面面都察觉到旁人身上具有的一些共同点，在我身上却是缺乏的，或者换一种说法，我发觉身边的同龄人几乎都比我更成熟、比我更好更快地融入了成人社会，这个发现令我感到恐慌。我觉得自己像是被所有人落下了。我就像一只落单的羊，渴望追上羊群、融入羊群。只有待在羊群里，和大家保持一致，我才会感到安心。安全感对我来说是一件复杂的东西，这么多年来，我在不断认识自己的过程中，逐渐察觉到它对我人格形成的决定性作用，而不仅仅是对我行为方式的影响。它会蒙蔽我的理智，妨碍我的正常生活，令我在人际关系中时刻陷于焦虑。当我发现自己对某些事情的感受和反应与别人不同时——尤其在我还年轻的时候——我会产生一种孤立无援的感觉，然后恐慌就开始了。故此我尤其害怕来自旁人的质疑、反对、嘲弄和羞辱等。年轻时的我不能完全分辨哪些对我的指责是合理的，而哪些是不合理的。于是来自外界的所有形式的否定，对我来说都是不安的因素，都意味着把我排斥到群体以外，让我独自暴露在大自然的种种威胁中。正因为这样，我才渐渐变得想要迎合人、讨好人。我对他人的迎合和讨好经常没有表面和具体的理由，也不为了某种好处，它就像条件反射一般——往往在我那么做时，我都没有意识到自己是在迎合人。可能出于对自己不合群的恐惧——因为我察觉到社会的复杂，也察觉到自己不具备同龄人都具备的那种和社会的默契——我下意识地想要逃回到校园里。尽管我其实不喜欢读书，但学校对我来说有一个比较安全的社交环境：同学之间一般不会有涉及利益的隐而不彰的计算，对待彼此也很少带有目的心，因而对我来说是相对放松的一种人际关系。而我也不至于总要为自己的单纯、幼稚、做什么都错、不断吃亏——总之就是和周遭格格不入而懊恼。

所以我在专卖店打工时决定再读一个夜校，可能包含了一个自己都意识不到的动机，就是推迟自己真正进入社会的时间。我以读书为借口，对自己及对身边的人，为我的现状争取到了合情合理的解释，由此就避免了立刻面对人际和利益关系更复杂的社会考验（比如我可以名正言顺地离开令我浑身不适的专卖店了）。我可以找些"不求上进"的工作做，对挣多挣少也不真的在乎，只要能够远离人和人之间的龃龉和竞争，我就感觉平安稳妥、万事大吉。更妙的是，别人还不能为此指摘我不求上进。因为我每天下班后还跑去读书，这看起来显得勤奋又上进，足以堵住所有人的嘴。我就是用这种自欺欺人的方法，不断地拖延时间，抗拒进入社会，抗拒成熟。以上是我对自己当年读夜校的动机分析。当然了，当年的我并不能意识到这些。

辞掉了送雪糕的工作后，有另一个同学介绍了新工作给我。和上一份工作一样，这份工作也不太正式。首先是并不签订劳动合同，其次对方也不是一家正规公司。我的新老板在小区里租了套公寓作工作室，在我之前他手下只有一个员工，两人是亲戚关系。工作室的业务是绘制三维建筑效果图。老板自己有客户资源，平常主要负责接洽业务，而制图的是他那个亲戚。我去那里当学徒，拿六百块的工资，他们管我一顿午饭。在我去了几天之后，陆续又来了一男一女两个学徒，都是老板的熟人介绍来的。那个制图员工作很忙，平常不怎么说话，我们三个人自己看书和光盘自学，遇到困难才请教他。

我们的工作内容不涉及设计方面，老板有一些建筑设计院里的老朋友，他们把做好的方案交给我们，让我们制作三维效果图。我们首先要学会读那些全开幅面的工程图纸，其中部分我们还要在 AutoCAD 里重绘一遍，把局部的内容转化为普通人都能看懂的、一目了然的示例平面图。然后再配合效果图和文字等内容，做成宣传册或单张。

三维效果图我们是在 3Dmax 里建模和渲染，然后在 Photoshop 里修饰。其中对 3Dmax 的运用是我们的核心业务能力，也是我们几个学徒主要的学习内容。因为当年三维效果图还属于比较新鲜的事物，业界整体的制图水平不高。相比较早前的手绘效果图，三维效果图因为直接从 CAD 文件导入数据建模，故可以保证建筑物的尺寸比例和透视关系绝对准确，此外对各种面料材质的还原也更接近照片效果。

我在去当学徒之前，已经自学过 Photoshop，所以在那里学习 3Dmax 的同时，我可以帮那个制图员处理三维渲染时要用到的材质贴图，要不就帮忙抠位图素材，比如室内的各种摆设和户外的树木、汽车、路人等。这些他在最后修饰效果图时要用到。以及帮着设计单张和宣传册，因为我在夜校读的是广告设计专业，尽管这时还没有毕业，但在他们看来，将来我可以分担平面设计和排版方面的工作。而另一个男学徒的前一份工作是 CAD 制图，他和我正好互补：我可以教他 Photoshop，他可以教我 AutoCAD。

不过我们首要的任务还是上手 3Dmax。当年的 3Dmax 还没有中文版，要不就是出于某些缘故，我们必须使用英文版本。这个软件里的指令比较多，界面也相对复杂。此外我们还要加载一些渲染插件，每个插件又各有不同的界面和指令。幸好我们只是用它来做建筑效果图，建筑物无论看起来多么复杂，在拆分为最基础的组件后，则几乎全都是规则形体，就建模来说非常简单。至于不同材质面料的反光属性，以及灯光和镜头的安排等，也都有一些现成的参考和套路。

我在这个工作室待了大约半年，后来和另外那个男学徒一起辞职了。那个男学徒也在读夜校，而且很巧合，他和我是同校且同届。不过我读的是广告，他读的是财会。于是在那段日子里，我们经常下班后又一起去上学，晚饭就在路边的粉面店解决。

我在写这些较早年的经历时，经常是一边回忆一边记录，有时要停下来想很久，还有些事情无论如何都想不起来了。比如当年辞掉这份制图工作的原因，现在我都不能很确定。我辞掉专卖店和加油站的工作，主要是为了读夜校，这是一个明确的动机，所以很容易就能想起来。但辞掉制图的这份工作，应该并没有一个主要的原因，而是由很多非决定性的因素叠加促成。今天我只能通过有限的记忆加上推理，去拼凑自己当年的动机。人在年轻的时候会做很多莫名其妙的事情，现在我想试试戳破这层莫名其妙，看看里面究竟有些什么道理。

首先，因为我和另外那个男学徒走得很近，白天在一起上班，晚上又结伴去上学，最后我们同时辞职，这肯定不是一个巧合——我认为在辞职这件事上，我们都有受到对方的影响。比如我对工作的一些负面感受在他身上激起了共鸣，反之他的一些负面感受也在我身上得到共鸣，于是这些负面内容在来回的振荡中不断放大，导致我们最终得出共同的结论：此地不宜久留。

此外我记得我们老板是个很精明的人，加上他经营的不是一家正规公司，我们虽说是由熟人介绍过去，但说到底也不是很熟的熟人，所以我们的权益其实没有什么保障。比如说，给我介绍这份工作的同学，他哥哥认识这个老板。我同学的哥哥在建筑设计院上班，是这个老板的客户之一。之前我那个同学告诉我，去当学徒的工资是一千块。可是当我干满了一个月之后，老板却只给了我六百块。他什么也没有解释，好像原本答应的就是六百块。我不清楚这里面出了什么问题，而且也不好意思去打听。我既不敢直接问那个老板，也不好意思打扰我同学的哥哥。不过钱对当年的我来说不是个决定性的因素，否则我也不会继续做了几个月。实事求是地说，我刚去那里的时候，能帮上的忙很有限，每天占用人家一台电脑看教程，中午还吃人家一个盒饭，心里其实有点过意不去。不过之后我能帮上一点忙了，好几次还加班到半夜，可是老板还是雷打不动地给我六百块。或许在老板看来，只要我不提出要求，就说明我对现状满意，他不可能主动多给我钱，这违背他的商人天性。而我偏偏是那种从不向人提要求，也不主动去争取，光是在心里盼着对方"大发慈悲"或"良心发现"的人。

和我一起辞职的那个男学徒情况大概和我差不多，不过关于他我能记起的事情不多。现在我连自己当时的想法都回忆不出来，就更不用说同事的想法了。我只记得他的介绍人是他的女友，他女友也在一个建筑设计院上班，后来（他辞职后）他们结婚了。可能我和他都比较胆小，或是还有别的什么原因，总之我们直到最后都没找过老板谈报酬的问题，而是直接就辞了工作。不过可能还有一个原因是，这时候已经到了2003年的上半年，我们马上就要从夜校毕业。或许我俩当时都觉得，相比于留在那里制图，还是找一份自己专业的工作比较靠谱——当时我应该有过这种打算，尽管接下来并没有这么做。

关于辞职这件事，我可以说有非常丰富的经验。我辞过很多工作，尤其是在早年，大多数工作我都只能坚持半年左右。当然，对于低收入的底层职业来说，人员更迭流动是常态。但是另一方面，就我观察所见，似乎不合群的人，确实会比合群的人更频繁地更换工作。可能因为在不合群的人身上，人际方面的负面感受积累得更快，又始终找不到方法排解，最后只能以更换环境的方式归零重来。比如我最近读到的一则热点报道"工厂里的海德格尔"，里面的主角曾植在接受"GQ报道"采访时这么说过——这是他的原话，而不是记者的转述：

我跟你说过，我不太合群，我是比较孤立的，在一个地方无法工作下去。比如我干几个月，可能大家都认识我了，我就觉得不对劲了，我不想待在这里，感觉很压抑，很不舒服，想尽快下班，这样的状态的话，我持续不下去。我最长的一份工作，是在汕头的一个厂里做玩具，做了半年，我觉得我好像被所有人孤立，被所有人敌意，我就走了。

他的这番自白在我身上有共鸣。在我多年的工作经历里，也遇过一些和我有相似性格特征的人。一般来说，我可以在很短时间内把他们识别出来。我会对他们产生亲切感。尽管我们只是相似，而不是完全一样。我认为没有两个人的情形是完全一样的。比如曾植在读大学时迷上了哲学，为了读哲学他大量缺课且不怎么和同学交往。而我从没对任何事物沉迷到这种程度。我读书的时候比较害羞，但同时也活泼好动、喜欢体育，和同学相处没有困难。我感觉他对哲学的沉迷和对老师同学的回避是一种双向作用的关系——他一方面因为对哲学发生兴趣而逃避了人际相处；另一方面也因为想逃避人际相处才把自己投进了哲学里。否则他完全可以拿到学位后再钻研哲学，而不是爽快地接受了老师劝他退学的建议——那分明是个对他不利的选择。他同意退学未必是理性考虑的结果，或许也包含了他对学校里人际环境的不适和由此带来的焦虑导致的想要逃离的冲动——注意他这样描述自己在工厂里的情形"比如我干几个月，可能大家都认识我了，我就觉得不对劲了"——这听起来不像是普通的内向，而像是回避型人格障碍，而且可能他在读大学时就已经是这样。当他去到一个新环境，和同事或同学还不熟，这时即使他不应酬社交，也不会有什么心理负担。可是在几个月之后，他还是不和人交际，似乎就有点不礼貌了，别人难免会对他产生看法，比如觉得他乖僻或瞧不起人之类的，于是他开始觉得不对劲了——这导致他频繁地更换工作。可是他感觉自己被"孤立"，可能恰恰是由他回避与人交往造成的。而他察觉到的"敌意"，既有可能是出于他的臆想，但也确实有些热情又粗鲁的人，会对孤僻内向者表达不耐烦或不满情绪——这种人我也遇到过——这对一个过度敏感的人来说，基本上就和敌意没有差别。

以上是我根据他有限且片面的自述做的分析。因为那篇报道不是围绕他的性格问题展开，所以他没在这方面深入和充分地表述，我的判断也未必和他的实际情况相符。不过我在这里不是要研究他，而是讲述我对他的一些自述产生的感触。比如他对孤立和敌意的敏感、他在人际关系中莫名的焦虑，都是实实在在困扰过我的问题。但我采取了和他不同的应对策略——可能我的情况远没他严重，我有更大的周旋余地——比如说，我会通过表现得唯命是从、任劳任怨、与世无争等方式博得领导和同事的喜爱，以此化解内心的焦虑。但是对外部的讨好肯定会损害自己的一些意愿，这种做法对我也是一种损耗，总有一天我会到达承受的极限，结果也还是只能以更换工作来解决问题。

　　当然在大多数时候，我辞职会有一个具体的理由——我指的不是告诉老板的理由，而是内心对自己的解释。但是具体的理由有时只是表象，甚至可能是自欺欺人的借口。比如我现在反问自己：每次促使我做出辞职决定的理由，确实都是我无法解决的吗？还是我根本就没有用尽一切办法去努力和争取？我的每一次选择，究竟是真的选择，还是只是逃避？对此我不敢轻率地判断和回答。人有时候骗自己，要比骗别人骗得更彻底。比如我辞掉专卖店和加油站的工作时，完全就是为了读夜校，甚至是为了"不给集体添麻烦"吗？我会不会是为自己一种单纯想要逃离的冲动找来些冠冕堂皇的理由？今天回过头去看，我认为在辞职这件事上，肯定有一些当年我意识不到的内在因素在发生作用。年轻时的我没有能力深入反省自己，尤其是认识不到某些心理机制在左右着我的决策和行为。但今天我应该反思这个问题。

　　我父母从小教导我克己节制，甚至在有些事情上，我觉得他们对追求个人利益的做法持有否定态度。由于他们是这样一种人，自然也就不会对我抱有致富的期待。所以直到今天，他们都没有哪怕一次，在经济上向我提出过要求。他们对财富几乎没有向往，对贫穷好像也并不反感。我成年后和他们有很多相似之处。比如我在生活里也很克俭，我比身边大多数同龄人更能忍受物质的匮乏。我擅长忍耐，但不善于坚持，我很容易放弃。可能由于小时候父母很少向我流露感情，他们习惯对孩子只批评不表扬，认为表扬会导致骄傲自满，而批评才能使人进步。于是就总在我身上找缺点，甚至毫无顾忌地在别的孩子面前打击我、羞辱我。可这没有促使我上进，反倒削弱了我的自信，令我变得自卑和敏感，经常觉得自己不如别人，甚至走向消极和自暴自弃。其实我也需要一些鼓励和支持——在我渴望得到他们肯定的年龄，他们从来都不给我肯定，于是我渐渐养成了对大多数事情不抱期望的心理——只要不抱期望就不会失望，也就不会受到伤害了。对我来说，相比征服别人，克服自己要容易得多。后来很多人说我低欲望，或许部分原因就在这里。

不过对于挣钱，我应该诚实地表明态度：我只是挣不到钱，而不是不想挣钱。尽管我并不特别爱好物质享受，但也不是个视钱财如粪土的人。我只是压抑了自己正常的欲望和感受。钱对我来说肯定能提供推动力，但这种推动力没有大到足以调动我身上的积极性，促使我去努力改变自身景况的地步。早年的我甚至意识不到自己对钱的渴望——准确来说我能意识到，但同时错误地贬低和否定了这种欲望。这里不妨总结一下：我不聪明，也不好学，更不自信，抵触交际，害怕竞争，否定私欲，经常放弃，缺少提升自己的动力，于是就长期处在一种得过且过的状态里。我猜假如我能胜任一份高收入的工作，那么我也会很投入和积极地对待——单就这一点而言，我和当初同在酒店实习的那些同学没有什么区别。不同之处只在于我不嫌弃低收入的工作，而且在缺少经济激励的情况下，会比他们更认真和负责一点。但我的认真和负责都是消耗品，因为我其实也需要经济方面的激励。所以当一份工作的新鲜感过去后，我会慢慢地感到厌倦，觉得越干越没劲，这时一旦有外部因素触动，我就会倾向于逃离——这应该是我频繁更换工作的其中一方面内因。

另一个方面的内因是，正如前文所述，我在社交方面非常笨拙，而且对社交怀有反感和怯惧心理。我在和人打交道时往往很被动，不敢主张自己的利益，但又不是真的对得失毫不在乎。于是在每次吃了亏之后——这种情况反复发生——因为解决不了问题本身，我就自然想到了换工作。此外由于我不懂拒绝，所以在工作中面对一些不合理的条件或要求时，我经常不敢也不懂如何去沟通和协商，于是逆来顺受，这让我不断地积累负面情绪，直到有天超出自己的承受力。我总是自欺欺人地寄希望于在换了一个新环境后，自己会从此交上好运、不再吃亏和受气，得到别人的尊重和平等对待。然而结果却是我一次又一次地面对相同的困境、遭遇重复的经历。一些聘用过我的老板，尽管他们在不同城市，相隔了几年或十几年，但在对待我的方式和态度上，却常常有着惊人的相似之处。这不由得令我意识到，他人会如何对待我，主要取决于我让他们如何对待我，而不是他们本身是个怎样的人。换言之这是一个互相约束的社会，而不是一个人人自律的社会。后来2014年我在上海打工时，因为被一些往事触动，于是在一段笔记里记下了这种感受：

"人生是螺旋上升的"这句话，不知道是谁最先说的，确实是很形象，只是没有提到上升的幅度很小、速度很慢。过往的人生总是重重复复，交往过的人也重重复复，只是每次换了名字和样子而已。实际上人们没有个性这种东西，只有和你的关系。比如你交了一个女友，然后渐渐发现，她竟然越来越像你的上一个女友。当你为此震惊的时候，你可能只是误会了：你的两个女友并不相似，只不过她们都扮演了"你的女友"，而这个角色塑造了她们，把她们共同的方面呈现给你，就像不同的演员在不同的影视作品里扮演同一个人物时，他们的表现肯定有很大的共同之处。当你意识到这点之后，你就可以蛮有把握地声称，你的下一个女友也将和现在的女友相差无几。从你交上第一个女友时起，你其实已经在和最后一个女友交往。你到了一个新公司上班，看到新的上司和同事，不用说，他们很快会变成你以前的上司和同事。你已经可以预料会被怎样对待，你可以预言将经历些什么，因为他们只是你的人生的演员们。你终于领悟到这个世界的结构：这些人都是以你为圆心的圆，他们的半径就是和你的关系。自然了，同样的半径上可以重叠很多个圆，这不是一组平面的图形，而是你螺旋上升的人生的一个切片。难怪人们羡慕那些单纯的人，因为他们的目光不穿过表象，他们的思想不抵达实质。他们度过的每一天都是全新的一天，他们认识的每个人都是陌生人。他们把同样的痛苦和快乐经历了无数遍，每一遍都像是初次经历。

在离开了那个电脑制图工作室后,我并没有像原先设想的一样,去找一份自己专业的工作。当年有一个国内数一数二的漫画社,办了一本原创漫画杂志,并且在上面登启事招学徒(这本杂志和漫画社如今都不存在了)。我是那本杂志的忠实读者。事实上,看漫画是我当年的兴趣爱好。我工作后挣的钱虽然不多,但基本只花在两个地方:买漫画和升级电脑。当时国内能买到的漫画,几乎全部是日本漫画。后来我才知道,因为中国还没加入WTO,那些书甚至没有得到日方的授权。我在夜校读的是广告设计专业,其间上过两个学期的素描课,每周的课时是半天,课程内容从石膏形体开始,至静物素描结束。教我们的那个老师比我的大多数同学还年轻。她教得并不好,但这不能怪她,换大多数人去做她的那份工作,大概也只能像她那么教。我按那本杂志的要求,画了一个短篇故事寄去,没想到竟然被录取了。漫画社管我们吃住,但不给我们支工资。后来我在那里待了半年。

不过我在视觉美感方面可以说毫无天分,画画本身对我来说乐趣也不大,我最初喜欢上漫画主要是被故事情节吸引。我尤其喜欢像《篮球飞人》那样的热血题材,故事里包含的单纯、执着、认真和坚持非常打动我,使我一次次热泪盈眶。我对漫画投入得越深,就越感觉到现实的乏味和丑陋——我这么说就只是把它当作一种事实来陈述,而不是在批判。就好比我说"榴莲是臭的",我并没有表达榴莲不该臭、榴莲对有的人来说不臭,或所有人都应该觉得榴莲臭等意思——我对现实并没有具体的主张。只是对今天的我来说，相比于接受现实，接受一个怎样的自己才是有意义的问题。如果说我曾经有过偶像，那么我的偶像几乎全部是漫画人物——现实中的人不可能像虚构人物那么纯粹。

启蒙之光

在我读书的那个年代,并不像今天有那么多课外班可以上。而且相比于别的家庭,我父母对我的学习抓得并不紧。每天放学回家后,只要把作业做完,剩下的时间我都可以玩耍。休息日和寒暑假就更不用说了。就这方面而言,我的童年是自由而快乐的。不过那时候不像今天有这么多东西可玩,电视我不太爱看,而且我家有六口人,选台权不在我手上。游戏机则是后来才有的。那么相比于跳橡皮筋、捉迷藏之类的游戏，漫画的吸引力显然要大得多。实际上从我读小学时起，身边的男生几乎就没有不爱看漫画的。假如谁带了一本《圣斗士》或《七龙珠》回教室，那么这书就非得在所有人手里传阅一遍不可。不过我开始工作之后，身边的同龄人大多就不再看漫画了。而像我一样试图把漫画当作志业去追求的更是绝无仅有。因为当年盗版的日本漫画品种太丰富、价格也很便宜，根本就没有几个读者对平均水平像学生习作一样的本土原创漫画感兴趣。从个人前途方面考虑，投身漫画行业肯定不是个明智的选择——除非谁很早就在这方面显露出天分。而我身上并没有那种天分。

所以当年我选择往漫画方向发展，可能不完全是出于对个人喜好的向往和追求，其实也包含了对社会的反感和逃避心理。尽管漫画社也是社会的一部分，它并非什么出尘脱俗的世外桃源。但在我一厢情愿的想象里，它摇身一变成了一个理想主义的避风港。当年本土原创动漫的整体境况可以说是困难重重、前路渺茫，很多投身这个领域的人几乎看不到回报，都是受纯粹的爱好所驱使。因此我参加漫画社，不仅是因为漫画本身对我的吸引力，也因为它和我不能适应的实利社会截然不同，甚至背道而驰。虽说漫画是我的最大爱好，但我早前并没想过要成为创作者，否则我也不会在工作了几年后才去尝试。

不过我也确实不是个早慧或从很小时起就知道自己想要什么的人。我极其晚熟，年轻时过得浑浑噩噩，既没有鸿鹄之志，又缺少世俗欲望。或许我适合像第欧根尼一样躺到陶瓮里，可我当年还不知道第欧根尼是谁，而且我认为懒惰是可耻的。于是我的日子过得很奇怪：成天东奔西跑忙个不停——白天去上班，但不为挣钱；晚上和休息日去上课，又经常在教室里打瞌睡——自己也不知道是为了啥，而且我从不追问自己这个问题。这种奔忙几乎没有意义，仅仅是为忙而忙——生活对我来说就像在演戏，我扮演的是一个自己想象中应该成为的样子。不过我对自己讨厌什么倒是很清楚：我不喜欢世俗社会，我讨厌跟精明、市侩和功利的人打交道。因为在他们面前我显得特别蠢钝、无能和可笑——何况我是一边吃他们的亏一边被他们取笑。于是我把漫画社想得和世俗社会完全不一样，里面都是些追求理想的同伴，没有那种我避之唯恐不及的市侩小人。

　　大约也是在这个时候，我逐渐发现社会上很多人，包括身边和网上的人，哪怕是能力强的，他们在看待问题时，往往能迅速拎清和自己的利害关系，但常常判断不出其中的是非对错。而且几乎所有人都缺乏原则。当他们尝试去辨别是非时，他们的观点在我看来过于幼稚和荒谬。在这方面，我倒比他们敏锐和深刻得多。只有在辨别是非这件事上，我的反应迅速，判断清晰，远胜同龄人。可能因为我做任何事情总要先找个道德支点，我对道德正确非常在乎。尽管我当时的道德观也很幼稚，有些方面过于理想化以至于脱离实际。但和同龄人相比，已经算是经过千锤百炼，明显要成熟多了。而与此形成强烈反差的是，我在处理大多数现实事务时，表现都很笨拙，反应迟钝，畏首畏尾，不知进退，尤其是拎不清利害关系。因此我自然而然地疏远实利社会，并对理想主义感到亲近。当年的我甚至鄙夷一切功利思想，尽管我只是放在心里，很少表达出来。我粗率地觉得人应该有更高的追求，即不是出于实利动机的纯粹的追求。而漫画社这时被我认作是一条通往一个更高的精神世界的蹊径——尽管后来证明此路不通。

那个漫画社和我家在同一个城市，但地址在城区外的一个大型新村里。从市区去往那个新村没有公共交通，只能坐新村自营的一趟村巴。漫画社社长是个香港人，当时大约三十岁，我们都叫他老师。他在那个新村里买了一栋三层的别墅，然后又另外租了两栋，作为漫画社的创作和生活场所。他买的那栋房产可能是他办漫画社的所有投资里，后来唯一带来回报的。但我们作为新学员加入时，大概因为场地不足，并没能立即住进那个新村，而是先住到了附近一个村子的出租屋里。那是一栋村民的自建房，大约有四或五层，漫画社在一层租了个厨房，又在楼上租了三个房间。和我同批的男学员总共有十人，分别住在两个房间里。还有一个房间则作为画室。

漫画社供应我们纸张和文具，让我们在画室里练习，并且每天给我们二十元伙食费——不是每个人二十，而是总共给二十。我记得油、米和调味料是漫画社采购的，都囤储在厨房里，我们每天的二十元只是用来买菜。2003年时的物价虽然远低于今天，但二十元要管十个人吃两顿（我们不吃早餐），难免还是吃得很寒碜，尤其是吃不到什么肉（当年的猪腿肉也要十块左右一斤，和今天差别不大）。我们十个人轮流做饭，每人做一天，轮到我的那天我会自己贴点钱多买些菜。我发现自己是十个男学员里年龄最大的，当时我已经过了二十三岁生日。这说明一般人不会到了我这个年龄才开始走这条路。从务实的角度考虑，年龄越大，意味着试错成本越高。

我可能属于国内最早接触日本漫画的一批人。我记得自己在读小学低年级时，书店里还只有连环画，从没见过故事漫画。甚至我最早读到的手冢治虫漫画，也被国人改制成了六十四开横版的连环画。手冢治虫丝毫不介意自己被侵权，但对这种篡改作品表现形式的做法很不认同。连环画是一种借鉴了插图版画形式的图配文体裁，情节基本以高度概括的文字讲述，类似于看故事梗概。而画面则多以白描方式，还原与同页文字对应的情节中某场面。连环画的优点是画面可以画得很精细，缺点是画与画之间的内容跨度很大，有点接近于故事插图的形式了。日本漫画则是二战后由以手冢治虫为首的一批作者创造的一种体裁，借鉴了电影分镜头的表现方式，同一页里有多个画格，故事以画格而不是文字主导叙述——个别漫画甚至完全没有文字——而画格与画格之间的叙事是连贯衔接的，同时再插入人物对话框。可以说，日本漫画和中国连环画是完全不同的两种图文结合叙事体裁。

到我读小学高年级时，国内已经能买到不少日本漫画，最早的一批包括《机器猫》《风魔小次郎》《圣斗士》《七龙珠》《乱马1/2》《侠探寒羽良》等，以上是国内盗版书商取的书名，而不是原名的直译。当时市面上能买到的少年向日本漫画，我基本上全部看过。但我不知道的是，这些漫画在日本只是商业上比较成功的一小撮。实际上日本的"类型漫画"远不止此，而且日本也不只有"类型漫画"。我们这批从20世纪90年代初起对漫画产生兴趣的国内读者，其实视野非常局限。我加入了漫画社后，读到老师从香港带来的藏书，确实是大大拓宽了眼界。此外我和漫画社里的人交往，感觉也不同于和从前的同事交往。这一方面是因为我在打工时和同事的关系，是纯粹为了谋生而共事的关系。而和漫画社里的同伴，则是出于共同的志趣才走到一起，显然会有更多的共同语言。另一方面动漫本身虽然不属于亚文化，而且当年我们喜欢的大多数作品，在日本就是商业流行文化的一部分。但在我们漫画社里，确实有一种明显的小众和非主流文化氛围。或许因为我们自视为某类"少数分子"，面对彼此时便多了一种类似"他乡遇故知"的亲切感。

当时我们每天在画室里按要求完成漫画社布置的作业，这些作业包括打排线、画表情、画人像、临摹场景等等。老师从不到出租屋来，也不亲自指导我们。但有一个师兄每天会从新村那边过来给我们布置作业，同时收走前一天的作业。我们老师曾去日本学过漫画，他给我们布置的作业可能就是他曾在日本接受过的训练。这些训练都是针对基本功的，我们每天要花十多个小时完成，内容相当枯燥，几无乐趣可言。比如打排线就是用蘸水笔画一排排平行的直线，要求是越细越密就越好，一般线和线的间距在半毫米以内，粗细要接近头发丝。但关于创作方面的问题，则只有我们学员之间交流，漫画社从没任何人指导过我们。其间我们完成过一个六页的短篇，故事由我们自由发挥，这是我们在出租屋里完成的唯一一次和"创作"有关的作业。

在出租屋里待了两三个月后，我们终于搬进了漫画社在新村的房子。不过那里的环境和出租屋比并没有太大不同：房子虽说是别墅的样式，但里面很破旧；画室和宿舍并没有更宽敞，也没有更干净；画桌和双层床也和出租屋那边的一模一样。唯一的改善是这里有两个阿姨给我们做饭，我们不用再轮流自己做了。

不久后我们又完成了一个十页的短篇，这次的作业属于半自由创作，要求故事含有以下情节内容：有两个人结伴进入一片森林，在森林里遇到了另外两个人，最后只有一个人穿过了森林。我们要在满足以上条件的前提下创作故事。这个作业难倒了一些人。我发现和我同批的学员里，有些人只是纯粹地喜欢画画，但并不善于编故事。之前那次六页的自由创作，他们还可以画一组打斗画面来交差。可是这次的作业对情节作了限定，他们就不知如何是好了。我的情况却恰恰相反。我的画工可能是同批学员里最差的，分镜方面我也并不突出，但编排情节我却得心应手。而且有条件限定的编剧对我来说甚至比完全自由发挥更容易。

最终我并没有成为一个漫画作者，不过这没有什么可惜的，因为我在漫画上也没什么突出的天分。但这段经历对我来说很重要。在之前的社会经历里，总的来说我是个浑浑噩噩、唯唯诺诺、战战兢兢的人。但是在漫画社，我初次亲身接触到一种自信的非主流文化。这里的不少人都和社会格格不入，可是他们并没为此感到烦恼。相反，他们以自己的个性为荣，甚至有意识地强化这种和社会的差异。我开始意识到，个人不能适应和融入社会，不见得就是世界末日，因为还有人故意不去适应和融入社会，而且重要的是他们都过得比我快乐。我是个文静、内向、压抑、自卑的人，而他们大多激动、开朗、外向、自信。不难想象，我有多么羡慕他们。我在这里交到了一些要好的朋友，在他们的带动下，我开始听起了摇滚乐。实际上，我的性情和摇滚恰好相反——摇滚要反抗一切，而我是个驯顺的人。因此我从来都不能像朋友那样沉浸进去，但是和他们保持趣味一致令我高兴。我愿意附庸风雅地和他们一起沉迷和激动，哪怕只是装出来的沉迷和激动。他们的年龄其实都比我小，但在旁人看来我才是最小的那个。

这段时期还是我的文艺启蒙期，我不仅听起摇滚乐，而且开始大量地看电影。这时的我还看不进大师的作品，所以我看的主要是些文艺片和商业片。我记得当时的文艺天王是岩井俊二。可能因为漫画圈里主要是些小年轻，很容易被岩井俊二的题材和风格俘获。时至今日，"文艺"这个词已经蒙上一层贬义，世俗社会用它来形容感情化或不切实际的人，而搞艺术的人又用它来指代那些流于表面附庸风雅的爱好者。我这里则是中性地使用这个词。我喜欢《四月物语》里单纯、干净且含蓄的感情，但觉得当时上映不久的《关于莉莉周的一切》很沉闷。不过我不会把这种想法说出来，我怕暴露了自己的无知和迟钝。我不是一个感性的人，我习惯压抑自己的真实感受，因此欣赏不了片里那种青春期的忧伤。或许我这辈子从没在生活中经历过青春期，而只是在文艺作品里补了个课。

不过我还有别的趣味。我记得自己当年很喜欢《搏击俱乐部》，这部电影的海报起码霸占了我的电脑桌面一两年——这其实有些讽刺，因为我的物质生活还远没发展到被消费主义奴役的水平。我没有努力挣钱，更没盲目消费。事实上我挣的很少，花的则更少。我很节俭和克制，很多我想要的东西，明明也买得起，可我还是犹犹豫豫，最后大多放弃。消费主义碰到我这种人，恐怕要气得满地打滚。所以我不该对这部片有什么共鸣才对。可是不知道为什么，看到爱德华·诺顿和布拉德·皮特在片子里以暴力对抗社会秩序，这令我很受鼓舞。几年后我读了马尔库塞的《单向度的人》，才明白他们在反抗的那种资本主义下的发达工业社会意识形态是什么。《搏击俱乐部》以一种浪漫的手法表现反社会，这对当年的我很有吸引力，可以给我勇气和安慰，而且他们的反抗和摇滚精神很契合——摇滚就是反抗压迫，就是冲破束缚，就是粉碎旧世界。我还记得电影的片尾曲是Pixies乐队的 *Where is my mind*。那会儿摇滚正是我亲近新朋友的桥梁，对于表现摇滚精神的电影，我会更有兴趣。

除此以外，我还开始翻阅西方艺术史。我看大师们的画作，从文艺复兴一直看到毕加索、杜尚、达利、沃霍尔等。我发现自己的审美趣味比较亲近表现主义。尽管我只是看了个皮毛，大多数画作我都不懂欣赏，但这培养了我对艺术的崇拜——这对我的影响很深远。因为我并不是出身在文化阶层，我的父母不懂艺术，他们从不谈论艺术。我当时看的漫画主要是些少年向的商业漫画，显然和大写的艺术有所区别。在此之前，我一直认为自己和艺术相距遥远，很难有什么交集。后来我会尝试写作，并且毫不犹豫地以纯文学为方向，就是因为这时播下的种子。

我还读了一些哲学书。我最初读的是叔本华。当年叔本华并非冷门作家，很多对生活怀有悲观看法的人都喜欢读他。叔本华是个偏激好斗但极端聪明的人，他说我们生活的现实世界是一种意志的表象。后来我才理解他说的"意志"类似于老子的"道"和康德的"自在之物"，但在概念上有所发展。因为我们的生命不是存在的本质而只是表象，因此就注定是悲剧性的。我和朋友还讨论为什么像他那么聪明和深刻的人，在日常生活中却那么狭隘、自负和小气。这对我来说难以理解：他的精神和他的生活仿佛是割裂的，他的智识并不作用于自身的品格，他像是在以一种科学的眼光考察和理解这个客观世界和它背后的规律。可能我读他时怀有一种不恰当且务实的诉求，即我希望他能帮助我完善自己，加深我对生活、对人、对社会等的理解，令我变得更有深度和自信。因此我希望他以身作则——假如他的思想连他本人都改变不了，那又怎么能改变我呢？但是叔本华的学术冲动或许并不源于调和自己和世界的关系的渴望，尽管他激烈地反对黑格尔，但他和克尔恺郭尔也不是一类的。

当然我也没有落下文学，因为我迫切地渴望丰富自己的精神世界。可是当时漫画社里的男学员几乎都不读文学，倒是有个女学员向我推荐了村上春树。于是我读了《挪威的森林》和《海边的卡夫卡》。《挪威的森林》我不喜欢，《海边的卡夫卡》则感觉好一点。然后我又读了王小波，这倒不是受到漫画社里朋友的影响，而是因为王小波在当年很热门，网络和媒体上都有不少人推荐他。我喜欢王小波温和、宽厚且理性的自由主义，相对于他的小说，我更喜欢他的杂文。

另一方面，我在漫画社的这段日子仍然过得很焦虑。因为我画画基础差、起步晚，而且年龄比较大。在漫画以外，我也没有任何长处。我发现别人都比我有个性，兴趣爱好比我广泛，知识见闻也比我丰富，更重要的是都比我自信。这令我控制不住地又自卑起来。于是我向新交的朋友学习，模仿他们待人处世的方式，把他们的兴趣变成自己的兴趣。实际上这些朋友对我的影响，要远大于漫画社对我的。因为漫画社只管给我们布置作业，很少和我们交流。老师和我们不住在同一栋房子，平常我们都见不到他。

在新朋友的启发下，我渐渐察觉到漫画社布置给我们的作业，本质上不是在培养漫画家，而是在培养漫画助手。尽管漫画家也需要基本功，可是不能光是在机械地训练，却对创作问题连谈也不谈——漫画说到底是创作而不是制作出来的。于是在私下里，我开始反思漫画社的很多做法。然后我得出了结论：漫画社对我们的训练损害了我们的创造力，正在把我们变成某种工具。我的新朋友兴奋地赞同我的观点，他们正处在叛逆的年龄，对任何批判观点都怀有兴趣。实际上我根本没有什么可被损害的创造力，可是我从摇滚中得到了启发和鼓励：我的症结就在于我的服从性，所以我一定得反抗些什么。我认为只有反抗才能赢得朋友对我的喜爱，我才会因此获得个性，变得和他们一样充满魅力和自信。然而我每天二十四个小时待在漫画社里，除了漫画社我就没有别的反抗对象了。

　　正好在这个时候，漫画社大概要招收下一批学员，需要腾出些空间，于是给我们布置了一次末位淘汰的考试。我觉得这么做对我们相当不尊重，而且我也有被淘汰的风险。老师就像个任性的小孩，而我们是他的玩具，他想怎么样就怎么样。尽管半年来他提供我们吃住，从我们身上没得到一分钱回报。但我们也付出了半年的时间，不该被那样随随便便地打发走。何况漫画社并没有提早告知我们这种淘汰制。于是我决定借这个机会，让他认识到自己做得不对，尤其是要他知道我们的愤怒——其实与其说我感到愤怒，不如说我感到自己应该愤怒。除此以外，我也害怕万一被淘汰的是自己，那种难堪和对自尊心的伤害将是致命的。因此我暗地里已经打算主动离开。

　　这次的考试是按照一份脚本创作一个十五页的短篇。这份脚本详细到了每一页的出场人物和每一句对白内容，因此我们可以发挥的空间很小，主要就是安排分镜画格了。这份脚本的题目叫"买只勤劳的鬼"，故事情节大致是这样的：一个富家公子在集市上花二百两金子买了只鬼，卖家说无论吩咐这只鬼做什么，它都能完成，但绝不能让它停下来。公子回家后让鬼种地、盖房、捕鱼等等，鬼总是极快地完成任务。最后公子为了找事情让鬼做，把自己都累垮了。鬼因为接不到新的命令，于是把公子的家给拆了。——这其实是一个寓言故事，讲述了一个不劳而获终会被反噬的道理。

我没有按照脚本去画这个短篇，而是对情节做了改编，反过来讽刺这次考试的脚本，以及漫画社对我们的训练方法。出于恶搞的目的，公子和鬼的形象，我直接借用了《七龙珠》里的悟空和《机器猫》里的机器猫。然后我讽刺了情节里经不起推敲的几处：比如脚本里说鬼不能停下来，可是在集市上卖鬼的前主人却让它停了下来。又比如脚本说公子找不到活给鬼干，可是他其实可以让鬼做一些没意义且重复的事情。还有在故事的结尾，公子明明可以命令鬼把被破坏的房子复原，因为鬼无所不能，那座房子原本也是它盖的。除了以上情节的漏洞外，我还讽刺了漫画社反复布置我们临摹漫画版《阿基拉》的作业（将来我们可能要给漫画社里的主笔当助手，而这是用得到的技能）。不过平心而论，大友克洋的制作水准确实是大师级的，从《阿基拉》的末日场景里我们可以学习到很多细节处理的方法。

我并没有给自己留后路，这个漫画是和一封告别信一起转交给老师的，在得到老师的反馈之前，我已经收拾行李离开了。后来我从朋友处听说，老师为了这件事和大家开了个会，仍旧挑了我一些基本功的问题，比如说我的线条没有粗细变化之类的。不过这个漫画我是直接用樱花牌针管笔画的，线条不可能有粗细变化。我没用蘸水笔也没打底稿，是要"把漫画社教给我的还给漫画社"。背景我也没有画，而是直接借用了照片和大友克洋的作品，因为我要讽刺漫画社成天让我们临摹大友克洋。我和朋友私下都认为，相比于画面，故事才是漫画的核心，我要把这种轻重对待体现在作品里。老师最后对我这次幼稚行为的评价是："年轻人心里有火是件好事。"——单就这句评语而言，老师其实是个大度的人。如果他的一些做法不太成熟，那么我的做法则更加不成熟。

于是我又要去找工作了。这时大约是2003年年底，我二十四岁。和应届大学毕业生相比，我的年龄更大。我过往的工作经历对这时找工作也起不到什么作用，因此要找到好一点的工作并不容易。

愤世嫉俗

我害怕一些对大多数人来说很普通的事情。比如独自乘坐出租车——在一个逼仄的封闭空间里，和一个陌生的司机并排而坐，这会令我头皮发麻。假如两个人都不说话，那种沉默的气氛我受不了，而说话更让我受不了。因此直到今天为止，我独自乘坐出租车的次数仍然屈指可数，那都是在一些迫不得已的情况下。可是假如我和家人、同事或朋友一起乘坐，那种压力就消失了。

另一件事情是理发。应付理发师挑起的话头常常令我既紧张又疲劳。如果理发师向我推销业务，那我就更加难掩窘态了，这方面我有过不少不愿回首的经历。大约在二十岁之前，我都是在路边的理发摊剪头发。可是后来路边摊全部消失了，于是为了减少进发廊的次数，我二十几岁的时候，一般一年里只理两到三次头发，每次都是从半长发理成小寸头。直到三十岁过了，我去发廊理发的时候，还是要做很久的心理建设。我会长时间在发廊外徘徊，但我不能站着不动，因为那会引起发廊里的人注意。所以我采取绕圈子的方法，就像是出来散步似的，以目标发廊为中心，在周围来来回回地走。一般我要走几十分钟才敢进去理发。但也有几次，我走了一两个小时，还是鼓不起勇气，最后只能改天再去。

在所有对我来说困难的事情里，面试工作可能是最恐怖的一件。我很害怕因为自己的条件达不到用人单位的要求而被拒绝。所以我总是仔细地研读招聘启事，逐字逐句地琢磨，确保自己方方面面都能够满足对方的要求。这么做的结果是我应聘过的工作都是我的条件胜任有余的。我找工作总是非常迅速，基本都是一击即中。我从不在面试时向资方提要求，甚至都不问公司的情况，我只盼着面谈尽快结束。而一旦工作谈成，我就不会再赴其他的面试预约。基于以上的原因，离开漫画社后没几天，我就已经开始上班了。我的新职业是一本刚创刊的动漫杂志的美编。这是我的第八份工作。

当年的动漫资讯杂志，主要是面向学生读者，围绕日本的动漫作品及周边进行介绍、评析及二次创作（同人作品）等。可我们编辑部只是个草台班子。我的所有同事里，除了主编曾经在一本同类刊物做过文编——且不是特别资深——以外，其余人都没有本行的从业经验。我们老板是个精打细算的人，或许他的资金也有限，经不起挥霍，所以他很崇尚花小钱办大事的道理。他从众多应聘者中挑选出我们，或许是因为我们对工资的要求不高。他在面试时问到我对薪资的预期，我回答说："你给我同职位的人多少，就给我多少，我没有预期。"可能我打动他的就是这种卑微、温驯和随遇而安，或者——看他怎么理解——对利益的淡泊心态，而不是业务能力。关于业务能力，他只是口头问了我能不能操作 Photoshop 和 CorelDRAW 这两个软件。我告诉他可以。他又问我懂不懂用扫描仪。这个我当然懂，因为我家就有扫描仪，是之前为了画漫画买的。然后他让我到外面去操作一遍扫描仪，把几张照片导入到 Photoshop 里——以上就是全部的实操测试。我相信他选择了我，肯定不是因为我会使用扫描仪而别人不会，而是因为我没有提任何要求。此外我讲述了自己在漫画社的经历，以及对漫画社的一些看法。想必他立即发现了我很幼稚，他几乎肯定敏感地留意到了我很羞于谈及个人利益，而且在漫画社的半年没领过工资——这从他的角度看也成了我的"长处"：因为我是个自以为"有理想"的人，而"有理想"的人一般都不太计较回报。

我在这里不惮从"最坏"的角度揣摩我老板当时的心思，

是基于后来我工作时点点滴滴的遭遇、观察和分析。和所有老板一样，他当然也有好的一面。实际上我不讨厌他，我对他的印象至今都很不错。他是个颇有风度的人，说话温文尔雅、条理清晰、措辞得体，相貌也英俊，个子有一米八左右，没有发福。早年他在电台里当过播音员，因此他的普通话发音字正腔圆、抑扬顿挫，非常悦耳。像他这种气质的人很能博得我的好感。我有时也会以貌取人。假如他长得肥头大耳、油光满脸，那么我就可能会觉得他粗俗，而这当然是一种毫无道理的偏见。他在创业之前，曾在一本碟评杂志当发行人，那本杂志我也买过，是同类刊物里的佼佼者。当年的碟评杂志其实和盗版影碟是唇齿相依的关系，假如没有盗版影碟的存在，他们就无碟可评、无碟可荐了。而2002年中国获准加入WTO，这就意味着盗版影碟的黄金时代即将结束。与此同时，宽带网络的普及率在当年还不高，P2P下载软件甚至还没出现。我老板观察到这些形势，于是离开了任职的刊物，自己出来尝试创业。

就工作能力来说，我的老板有点像万金油，啥病都能治。他原本不是个编辑，但编辑的工作他都能做。他可以写影音内容及器材方面的评论文章，还能翻译和校对英文稿件。有时他会在外网找内容，然后翻译成中文放进自己做的书刊里。他甚至还懂得排版，尽管他使用的是一款功能比较单一且在当年已被淘汰的软件PageMaker。他还经常向我们请教Photoshop的操作，以提升自己的能力。他在创办我们这本动漫资讯杂志的同时，自己还持续地做着一些影音器材方面的特刊。他可以独自一人把整本刊物做出来，除了封面让我们搭把手以外，其他比如内文、排版、出胶片、进印厂等都是他自己跟进。他什么都学，什么都做，各种技能都会一点，有一个重要的原因是他要省钱。

　　早年图书市场繁荣的时候，很多书刊只要题材蹭到热点，内容即使粗制滥造也照样能够畅销。可能他看到太多烂书大卖特卖，于是养成了一种投机的心理，觉得一本书的市场反馈，受运气因素的影响要大于受品质因素的影响。毕竟他从前是个发行人，他习惯从发行而不是编辑的角度看问题。当然他对品质也不是没有要求，只不过品质向来和成本挂钩，他不愿意多砸钱做精品。大概他也看到过很多砸钱做出来的精品卖得并不好，所以宁愿花同样的钱多做一些不同的产品，以增加"中奖"的几率。可能也由于他的资金比较紧张，他不能在一个产品或项目上孤注一掷。他必须分散风险，不能吊死在一棵树上。他要学渔翁撒网，不能学寒江独钓。相比他原来从事的影音内容，他对动漫内容的前景更有信心，但那说到底并不是百分百的信心，而是一种商人的触觉——他得首先排除自己资金不足和无利可图的领域，然后在剩余的品类里挑选。而做动漫资讯类刊物的门槛很低，投资也很小。

　　我这里并不是在挑剔他当年的做法，因为彼此身处的立场和角度不同，即使我尽量换位思考，但我看到的情况和他看到的肯定还是很不一样。而且我很清楚一点，假如我老板不是这样的人、不是处在这样的一种情形下，他就不会聘用我。或许他会聘用一个比我年轻有能力但索要更多的人，那么我就不会有这段工作经历，更不会在今天把它记录下来。我认为我的际遇，或者说我遭遇过的人和事，归根结底是由我自身决定的。在某个层面上，这也是一种"物以类聚，人以群分"。我可以选择接受它，或者选择改变自己，但不能既不接受也不改变。因此今天的我对过往没有一丝一毫的抱怨，我只想尽量去理解这一切。

我们做的杂志申请的是音像号，每期附赠一张光盘，杂志作为光盘的别册。这其实是钻了法规的漏洞，不过这种做法在当年很普遍，市面上大多数我们的同类刊物都采取了同样的做法。作为美编，我的工作内容主要是排版，以及按文编的要求处理图片。动漫资讯杂志的版式一般都花里胡哨，而且版面里图片的占比要大于文字。包括主编本人在内，最初只有两个文编，但却有三个美编。我们美编的工作进度完全取决于文编，在他们把版面内容交给我们后，我们才能进行排版。因此每期刊物出胶片前的几天，我们都要加班，最后的一天还要通宵。除了这本期刊以外，我们还要做一些别的图书。其中既有老板亲自负责的影音类的特刊，也有一些动漫方面的专辑，还有一些盗版日本的童书。总之，我们的工作量是排满的，并不是只做一本杂志。

2004年的春节，我们编辑部的全体人员在放假前吃了顿饭。当时我们杂志已经发行了两期。我记得在餐席上老板发言，说刊物的市场反馈不好，但责任不在我们身上，而在他和主编身上，因为他们是带队的人。然后他又安慰我们："不过不要紧，我们并不是一家大公司，所谓船小好调头，我们更容易调整好。"不知道为什么，他站在餐桌边说这番话时的情景，至今我仍历历在目。平常他还会毫不避讳地自嘲说："我们出版行业已经是夕阳行业了。"因为个人电脑和互联网的普及，确实分流了很多纸质书的读者，尤其是像我们这种带时效性的快消刊物的读者。不过大街上的书报亭还没有减少，报刊亭减少是智能手机出现后发生的事。只是我们杂志做得也实在没有特色，不过是在重复市面上同类杂志的套路，而这当然行不通。何况那些同类杂志大多也只是昙花一现，做个两三期就消失了，还不如我们坚持得久。我觉得主编可能也有点忽悠投资人的想法，先给老板画个饼，假如杂志做成了，他自然是分享成果；假如杂志做不成，反正亏的是老板的钱，大不了再找一份工作。而老板当然也都明白这些。事实上他们都是成熟的社会人，对一切都了然于胸。他们因为共同的利益而合作，也清楚对方真正在乎的是自己的利益。倒是我傻乎乎的，什么都看不清楚，什么都想不明白。

　　大概因为杂志的发行情况不理想，我们老板看到开源不顺利，那就只好想办法节流了。我的试用期工资是一千五，为期三个月，试用期结束后，老板让我们签的劳动合同却是一年的。放在今天，这已经违反了劳动法。但当年劳动法还不完善，对劳动者的保障不如对投资人的鼓励来得有力。而且当年我完全没有维护自己权益的意识，更不敢去据理力争。那份合同里还有一些条款我读了之后觉得很过分，但我已记不起那些条款的内容了，只记得自己当时生气的情绪。

我没有签那份合同，但也没有立刻离职，而是又做了几个月。其他同事的情况我没有打听，因为我拒签的那份合同里禁止同事间交换各自的合同信息。我们当中只有一个日语翻译——他来的时候是个应届毕业生——对合同提出了质疑。我还记得他的妈妈是某银行的高管，他家的经济条件明显比较好。他不知道通过什么方法，在签订合同之前，把合同的副本发给了妈妈看，而其他人都没有这么做。然后他妈妈和我们老板在电话里交涉了好几天。当然，这件事令我们老板感到困扰。因为我们的办公室很小，他打电话的时候我们都能听到。不过我忘记那个日语翻译是当即就离了职，还是像我一样又干了一阵才走的。

因为我没有签合同，还是只拿一千五的工资，同时公司也不帮我买社保。老板没有说些什么，大概是觉得我想怎样就怎样，可能他心里还暗暗高兴。因为杂志发行得不好，他可能已在做多手准备，万一要把动漫资讯杂志砍掉，那么我们这些做动漫内容的编辑就没用了；假如我们都签订了合同的话，他解雇我们时还要给我们补偿。于是他故意在合同里埋下陷阱，以减免自己可能面对的风险和损失。这应该是我读了合同后生气并拒签的原因。可惜这么多年过去了，我早已忘掉那份合同的具体内容。而上面对他动机的分析，则是出自我今天的推断，在当年我根本看不透他心里想些什么。不过正如前面说的，我由始至终都不讨厌他。后文将会说到，在我初次向他提出辞职之后，过了大半年我又回到了他手下做事。

不过在另一方面，大约从加入漫画社开始，我和父母的关系变得一天比一天糟糕。我发现他们教我的处世之道，在现实中根本就行不通。我按照他们的教诲，在社会上很容易吃亏。有一些人人都懂得的道理，他们却连提醒都不提醒我一下。他们自己一辈子躲在事业单位里，对社会的变化视而不见。我还记得从20世纪80年代末到整个90年代，广州的家家户户几乎只收看香港的电视台，而我们家却始终毫不动摇地收看中央电视台。他们告诉我是错的一些事情，我看到社会上很多人都在做。可是现实并没有惩罚那些人，相反倒是在惩罚我。然后他们又为我在社会上混得不好而愁眉苦脸，把我看作一个无能的人，甚至当着外人的面也这么评价我——老实说这非常刺痛我。他们总是摆出一副关心我、心疼我的表情，同时肆无忌惮地践踏我的自尊心。我发现尽管我经常把自己看得很卑微，他们也把自己看得很卑微，可是当他们把我看得很卑微时，我的感觉却近似于受到了羞辱。虽然我心里也清楚，他们在外人面前贬低我，只是一种机械的谦虚反应，而不是真的对我怀有不满或想借机激励我。

此外他们对我在漫画社交的朋友也并不待见。我几次把朋友带回家里，我的母亲还算有修养，虽然对我加入漫画社并不赞同，因为漫画社似乎很难赢利，老板也不给我们开工资，我的未来变得难以预料，而且我年纪也不小了。但她只是忧心忡忡、愁眉苦脸、旁敲侧击、欲言又止，却从没直接批评和阻挠过我。倒是父亲对我的朋友十分嫌弃，认为他们不务正业，而且不讲卫生。我父母都有洁癖，可我的朋友并没有每天洗澡的习惯。于是有次父亲向我投诉，说我朋友身上散发出臭味，让我以后不要请他们回家——这真的令我相当恼火。我从我姐处听说，他们经常在背后议论我，对我的选择很不认同。可是他们自己的观念和想法，明明就和世俗社会脱节。他们对服从性的强调、对威权的信赖、对私欲的克制等，都和民间——起码是当年广州的民间——活跃的世俗观念和市井文化背道而驰。他们都是道德主义信徒而不是实利主义者。尤其是我的母亲，她从不教我趋利避害，而是给我灌输一套又一套道理，那些道理可能只有圣人或苦行僧能做到。她对自己相当冷酷，对我的方式也和对她自己差不多。既然她那么教育我，我自然就会反感现实，这是再明白不过的因果关系。因为相比于理想世界，现实世界是贪婪、虚伪、粗俗、功利，并且不自律的。

可是到头来她又以世俗意义的成功标准来衡量我，把我看作一个失败者。哪怕她的初衷其实是担心我，怕我一步步地堕入社会边缘，将来老了连生存都成问题，而不是对我失望，或渴望我取得什么成功。

实际上他们希望我融入世俗社会的愿望才是奇怪和分裂的。他们的逻辑是一种所谓老实人的处世之道：严律己，宽待人，逆来顺受，与世无争，委曲求全，避免和任何人起冲突。在我的记忆里，母亲极少指责别人，不仅当面不指责，背后也不指责。她老说别人如何不容易,仿佛她自己很容易似的。她要体恤所有人,包括远比她过得好的人,或许只有犯罪分子被排除在外了——多么了不得的博爱啊!别人做的事情如果和她教育我的道理相冲突,她就只当作看不见。于是她那些做人的道理就只是用来约束自己和我,然后她又为我混得不如别人而践踏我的自尊心。她从不在外人面前表扬我正直或谦让之类的,相反却要说我如何如何不如别人——哪怕这是事实她也不该这么说的,因为她是我的母亲,她甚至都不该产生这种想法。何况她当着我的面都要说,那背后还说了多少就只有天知道了。不知道为什么,我觉得她总是在提防自己溺爱我,好像溺爱孩子是人类不可饶恕的原罪似的,她宁愿矫枉过正。她那种深入到骨子里的卑微使她意识不到有些话会伤害我。而且她的处世之道在我看来也很"功利"——虽然她的情况和大多数不讲原则的人反了过来,但她同样也没有原则——她的"功利"不是为了满足自己的利欲,而是为了满足自己的安全感。

以上所说的种种原因使我逐渐对母亲产生了"恨"的感情,并且令我认识到无知有时近似于恶。此后很多年我都在攻击她那种无知和盲从的信仰。比如我反驳她赞美的那种无私奉献。我说人就是再无私付出,也不可能比得过一头耕牛。因为牛干的活比人累,所求的却只是一把干草。那么难道说人还不如牛高尚?可是牛理解不了自己做的事情,它们只是在盲目地服从人类的差遣。故此高尚的品德肯定要建立在对自己行为意义的理解的基础上。换言之无知的人并无品德可言,不论其行为有多么无私。

不过在理智上,我由始至终都清楚父母才是真正关心我的人,而我的老板只是在乎我的工作价值。可是我却恨我的父母,不恨我的老板——承认这点令我感觉难堪,但这就是事实。爱和恨都是感情,这就像本能反应,不受我的理智控制——我无法控制自己爱谁恨谁,除非我欺骗自己——我只能引导自己的行为,尽量不要变成一个"不敢对外人凶,只敢对家人横"的人。可能也因为我太软弱,软弱的人总是对外人谦恭宽容,对家人则苛刻严格。不过在我恨父母的同时,其实我也同样爱他们——我发现爱和恨不是一对互斥的感情,一个人可以同时既爱又恨另一个人。后来当我看到他们患病受苦时,我的心就像被刀割一样痛,如果可以,我宁愿代替他们承受那些痛苦。

我在加入漫画社的时候,已经年满二十三岁,性格早已定型,不会有太大改变了。可是我的"三观"却像是被翻耕了一遍。离开漫画社后的我和早前相比,精神成分复杂了很多。首先在家里,我不再渴求父母的肯定。相反,我反感他们的愚昧无知。他们已经不是我的榜样,而变成了某种"反面教材"。这并不是青春期的叛逆,因为这时候我都二十四岁了。在新的工作中,我仍然服从性很强,不过在心里,我开始对工作内容的价值产生了质疑。我们做的那本杂志,主要面对低幼读者,内容极其矫情、做作、肤浅和幼稚,说它是垃圾无疑才是客观中肯的评价。尽管我其实也幼稚,但和那不是同一种风格。我不喜欢自我感觉良好的矫情，我觉得大多数人其实都很糟糕，谁都没有资格感觉良好。而别人大概也不喜欢我这种自轻自贱和自怜。当时主编和我们讨论工作或提出要求时，我几乎不认同他的全部观点，但仍然服从他的主张。这种持续的分裂情形在我此前的工作中并没遇过。早前的我是个单纯迟钝的人，在工作中完全没有主见，领导让我干什么我就干什么。但这会儿我有了一些自己的价值判断，甚至开始变得愤世嫉俗。

当然我对自己参与的杂志内容不认同，还有一个重要原因是我本身是个动漫爱好者。我是出于兴趣而入行的，在我的爱好领域，我肯定有自己最基本的审美标准。这份工作对我来说和送雪糕、送快餐、卖衣服的情况不一样。有一个事实是，因为我们老板不懂也不插手杂志内容，所以尽管他对我相当抠门，但我对他的印象却远比对那个主编好。

我们主编对杂志内容和风格的规划，其实方方面面都背离了我的审美，所以我当年对他的评价相当低。在我看来，他是一个媚俗、油滑且投机的人，写的文章把肉麻当有趣。他经常不真诚地评论一些真诚的作品，这等于玷污我喜欢的东西。不过今天我换位思考，对他的评价有了很大调整。他出生在东北的农村，小时候家里非常穷。他好像只比我大一或两岁，那也就是说，当年他才二十五六。他说自己读完初中就开始打工，那么我认识他的时候，他其实已经工作了近十年。我不知道他怎么会喜欢上动漫，或许他从来就没有真正喜欢过，只是把这当成一门营生。但我知道他是怎么入行的。当年有一个动漫游戏论坛叫作"Newtype",一般简称为"NT",这个论坛我也有上,但并不是里面的活跃分子。不过我却对他的 ID 有印象。他在论坛上混,用他自己的话来说,是在培养人脉。然后他结识了一些编辑,借助这些编辑的引荐,他进了一本头部的动漫资讯刊做文编,那本刊物的编辑部就在广州。他只有初中学历,不通过这种方法根本不可能进那本刊物。他在那本刊物干了一年多后,又认识了我们老板,于是跳出来跟我们老板创业。他非常勤奋和刻苦,除完成我们杂志的工作外,还给别的刊物写稿子挣稿费。我亲眼看到,他为了给自己提神,成箱成箱地购买力保健。我记得他说过拿破仑每天只睡四个小时,所以他也只睡三四个小时——即使这话有所夸张,但他睡得很少这点应该确凿无疑。他没有偷没有抢,没有背景没走捷径,比我勤劳而且对家庭更有责任心。而我出生在广州,户口也在广州,在他看来,我就是个比他命好的人。事实上我家并不富有,虽然在广州有房子,但那是自己住的,并不是投资品。我和他共事的时候,还住在父母从单位买断的宿舍房里,连一个属于自己的房间都没有。不过这和他的原生家庭相比,已经不知道优越到哪里去了。因此他对我的偏见就和我对他的偏见一样——如果说我反感他的媚俗和投机,则他同样把我的教养和自律归结为出身好的人特有的傲慢和清高。我之前在漫画社里待了半年,一分钱收入也没有,这在他眼里也有一个简单合理的解释:我家肯定很有钱,所以我不用挣钱。我的老板对我可能也有这种看法,只是没有像他那样直接对我说出来。

实际上这是我经常面对的一种误解。早年的我在工作中，以及在更普遍的社会交往中，经常被人误认为是有钱人家的孩子。因为我在面对利害选择时经常无动于衷，甚至主动谦让。还有人以为我父母是知识分子，所以我的教养才会那么好。实际上这错得离谱，我只是害羞和内向，在外人面前很注意自己的言谈举止而已。可是一旦和人处熟了，我也会口无遮拦伶牙俐齿。我既喜欢自嘲，也会调侃别人，在相熟的人跟前我的口才并不差。读书时的我其实很好动，初中时我甚至是班里最调皮的学生之一。但踏入社会后我的性情好像彻底反转了一般——起码在旁人看来是如此。我父母的文化水平都不高：我父亲是贫农出身，参军前只读完了初中；我母亲则在高中毕业后下了乡，此后再没读过书。我家的经济条件也不好，父母都是小单位里的基层职工，性格又都老实巴交。我们家有两个老人（我外公外婆）和两个小孩（我和我姐），经济条件并不宽裕。

在拒签了劳动合同之后，我没有立刻离开公司，一方面是因为我对找新工作缺乏信心。正如前文所说的，我年龄相对不小，学历相对不高，工作履历乏善可陈。然而这时我已读完了夜校，拿到了大专文凭，再去找加油站那种工作似乎很难自圆其说——如果我要做那种工作，当初又何必读一个夜大呢？而我在编辑部虽然只拿一千五百块，比两年前在加油站还少了三百块，但这份工作在旁人看来起码更像是一个大专生该干的。假如我要换一份好点的工作，比如广告专业方面的，则必定要经过大量的面试和淘汰，而不是像去加油站应聘似的，只要排队领入职表就行了。我极其害怕应聘面试，如果说我本身只有半桶水，那么面试时再一紧张，可能那半桶水还得再漏掉一半。于是我想不如先干一段时间，等积累了一些工作经验后，再去考虑换工作的问题。

还有一方面的原因是，我在编辑部可以读到多种即期的日本动漫刊物，以及大量港台原版的日本漫画。我还托公司的渠道订购了一些境外出版的漫画，其中有部分是我自己买的，也有些是帮朋友买的。2003年那会儿淘宝网才刚创办，香港自由行也是刚开通，还要再过好几年才有人想到做跨境带货生意。所以当年要买到港台原版的日本漫画并不容易。因此我们公司的资料书和境外采购渠道，对我来说其实是个不小的吸引力。我想在离职前尽量多买些书，可是手上又没有那么多钱，于是我就半拖半就地继续干下去了。

直到有一天，我在漫画社的一个朋友回了北京。这个朋友是我们中的核心人物。他之前在一本原创漫画期刊里做编辑，他自己的创作水平其实高于期刊上的多数作者，但他对当时期刊的低幼化和种种限制很不满意，所以宁愿画一些没有回报的个人创作发布到网络上。他到我们漫画社来，是因为我们漫画社在体制之外，他认为在这里创作会更自由一些。然而漫画社是朝着商业化方向运作的，老师其实是一个商人，自己已经不创作了。而商业化对我朋友来说也是一种限制——他不仅不满体制，而且也不满商业化。很快他就觉得漫画社也没有意思，于是就回了北京。而我和另一个朋友也开始商量，要到北京去和他会合。这时我在编辑部已经上了半年班，可以说一天比一天对这份工作感到厌倦和反感。我的朋友一直以来对社会的鞭挞，与我此时在编辑部里的经历、见闻和感受竟不谋而合。我发现当个人的爱好一旦变成了工作，结果往往不是两全其美，而是痛苦和分裂。于是经过一段时期热烈的商量后，我决定随朋友到北京过"流浪和创作"的生活。我在做出这个决定后，马上就跟老板辞了工作。老板这时对我也没多挽留，大概他对杂志做不做下去还没拿定主意。于是在2004年上半年的某天，我和另一个朋友一起，坐上了开往北京的硬座列车。我还记得那张车票是两百五十三块钱。这是我初次离开出生地广州，去往别的城市生活。当时我就已经清楚，这趟行程对我将意义深远。但我没有料到的是，它只维持了六个月。

在北京"嬉皮"的半年

之前我在去了编辑部上班后,仍然和漫画社里的几个朋友保持着联系。尽管漫画社远离市区,但毕竟还是在广州,休息日我可以去看他们,他们也能到市区来找我玩,有时他们还会在我家过夜。我很清楚自己公司做的那种杂志在他们眼里是庸俗的,所以我毫无保留地贬低自己的工作。当时的我认为,离开这份工作到北京去创作,无异于摆脱一个谎言而投身真实的生活,就像楚门逃离巨大的摄影棚回到真实的世界一样。

实际上我在北京的这段经历，是我之前在漫画社度过的那半年的延续，这两段经历可以放在一起总结。可以这么说，我前面讲述的所有工作经历，无论取掉其中的哪一部分，对今天的我都不会产生什么影响。可是加入漫画社和后来去北京的这段经历，假如没有发生过的话，今天的我将会是一个和现在很不同的人。

我在加入漫画社之前，是一个非常缺乏主见的人，有时我甚至乐得任人摆布。有些认识我的人以为我很感性，甚至相处多年的同事也这么评价我。因为我好像不太重视个人利益，而他们认为这就是感性的特征，理性的人都应该趋利避害才对。可事实恰好相反，我的思维方式非常理性，只是我不常从个人利害的角度考虑问题。趋利避害是人的本能，它往往要利用理性来实现，但本身并不等同于理性。我的感性水平其实非常低，我很不容易激动，个人的喜恶、情感都不强烈，甚至可以说相当冷淡。

比如在漫画社的时候，有时我会这么说：某部作品我喜欢，但并不觉得它好；而另一部作品我觉得好，却并不喜欢。像这样的表达经常令我的朋友感到费解。因为假如我的好坏标准不建立在自己的喜恶之上，那究竟是建立在什么之上呢？对此我又回答不出来。我还记得一个朋友经常拿几部作品问我哪部最好。我总是东拉西扯一大堆理由，听得他几乎丧失耐心，最后我却不给出明确的答案。大概我觉得每部作品都有好和不足的方面，如果我直接说某部作品好，这样的回答肯定粗率片面、失于偏颇，不能面面俱到。最后这个朋友对我发火了，他认为我这个人太啰唆、不真诚，他只是随口问一句，我却顾左右而言他。这件事给我留下非常深的印象，并且引起了我的反思：我为什么会养成一种极其谨慎、追求全面和客观的表达习惯？我为什么害怕表达自己内心或许偏颇却真实的感受，而宁愿选择一种其实不可能做到的兼顾方方面面的表述，结果却变得啰里啰唆、滴水不漏、说了等于没说？在同龄人里，我好像从没发现过和我相似的例子，而且我姐也不像我这样。

不过我仍然认为我身上的这些特点主要是受到家庭的影响，而不是受了社会的影响。不知道为什么，社会对我的影响相对来说很小。我的适应力和接受力都很弱，因此比较难被环境同化。实际上我和我母亲在很多方面都极其相似——我姐像我父亲，他们是粗线条的人，心思比较简单；我则像我母亲，经常顾虑重重，喜欢向人解释，凡事要找依据，习惯把自己的真实感受和态度藏起来。母亲总是教导我要客观地看待事物、辩证地归纳道理。她常说凡事都具有两面性，因此当她要肯定一件事情时，总要加上几句批评的话，表示凡事皆有可取之处，可也都不尽完美；反之当她要否定一件事情时，她也不忘夸上两句，以证明朽木中也能发掘出亮点，看问题不能太过片面。总之，如果你不熟识她，就可能会以为她是个骑墙派——对谁都不得罪，对谁都想讨好——然而她并不是。她只是把一种四平八稳不偏不倚无可挑剔的中庸立场当作安身立命之本，这是她近乎本能的处世之道。用她的口头禅来说，做人要"一碗水端平"。恰巧她是天秤座的，而我也是。不过我不相信星座说，我觉得这只是巧合。直到今天，我仍然经常从母亲待人处世的言行举止中痛苦地察觉到她的压抑、扭曲和自我蒙蔽，以及背后的部分缘由。我痛苦是因为发现自己一定程度上继承了她的特点。但我至少要比她往前多迈一步：我要认识自己到底接受了些什么，它们是怎么来的，又是怎么影响我的。只有先迈出这步，才有可能迈出第二步。

我是一个对自己的喜恶不太重视的人，或者用朋友的话来说是"爱憎不分明"。但在加入漫画社之前，我并没有发觉这一点，因为此前遇不到触发我思考这个问题的机会。早年我在日常生活和工作中，并不会与人频繁地交流彼此的喜恶。可是在漫画社的情况却截然相反：学员们每天在画室里一边练习基本功，一边嘴上在聊天，聊的几乎都是各自喜欢的作者和作品。通过交流中的对比，我才发现自己的感受力出奇地弱，喜恶感不强，个性也很模糊。由此我意识到这是因为我长年克制自己，已经习惯了以一种"不偏不倚"的眼光看待事物，而这对创作来说尤其不利——如果我真的能够消灭自我，或许倒成就了一种无我的境界。但这对一个年轻人来说自然是异想天开。所以我的那种克制就变成了画地为牢和自我囚禁，既不自然，也不自由。

可是假如说要释放个性，好像我也没有什么可被释放的个性。我的道德感可能比很多人强，但这能算是独特的个性吗？

何况我对道德主义深恶痛绝。实际上我的个性就是那只囚禁我的牢笼，而不是被关在了牢笼里。于是我向朋友学习，他们热衷于批判现实，针砭时弊，而这对我来说正好是一次对社会的祛魅过程。我学会了质疑，这点非常重要，虽然这时的我思想简单，并不懂得怎么质疑。但它作为一种意识，起码使我不再盲目地服膺于社会标准或主流价值。我还认识到，不仅仅是我，其实社会里的大多数人，都不具有真正的个性，大家很大程度上只是一些狭隘和僵化的观念、传统或趋利避害法则等的塑造物。因此在人们身上寻找共性要比寻找个性容易得多。

刚到北京的时候，我们只有三个人：其中一个是和我一起从广州出发的同伴，另一个就是我们去找的那个朋友。他是我们当中创作经验最丰富、想法也最多的一个，因此算是我们中的领头人。我们在北京最初的一段日子过得很随性，每天的时间主要用来闲逛和聊天。有时我们会去找一些在北京的漫画作者玩。记得有次别人问我们有什么创作计划，领头的那个朋友说："我们要思考，要讨论，还要多想想。"别人不太能理解。于是他又解释："有时候想想不做，就等于做了。"这句话逗得人家都笑了。他其实是在强调思考比行动更重要。在他看来，出于种种的原因——既有发表环境和市场因素，也有创作者们自身的问题——大多数人的创作已经误入歧途。所以我们不投身这股"污流"，本身就具有抵抗的意义。

可是他的这种说法受到了别人善意的取笑。别人对他怀有善意，是因为认可他的创作水平。而我在漫画创作上没有他的水平,站在他身边就难免感到尴尬。当时我们还寄住在通州一个朋友的家里。这个朋友是我那两个朋友的朋友,之前我还在漫画社时,她曾到广州来玩过。她也是画画的,平常会接些商业插画活儿,还在国贸附近上班,有稳定的收入。而我们三个则像嬉皮士似的,除了一腔的理想主义外,身上却是一文不名——我们既没有积蓄,也没有工作,每天只能吃人家的、住人家的。或许只有我心里感到惶惑不安,我的两个朋友则只关心怎么影响更多人和改善创作环境,乃至将来改变世界。就这么过了一阵子后,我们还是决定要搬出来,长期打扰别人并不好。于是我们在不远的地方租了个一居室。

当年我们都很喜欢日本漫画家古谷实,他有一部漫画《仆といっしょ》,港版译作《废柴同盟》,台版译作《当我们同在一起》,直译应是《和我一起》。故事讲述十四岁的先坂直夫和九岁的弟弟先坂郁夫,在亲生母亲去世之后,继父霸占了他们的房子,并把他们赶出家门。于是他们离开了老家,流浪到了东京,并认识了十四岁的流浪孤儿伊藤茂,继而又一起被发廊老板的女儿吉田彩子收留,然后发生的一连串故事。这其实是一部搞笑漫画,并没有什么深刻的内涵,里面的一些笑料甚至有点恶趣味。但在某种意义上,它是我们那段日子里借以自况的精神纲领。我们聊天时经常使用这部漫画里的梗,并模仿几个角色的说话腔调以取乐。我在这里很难解释清楚,为什么这部漫画在我们眼里会具有如此巨大的魅力,但这肯定和我们当时的生活状态、精神状态有关。

古谷实的搞笑才能由很多部分构成，例如他对青少年文化心理的了如指掌，他对社会和民族性格的感性认识，他的跳跃性思维和生动的想象力，以及与生俱来的喜剧细胞等。但这些都不是他真正打动我们的地方。就我个人看来，他的创作有这么一种特质：他是以毫无保留的诚实态度和一种深刻且单纯的目光审视自己和生活，并从中提炼出素材。然而他的全部心思，却只是为了逗人一笑。不过这部作品只是他的第二部长篇作品，从1997连载到1998年，此后他渐渐向严肃方向转型。在这部漫画里，吉田彩子提出了"人生有什么意义"的问题，结果被先坂直夫和伊藤茂疯狂地取笑。但这个问题此后贯穿了古谷实的创作，并且越来越认真、越来越复杂，也越来越沉重。后文我还会提到他和他的其他作品。

在租了房子之后，我身上已经没有钱，于是我就去找工作。当年的通州还很落后，没有什么合适的工作机会。我们住在通惠北路小区，那里经过一趟930公交，可以坐回到市区里，终点站在朝阳区大望路SOHO现代城旁边。我为了通勤方便，就在SOHO现代城对面找到了一份文印店的工作。当年北京人管通州叫通县，并不把它看作北京市的一部分。我坐的那趟930公交其实是一趟跨城公交，使用的是旅游大巴那种车型，另一头的终点站在河北省廊坊市三河市。

文印店是管吃住的，所以工资并不高，我记得好像是一千元或一千二百元。这份工作的要求和报酬其实低于我的能力和条件，所以我应聘时心安理得，并没有特别紧张。我们的业务主要有两块：名片速印和彩页设计。我们老板是个湖北人，从前是做业务员的。她和几家酒店合作，提供加急印制名片并上门取送的服务。和普通的名片印制不同，我们的订单对时效的要求很高，一般白天接的单当天就要印好送去，晚上接的单则第二天一早送去。老板本人就是送货员，她手下只有另一个员工和我。我其实是接替一个已经离职的老员工，我仅有的那个同事也才干了没多久，他对平面设计几乎没有概念，平常只负责制作名片。老板让我负责一些单张、折页、展架、海报和宣传册等的设计，但我们主要的业务和收入来源仍然是名片，所以我其实并没有做多少平面设计的活。大多数时候，我都只是和那个同事一起做名片而已。有时候老板忙不过来，我也会替她去酒店取名片样板或送货。晚上我和同事就住在小区的地下室里。我对那个地下室的印象是里面灯光很昏暗，自来水特别冷，早上醒来时假如不看表，就完全不知道是几点。此外竟然还有人在走道里架起锅子做饭。不过我其实不常在那过夜，只要不加班的话，我一般都会回通州的住处。

因为要去上班，我和朋友在一起的时间就变少了，这令我的朋友很不满。他们认为我是在浪费时间，因为我的工作报酬很低，每天连通勤在内却要花去十多个小时。他们说，假如我要挣这个钱，根本就不必到北京来，我来是因为我们有共同的重要事情做。但是我并不是主导那些重要事情的人，我更像是在追随他们，而他们好像没有任何实质性的计划。我们每天其实只是在游荡和讨论，在批评和抨击，说了不少理想主义的话。可是我们反对的事情越多，脚下可以走的路就越窄。

在我到北京之前，心里其实有一个设想，我想和朋友一起画个期刊连载，由领头的那个朋友做主笔，我可以先当助手。虽然画连载稿费不多，但毕竟是笔稳定的收入，在此基础上我们再谋求别的创作或行动。不过我没有把这个想法说出来，这得由主创本人提出才对，我只是以为事情会自然而然地往这个方向发展。可是领头的那个朋友似乎并无此意。他反复提到想法比行动重要，讨论比创作重要。或许他对期刊的发表环境不以为意；或许他正好处在一个反思阶段，正反省自己之前的想法；或许他认为自己从前做得太多想得太少，以至于做了无用功，甚至走错了路。然而与此同时，我们身上已经没有钱了。他们不介意接受其他朋友的援助，因为他们自信，认为我们的思考结果，必定会对别人产生有益的影响，因此是有意义的。何况别人是主动援助我们，并不是我们乞讨得来。而我不具有他们那种自信，我对接受援助这件事感到不安，我怀疑别人未必需要我们的思想主张，我担心这可能是一种任性和自私的做法。我反复向朋友提到我的不安，他们则反复地开解我。

我在文印店上了一个多月班后，我的朋友终于忍无可忍，他们认为我是在逃避困难，所以要我立刻辞了工作。我知道他们说得对，我确实是在逃避困难，但我逃避的困难和他们以为的不是同一种。这份工作我辞得有点难堪，因为那个老板平常对我非常客气。我的工资虽然不高，但她其实也没亏待我，当年这类职位的薪资标准就这水平。我在应聘的时候，曾经对她说过要好好干之类的话——我管不住自己那张谦恭讨好的嘴——结果我只干了一个多月就要跑。于是我选择了不辞而别，并拜托那个同事转告老板。老板回来后马上给我打来电话，在电话里她没有怪责我——当然她知道怪责也没用，毕竟我们没有签劳动合同，这种工作不可能签合同——她只是问清楚了我的想法。这是一通让我感觉非常愧疚的电话，是我平常不愿回忆的往事之一。

在我辞了工作之后，为了减少日常支出，我们决定从当时偏远的通州搬到更偏远的燕郊。燕郊实际上已经出了北京，属于廊坊市，但它和通州紧挨着，从我们原来的住处过去只要四十分钟车程。我们原本是三个人，这会儿又拉拢来了两人，总共五人在燕郊合租了套房子。那是一套小产权的农民集资房，面积非常大，我记得有一百多平米，租金却很便宜，好像也就五六百块钱。当年的燕郊可不像后来那么繁荣，我们住在学院大街靠近燕昌路口的王各庄小区，往东和往北是大片的玉米地和荒地。后来 2019 年我重游故地，发现那里已经变得车水马龙，道路两边商铺林立。曾经的玉米地上盖起了仿北京市区里的那种不中不洋的高层小区，还冒出一个大得吓人的农贸批发市场。当年半天没有一辆车经过的路口，如今却都装上了红绿灯。

不过尽管房租没多少钱，我却还是拿不出来，所以只好向父母求助。我父母非常反对我过那种生活，他们问我怎么能不工作，以及以后打算怎么办。我则对他们的说教不屑一顾，认为他们什么都不懂。这些本该发生在十五岁的事情，在我身上却发生在二十五岁。我当时大概跟他们要了一或两千，他们毕竟很关心我，即使不认同我的做法，但还是给我汇了钱。我还在王各庄小区门外的早点摊上帮了几天工，每天从早上4点干到8点，摊主管我一顿早饭，工钱一天只有几块钱。我专门负责炸油条，摊主让我站在油锅前，其他事不用我管，一个早上我要炸几百根。这些油条除了零售以外，有些是批发给附近餐店的。这个活我只干了几天就没干了。因为工钱实在太少，与其说我是在打工，不如说我是在化解因不打工而产生的焦虑。

到了国庆的时候，朋友说要去看迷笛音乐节演出。这是我第一次参加摇滚音乐节。我们先是找错了地方，去了石景山雕塑公园，而真正的会场是在石景山区的北京现代雕塑公园。我们终于赶到会场后，才发现音乐节是卖门票的。于是我们几人翻墙进了公园——这才是摇滚青年该有的态度。我看到来参加音乐节的几乎都是年轻人，有些穿着奇装异服，有些理着夸张的发型，还有个人用一根铁链拴着卷心菜在遛。我们就坐在空地上聊天，大约到下午四五点，演出正式开始了。一瞬间喇叭的音量震住了我，我从没听过如此巨大的声响，身边的人立刻兴奋了起来，而我却感到不安和困惑。我担心这种音量会损害人的听力，而且可能打扰周围居民的平静生活——这时我清楚地认识到，我对摇滚乐的喜爱只是叶公好龙。我不是一个容易激动的人，摇滚现场对我并无神秘的魔力，它通过大音量刺激人的多巴胺分泌，而我的内分泌水平素来偏低，因此很难兴奋和愉快起来。当晚上演出到达高潮时，人群中央开始了POGO：灯光在疯狂地闪烁，世界一明一灭，节奏的鼓点引导着无数的脚步扑向地面，人们的身体激烈地颠簸、摩擦和碰撞着，有的人边跳还边上下甩动脑袋——这个时候我其实有点害怕，我怕有人摔倒后被周围的人踩死。

在我们搬到燕郊之后，朋友终于提出要画个投稿的漫画。然后我们分工合作，创作了一批四格漫画，我负责写脚本，两个朋友负责绘画。可惜这批四格我没有备份，这次创作也没能坚持下去。我忘记问题出在哪儿了，因为投稿事宜是我的朋友去谈的。可是到底是他们没去谈，还是谈了没谈成，现在我已想不起来。此外领头的那个朋友大概觉得画这些四格很没劲，甚至和我合作也不太有劲。我是个感情不外露的人，在绝大多数时候，我都非常平静，不习惯表达内心感受。可是他们都很容易激动、喜欢闹。和他们一比，倒显得是我忧郁了。所以他们总是劝我敞开心扉。但我克服不了自己的羞耻感，我非常敏感、内向和自卑。我内心有一些感受无法表达，一旦我尝试表达，那些自然的感情就会变得不自然。

因为我们始终没有收入，甚至都没有认真面对这个问题，于是在最窘迫的时候，我们就只剩下一包面粉，每天只能做煎饼吃。我被迫再次向父母求助，这次我母亲在电话里哭了——尽管我没告诉她我在北京的情况，但她大约能猜到——假如不是迫不得已，我是不会找她的。她认为我在糟蹋自己的人生。这次的通话给我的感受非常复杂和强烈，后来我和母亲之间还发生过几次类似的冲突。当我发现母亲在痛苦时,我也感觉非常痛苦,这种痛苦的感染力无坚不摧,完全压倒我对她的不认同。可是与此同时,我心里还有一种快感,前面的那种痛苦有多强烈,这种快感就有多强烈。这可能是一种扭曲的指责和报复心理:你不是要我变成这样吗,我就变成这样给你看,这一切就是你造成的,所以你现在痛苦是活该。不过话又说回来,我并不觉得自己在糟蹋人生,而且就算真的在糟蹋人生,那也没有什么不可以,不就是破罐破摔而已嘛。说到底我的人生又不是一位纯洁无瑕一尘不染惹人怜爱的小姑娘,而是一个心理扭曲面目可憎歇斯底里的老鸨母——像这种人生就该狠狠地糟蹋它一下才解气!

有一天我走在学院大街上,手里拿着两只白面饼边走边啃。路过核二三职工医院时(现已改名为燕郊二三医院),有两个用毛巾包头的农妇拦下我,她们可能是三河市下面的农民。基于我对农民性格的熟悉,她们应该是那种比较孤僻怕事的人,很少会主动和陌生人搭话;即使有陌生人和她们说话,她们也会显得拘谨。可是她们却对我说:"把你的饼给我们吃吧。"这是一个祈使句,说的人却不带任何祈使的情绪——既不是威胁,也不是乞求——她们什么语气都没有,甚至也没有表情。勉强要说有的话,也就是坦然了。就像我本该出现在那里,等着她们向我要一只饼,而她们来向我要了,只是在完成任务。这就是命运,或者说命运常常给人这种感觉。然后她们告诉我:男人被送进了医院,她们没有钱,肚子很饿。我震惊地把没咬过的那只饼交给她们,她们立刻掰开两半,边走边分着吃了。这甚至不必说谢谢,她们也确实没有说。其实我说"震惊"也并不准确。当时我没有立刻反应过来,大概只是觉得有些愕然而已。震惊主要产生于事后。不过奇怪的是,这件事情过去越久,那种震惊的感受在我心里却愈发强烈。

当然,这种事其实很平凡,每天都在我们身边发生。即使在我极其贫乏的生命中,它也不属于特别重要或精彩的经历。我也没有在震惊后悟出个什么道理,或修补了自己的价值观。比如说:从此一定要努力工作,挣很多的钱,帮助有困难的人,诸如此类的。实际上,在那天之后的一天,我过得就和那天一样;在那周之后的一周,我也过得和那周一样。我的生活和我本人都没有立即发生什么变化。这件事不是以某种直接和显性的方式影响我的。我甚至说不清楚它影响了我什么,但影响肯定存在——可能改变了我对生活的看法,或者改变了我感知生活的方式,或者只是把我意识中混沌的部分变得更混沌。

在参加完迷笛音乐节之后没多久,我们领头的那个朋友独自去了上海。他之前其实已经去过一趟,我们都不知道他会在上海待多久。他去上海是为了找另外一帮漫画作者玩。燕郊对他来说太冷清了,他喜欢热闹,喜欢见朋友,喜欢交流想法。当时他的状态似乎并不想创作,他的想法太多,必须不断地向人输出,以至于自己无法坐下来做事。这时候我已经向父母要了两次钱,我没有勇气再要第三次。我的处境是既没有工作和收入,创作也没有方向。我感觉前路茫茫,最后终于决定回广州去。

　　这么多年来，我一直很怀念这段在北京度过的日子，我庆幸自己有过这么一段经历。但我很难说清楚其中的原因——晃了半年膀子对我的人生有什么积极意义呢？无疑当年我们都很任性和幼稚，想的事情不切实际，经常意识不到自己在夸夸其谈。但是现在我知道，其实很多看似成熟的社会人，比我们当年还要任性和幼稚，而且没有我们那种简单和真诚。我们渴望简单，想像一个四五岁的孩子一样看待生活，即使是任性和幼稚，也不要变得虚伪——我们不想活成"社会人"。今天我已经四十三岁，我从前的同学同事年龄也和我相当。尽管我很少和他们联系，但在QQ群和微信群里，我还是能听到他们的声音，了解他们的观点。我发现大多数人的智识水平不会持续地增长，一旦生活状态到达稳定自足，思想观念就会随之趋向封闭保守。这时人不再轻易地质疑和刷新自己，而是不断地巩固和重复自己。很多人很早就已经定型了，他们只在和切身利益直接有关的方面有所精进和积累，而在此外的方面可以无知和狭隘得惊人。无论如何，我已经成了今天的我，相比于我可能成为的其他样子，我对今天的自己还是认可的。

　　2012年时我写了一段关于摇滚的思考笔记——尽管我只是个伪摇滚乐迷——用来纪念我在北京度过的半年。我把这段笔记附录至此，这些不是我的结论，而是我在思考自己"为何创作"以及"何为创作"的过程中留下的一点思想痕迹：

A. 摇滚作为一种艺术形式的一个显著特点是,它的形式成就更大程度和更直接地依附于艺术家本人的独特个性、精神气质。

B. 摇滚乐的魅力在于艺术家本人和他的音乐之间的极致和谐:艺术家的灵魂(内容)和音乐(形式)的一致。

C. 摇滚艺术家终生都在探寻和自己的灵魂最吻合的声音。

D. 因此摇滚艺术家最不能包容匠气,最反感精巧、优美、娴熟但缺乏灵魂的音乐。

E. 摇滚反对虚伪、麻木、中庸、秩序和教条,但摇滚本身常表现出任性、粗暴、偏激、迷乱和绝望,摇滚的力量在于破坏而非建设。

F. 摇滚常常以"不健康"的方式疯狂地叛逆"健康"的现实世界。

G. 最好的摇滚乐未必由最动听的曲子、最优美的唱腔、最娴熟的表演构成,摇滚乐甚至常走到另一个极端:鄙弃技巧、熟练和工整,偏爱简单、率性和粗糙。

H. "偏见"往往更富创造性和表现力。艺术不排斥"偏见",因为艺术不以观点主张为目的,它只关心"偏见"是否独特精辟。摇滚对待"偏见"也一样。

I. 况且世上从来没有全见,只有偏见。

J. 写歌是创作,表演也是创作;表演是以行为展示为形式的艺术。

K.因为摇滚同时也是表演艺术,所以它不反对演绎,但它反对虚伪的演绎;尝试在创作中表现自己不真正具有的胸怀、情绪和态度是对摇滚精神的反动。

L.摇滚精神的核心是真诚。

M.一支摇滚乐队的灵魂人物常常是其中个性最突出者。

N.人们常说,摇滚不是一种音乐类型,而是一种精神。这句话的意思是:摇滚在本质上是一种把个人和生活艺术化的形式而不是关于音乐形式本体的探索。因此摇滚乐常被批评为"粗糙的音乐"。

O.这决定了摇滚艺术家更注重对人性的探索和对感知的提炼,直到对灵魂的拷问……摇滚艺术家会必然地不断深入、丰富和塑造自我,把提炼自我视为自己艺术成就的最大甚至唯一保证。

P.虽然对自我的提炼体现在最终作品和行为里必然和对音乐形式的探索结为一体,但两者是先后、主从的关系。

Q.因此尽管摇滚艺术家最初就具有异于常人的个性,但伴随着他们的自我提炼还会不断变得更敏感和极端,这出于他们维持艺术生命和巩固原创性的本能。哪怕自己身上最微不足道的方面,他们也要追求最鲜明独特的形式,最后他们身上爱和恨两者的质量都大到他们承受不了,甚至导致精神崩溃或濒临崩溃。这往往不是他们有意识的行动，而是精神上的自发行为。

R. 摇滚既钟爱也需要自毁式的英雄。

S. 所以这是条不归路：当他们决定或被迫停下来时，他们的艺术生命就终结了。"死了"的摇滚艺术家仍然可以写歌和表演，但那是另一种情况了。

T. 因此摇滚比别的艺术形式更需要艺术家献身，这完全是不由自主的。而仍在世的摇滚艺术家里有很多是"死了"的摇滚艺术家。

U. 但是对自我的过度演绎和诠释是平庸者难以察觉的窠臼。真正的摇滚艺术家都是天才，而且具备天才的自觉。

V. 或者说，摇滚是属于天才的艺术。

W. 和浮士德一样，摇滚歌手拿灵魂和魔鬼做交易，伴随才华而来的是孤独、矛盾、痛苦和疲惫；真正的摇滚乐哪怕表面听起来欢快或生机勃勃，实质都是艺术家在堕入深渊的过程中发出的哀号。

忙碌而徒劳

2004年底,我从北京返回广州。父母看见我回来自然感到高兴,但也只是有限地高兴,因为我的人生似乎偏离了"正轨"。不过他们并没催促我找工作,大概是怕催急了,我又跑去"流浪和创作"。他们其实都很关心我,只是不知道该做什么。对于这个社会,他们和我一样感到困惑和迷茫。有时他们甚至会为自己无力提点我而流露出一点内疚的意思。

这会儿我母亲刚退休没多久。退休对她来说是一个解脱，因为在之前很长一段时期里，她被单位里的事情困扰，经常陷于情理两难的局面，导致她长期焦虑，处在慢性的歇斯底里中。这时候她已经恢复了不少，而且退休后也有了闲暇时间。她看见我郁郁寡欢，就提出和我去旅行，借以散散心。话说回来，从小到大，父母还没有带我出过远门。我父亲完全没有旅游的概念，他不清楚人为什么要旅游，认为旅游是一种浪费钱的奇怪行为。我母亲则生于上海长于广州，是个地道的城里人，她知道生活不光是吃饭睡觉工作，还应该有点别的内容。可是我们家经济条件不好，所以她只带过我和我姐到邻近的佛山和番禺玩，但都是当天来回，没有看任何景点，只是在市区逛街而已。到了今天，番禺已经变成广州市的一个区，而佛山则坐地铁半小时就能到，所以那都不能算是旅游。我在二十五岁去北京之前，还从来没有离开过广东省。唯一一次省内的远游，是在十岁那年随父母回了趟父亲在粤东的老家。那里非常贫困和偏僻，我祖母当年还住在土坯房里，父亲则说他小时候村里还有人被老虎吃掉。

简单地商量一番后，我和母亲决定报团参加新马泰游。我们都没有出过国，很想看看国外是什么样子。而当年新马泰游又非常便宜，记得行程一周，团费三千多，比很多国内游线路还便宜。可是这趟旅游对我来说堪称一场灾难。旅行社在宣传时只字不提路线安排，但参团的人似乎都对此一清二楚，并心照不宣。只有我们母子好像活在真空里，一无所知。去到泰国后我很快就傻眼了，同团的只有我们是母子同游，其他团友大多是结伴的单身汉，或者是老年夫妻。不难想象，他们都把我当笑话看：哪有人会带着老母亲参加这种团。

到了泰国，地陪是一个华裔青年，他说自己的祖籍是广东潮州，我们这个团从广州出发，因此和他算得上是老乡。他在大巴上不停地给团员讲狎亵的笑话，我坐在母亲旁边，简直窘得无地自容。晚上他带我们去看脱衣舞表演，这是自费项目，我和母亲自然不会看，于是便在周围闲逛打发时间。事后听团友说，表演的内容很震撼。记得白天的人妖表演，我觉得尺度已经颇大，他们却说没意思，是骗钱的。显然他们在这方面有很高的预期。后来到了新加坡，地陪还领着一帮单身的团友去了红灯区。事后我才了解到，尽管这个旅行团的游览项目表面看来老少咸宜，可是有一大半的团友，其实是冲着行程表上没有注明的内容去的。原本我们这趟旅游的目的是散心，不料心里更堵了。整趟行程我都如坐针毡，感觉无比尴尬难堪。只要上了大巴，我就合上眼装睡，尽量避免和团友交流。

大约在家赋闲了两三个月之后，之前动漫资讯杂志的老板知道我回了广州，于是主动联系上我，劝我回去他公司继续干。大概对他来说，我是难得的廉价劳动力，他找不到别的像我这样任劳任怨又无欲无求的员工。而我刚好也对找工作这件事缺乏信心，我害怕去面试应聘，这时的我已经变得比刚毕业时更怕人。在前文中我提到过，我的社交障碍并非与生俱来，而是一点点积累出来的。刚踏入社会时我并不太怕和人打交道，尽管我会为自己有些方面与别人不同而感到不安，但这种不安还远远不足以伤害我。因为那时我比较单纯和迟钝，看不懂人心，这种懵懂反而保护了我。相反别人因我的迟钝而感觉受伤的情况可能也发生过。但随着年龄的增长和社会阅历的积累，我对社会和人心渐渐有了更多认识。正是因为增加了认识，我反复地体验到愤怒、懊恼、羞耻、悔恨、自卑等各种情绪。而对这些情绪的体验令我变得越来越敏感和畏缩，也越来越回避人际接触。既然我不敢去面试工作，原来的老板又主动来招募我，那我们自然是一拍即合了。事实上我在北京辞了文印店的工作后，已经有半年多没上班。这个时候我非常想上班，对我来说只要有个班上，无论做什么都可以。我觉得只要人忙起来，就不会胡思乱想了。

回到公司后我发现，因为发行的情况很不理想，我们那本动漫资讯杂志已经停刊了。之前我辞职的时候，杂志刚做了四期，发出去三期。最后停刊时则总共做了七或八期。我原来的那些同事这时都走了，只有那个主编还在。不过他也没有待多久，几个月后也走了。在他走了之后，我们老板策划了一本音响器材内容的新刊，然后重新招聘了一批人。这时来的新刊主编和我同岁，只比我大几个月。他是211大学中文系毕业，大概因为考研，他参加工作远比我晚。可是即使如此，他处世还是比我成熟很多。下文中我再提到主编时，当指这个音响器材刊物的主编，而不是之前那个动漫资讯杂志的主编。

音响器材其实是我们老板比较熟悉的领域，他早年在碟评刊物里任职时，不少接触影音设备，也积累了一些人脉。不过这时已经是2005年，宽带网基本已全面普及，各类论坛和博客网站的兴起大大丰富了互联网上的内容。而纸媒体却在加速地衰落，我们称为"二渠道"的民营图书批发市场早已热闹不再，书店和报摊的生意一天比一天难做，比我更年轻的读者很多已经没有购买杂志的习惯。在这样的背景下，我们老板选择了全面出击：以尽可能小的成本做尽可能多的产品。毕竟，广种薄收要比颗粒无收好一点。而且在发行方面，我们要面对一个账期的问题：你不把下一批产品发到经销商手上，就收不到上一批产品的货款。所以多做一些制作周期短的"小产品"，要比花大力气做一个"大产品"，在资金流动上压力更小。于是加班渐渐成了我们的家常便饭，我甚至在办公室里睡过几晚。我们做的产品种类很庞杂，内容从动漫到影音器材，介质从纸刊到光盘，无论正版盗版我们都做。因为人少活儿多，我们的分工渐渐变得模糊，我的职责已经超出了美编的范畴，包括文编和策划的工作也要一起参与。可是尽管我们使尽了浑身解数，终究也只是在苟延残喘而已。或许对老板来说唯一值得安慰的是，这种策略充分地把他仅有的人力、物力和场地都利用了起来，丝毫没有浪费。

  大约就是在这个时候，我交往了一个女友，在此后的几年里，她对我的影响很大，我做的很多事情都包含对她的考虑。此外，和她交往对我的精神和心理状态都产生过很大影响。不过这部自述主要围绕我的工作经历讲述，我不想过多分享自己的感情经历，但会记述她对我的工作产生过的一些影响。这次我回到原来的公司，老板给我开的工资是一千八百元。他没提出签劳动合同，我也没有要求，所以他省下了我的社保。他知道我不重视这些，我也确实不重视这些。就这么干了大半年后，有一天老板主动对我说，要把我的工资提到两千六百元。涨工资我当然高兴，尽管心里觉得奇怪：怎么会有这种好事？不过我羞于把高兴的心情表现出来，我觉得这不太体面，于是我竟然还谦虚客套了一番，弄得老板都不好意思了。我当年真是既虚伪又愚蠢。后来我辞职的时候，才知道原来工资的事是女友背着我谈回来的。我女友从没去过我公司，也不认识我老板，她应该是从我手机里找到了我老板的电话，然后打电话去和他谈的。她甚至还拜托我老板别把她打电话的事告诉我。她这么做是因为发现我的工作和收入不对等，而我显然抗拒去解决这个问题。按道理我得悉这个情况后，应该对女友心怀感激才对。可是我却感觉受到了冒犯，觉得她让我丢了脸，不满她对我的私人事务横加干涉。当年的我心理不健全，人格扭曲，今天哪怕只是回想这些事情，我都觉得心在痛。

这次我在公司干了一年多，眼看公司的业务越来越不顺利，老板也渐渐变得暴躁起来。他对我们的发行非常不满，因为我们有很多货款追不回来。但是这个发行是他的小舅子，当初也是他带入行的，所以两人闹归闹，却也并没有拆伙。或许因为资金紧张，我发现我们老板也开始赖账了。他频繁地替换我们的供应商，用这种方法赖掉尾款。合作的快递他也三天两头换，每换一次又赖掉一笔尾款。不过他从来没有拖欠过我的工资。可能因为我的工资本来就不多，而且尽管我能力有限，对待工作却很认真负责，我敢说他很难找到比我性价比高的员工了。我们那本音响器材刊物也发行得不好，广告业务越来越难推进。到最后，我们主编也和老板闹起了矛盾。

  我从主编这边听到的说法是，老板不但克扣了他的广告业务提成，还提出用一对音箱来支付他的报酬。那对音箱是我们一个客户送来的样机，让我们写测评软文用的，之后就留在了我们编辑部里。主编当然不要什么音箱，他来打工是为了挣钱，不是为了买音箱。这时他已经对我们杂志、公司和老板都不抱信心了。于是他萌生了自己创业的念头。恰好在这时他遇到一个机会，于是私下问我想不想跟他一起干。我觉得换一个新环境也不错，于是就答应了。

  主编刚刚认识了一个人，这个人在我们邻市成立了一个汽修行业协会，这里姑且称他为会长。会长通过自己的人脉关系，正和有关部门联手查处管区内的违规经营店铺。其实如果严格按照相关的管理规定，当时几乎没有一家汽修店铺能够达标。但他们只查处没有加入协会的店铺，却不查处已加入协会的店铺。通过这种方法，协会不断地发展新会员。最后它靠什么方法营利，我就不清楚了，这也和我无关。会长找到我们主编，是想叫他承包创办一本会刊。这本会刊计划以直邮方式免费赠阅给会员店铺，同时会长依托他的关系网帮我们拉来广告。我还记得刚去协会的时候，会长请我们吃了一顿饭，席间开了一瓶六千多的拉菲。一切迹象都表明,他的日子过得很滋润,他显然比我们原来的老板有钱,所以和他合作应该更容易挣到钱。可是我们实在太稚嫩,社会阅历太浅,轻信了这个会长的话。

很快我们就察觉到不对劲了。会长并没帮我们介绍广告客户,而是给了我们一堆厂家资料,让我们自己去洽谈。那些厂家其实分散在全国各地,根本就不认识会长,更没听过他的协会。我们打了很多电话,结果连一个广告都没谈下来,有的厂家甚至直接骂我是骗子。这些资料根本就没有价值,我们自己都可以在网上找到。与此同时,会长还三天两头让我们帮忙做事。他出去查处汽修店铺时,总要拉上我们助威。实际上我们到了那儿啥也不用做,只是站在旁边围观而已。他的用意我始终没搞懂,难道是要我们扮演他的打手?可我们都是斯文人,怎么看也不像啊。他还有个老朋友,几乎每天都来协会坐,经常要我帮他设计单张海报,内容都是长途自驾游方面的。我不好意思拒绝,但心里难免嘀咕:我又没在协会领工资,为啥他理直气壮地要我白干活?

就这样过了大半个月,我们几乎把创刊号的内容都做好了,广告业务却还没有一点着落。主编只好去和会长谈。到了这个时候,会长才勉为其难地介绍了几个朋友给我们。主编终于谈成了两三个版面的广告,可这并不能覆盖一期会刊的制作和邮递成本。主编于是又去和会长谈,这次会长也无能为力了。主编当然不愿意自己贴钱把刊物印出来,于是我俩又灰溜溜地回了广州。

我回广州后不久，我父亲突然中风进了医院。他在医院里住了大半个月，我和母亲轮流照顾他。出院后他在家休养，恢复得还算不错，大约过了两三个月，他已经可以自己拄着拐杖出门。不过他的体力再没能完全恢复，不仅力气大不如前，而且很容易疲劳，精神方面更是大受打击。此后他对生死的问题变得很敏感，人也悲观了许多。

在照顾父亲的同时，我想尝试一下靠写作谋生。于是我写了一批故事，有惊悚、幻想、生活等多种题材类型。其中有一篇三千字的悬疑故事被《今古传奇》采用，领到了八百多的稿费。不过我发现投稿的命中率实在太低，我大约写了六七个故事，花了两三个月时间，投来投去才发表了一篇，根本就不可能以此为生。从前动漫资讯刊的那个主编给其他杂志写稿，都是先想办法认识对方编辑，然后问编辑需要哪类稿件，再针对性地写作，而不是像我这样把作品写出来后再去投稿。可是我不懂怎么认识人，也不想主动认识人。除了往纸刊投稿外，我还在起点中文网上开了个校园小说的连载，大约写了五到六万字。然而阅读量少得可怜，最后一分钱都没挣到，于是我就收手了。

我和女友的相处也一直很坎坷。后来我才醒悟到，在很多方面我对她的方式和我母亲对我的方式简直如出一辙。这自然激起了她的强烈反抗。比如有时我只是想客观公正地评议她的一些做法，而她却指责我背叛她，说我站到了外人那边。她把我自以为的公正理解为背叛，这点令我初时非常惊讶。事实上正是她最早为我提供了这个角度，去反思我和我母亲在亲密关系中的一些负面感情的形成原因，以及对我性格产生的影响，这些内容我在前文中已有所讲述。当我女友说出"背叛"这个词后，我很快就领会了很多。我在年幼的时候，很少能感受到父母的支持，他们要做公正的人，自然不能偏护自家孩子；他们对家人严格，对外人却宽容。而我女友从小没尝过这一套，她也不打算买我的账。后来我认识到，幼年时的这种家庭环境，令我长大后本能地以戒备心对待亲密关系：哪怕我在理智上完全信任一个人，但在感情上却无法信任任何人。谁要是对我表达好感，或以热情的态度对我，我就会条件反射般地抵触，并且不由自主地和对方保持距离——我害怕受到伤害，我无法信任亲密关系，是因为我早已认可了那种"背叛"。甚至连我的女友都投诉过我，说我经常突然间对她态度生疏客气，令她感觉很受伤。只是即使我今天在理智上认识到了这些，也还是不能完全克服自己在社交方面的一些心理障碍。

这时一个之前动漫资讯杂志的同事联系我，说他刚入职的公司还在招人，问我有没兴趣去试试。这我当然有兴趣。实际上交了女友之后，我的开销大幅增加了。尽管我和父母住在一起，不需要交房租，但那点可怜的工资仍然叫我捉襟见肘，我甚至卖了一些漫画来救急。我去的这家公司才刚成立，主要做原创动漫内容。那时候国家开始大力扶持本土动漫产业，对投资方有很多优惠补贴政策。比如当时电视台禁播了国外动画，本土的动画则只要在电视台上播映，政府就给予经济补助。而我们公司就是冲着这些补贴而来，可以说是典型的"政策的产物"。我们老板是一家小有名气的音像制品公司的老总，在影视传媒行业有深厚的人脉资源，但对做原创却一点经验也没有。

我入职了公司的漫画制作部，成为了首批的员工。我们的产品是幽默类漫画，不过内容一点都不好笑，我自己绝对不会读那种书。但我只是去打工的，公司发我工资，我就按要求干活，没必要纠结于个人喜恶或价值认同。而且就国内的出版环境来说，漫画作品必须内容健康、主题积极向上才过得了审，这导致很多日本动漫里受欢迎的元素在国内根本不能碰。于是资本在风险和市场之间权衡后，几乎不约而同地瞄准了幽默题材。但我女友不喜欢听我说任何理想主义的话，她认为我在逃避困难——她看得很准，我确实是在逃避困难。

这份新工作的工资是三千多，但时间已经来到2006年，物价早就今非昔比，我要处对象的话，这点钱根本就不够。这时候我就像一匹被套上轭的驽马，由不得我两袖清风采菊东篱下了。正好我们公司在征集漫画脚本，虽说征集是公开的，但全是我们这些在职人员投稿。可是我既要上班还要谈恋爱，哪有时间构思什么脚本啊！所以我就从网上搜集现成的故事，东拼西凑再改动一下，其实相当于洗稿。我的同事也全都这么干，公司反正是不管，因为我们都签了版权合同，出了问题公司会向我们追讨赔偿。不过靠这些投稿每个月也只能增加一千

在图书公司打工期间，我的工位（摄于 2005 年）

通宵加班睡觉的地方（摄于 2005 年）

元左右的收入，我仍然过得非常拮据。

这时候我和北京的几个朋友变得疏远了。我很长时间没和他们联系，大概因为自觉活成了他们讨厌的样子。我都不好意思向他们介绍我的现状：我任职的公司就是他们鄙视的那种公司，我做的产品就是他们称为垃圾的那种产品，而我已经堕落到和这一切同流合污的地步。我每天埋头制造垃圾、驱逐良币、污染视听……我还可以怎么为自己辩解？难道要学电影里说的：我没有别的选择，大家都在这么做？——不过我也没有过度纠结这个问题，因为和女友的相处已经带给我很多从未尝过的痛苦，有好几次我都要崩溃了。

出于种种原因，我女友经常会被我气得要命，而之后就轮到我遭殃了。我的焦虑水平很高，总想保持情绪平稳，而女友情绪波动很大，她的情绪经常会给我造成精神伤害，和她闹矛盾会令我极其焦虑和不适。本来这时聪明的做法是冷处理，先把矛盾晾在一边，等她冷静后再尝试修补。可我却总想尽快让她平复下来，拖着不解决会更令我坐立难安，这么做有时无异于螳臂当车，那情形就像一只烧得滚烫的锅正从炉上翻下来，我却只能迎上双手和胸膛去接。我的精神其实很脆弱，所以这时得给自己喘口气，既然已经有人代劳，我就不必再苦苦折磨自己了。于是我用忙碌来麻痹自己，重新回到了麻木不仁和浑浑噩噩的状态里。

漫画社和北漂经历带来的影响，此时在我的身体里沉睡了，不过它们会有醒来的一天。或者也可以说，我务实的努力,将来会有"失败"的一天——这两者之间的因果关系其实不重要,它们有时互为因果。

以上是我从北京回广州后的两年多里发生的事。如今我的记叙读起来可能轻松,但当年我却过得并不轻松。在这段日子里,我的精神状态一路往不好的方向发展。过往习惯的那种心平气和逐渐被打破,这时的我已经有了一些精神衰弱的迹象。但是考虑到隐私,有些经历我不便分享。我在胳膊上文了个图案,这个图案来自古谷实的漫画《庸才》,我想在这里花一些篇幅介绍这部漫画。

《庸才》的主人公住田祐一是个高中生,他和母亲一起被父亲抛弃,然后他的母亲又抛弃了他。他的双亲都很糟糕,父亲是个无赖,在外面欠了高利贷,黑帮却找到住田头上,并在他脸上划了一刀,这时住田连眼都没眨一下。他不怕死,也不贪生,生命对他来说并非一件幸事:他从没体验过被爱,只体验过各种磨难和伤害。于是他对人生报以一种消极忍受的态度:由于他无法摆脱人生的痛苦和绝望,所以产生了一种自保的心理防御机制;为了防止精神崩溃,他转而认同了那些痛苦和绝望,并把其认识为自己的主动追求。他告诉自己,世界上有两类人,其中一类是天才,应该掌控自己的命运;而他属于另一类的庸人,则应无条件地接纳和承受命运。故此他不抗争、不抱怨、逆来顺受,冷漠且憎恨地对待自己的生命。但也因此,他无所畏惧,且对痛苦免疫。他就是以这种消极的心境熬过了日常的苦难。甚至在他的好友夜野正造冒生命危险替他（父亲）还了高利贷后，他也没有表达感激，相反痛斥了夜野。

然而在一次偶然的冲动下，他却用砖头砸死了自己的父亲。于是此前一直保护他的人生观开始反噬他——因为弑父象征着反抗，表明他其实并不愿意接受命运。既然生命不再是无条件地忍受，他就将重新被痛苦淹没，除非他能告诉自己活下去的意义——这个问题他根本回答不出来。他会在这时候产生袭击父亲的冲动，是因为出现了一个主动追求他的女生茶沢景子。起先他再三回避和拒绝，然而后来还是松懈了。在茶沢身上，他体验到了一些肉欲的快乐。但这点快乐的剂量不足以令他转向肯定和热爱生命，却腐蚀了他视人生为苦难的精神护甲，继而唤醒了他对父亲的怨恨。

以上对漫画角色的理解，只是我个人的解读，并不是唯一正确的解释。古谷实只负责讲故事，并没在作品里剖析人物的心理。今天我们熟悉的斯德哥尔摩综合征，也就是人质情结，其实弗洛伊德早已分析过这种心理防御机制。在斯德哥尔摩事件里，受害者只是在一段特定的时间里成为人质，而住田却在他短暂的一生中都是人质——他为他无力挣脱的不幸所挟持。尽管父亲的尸体并没被人发现，但住田无法欺骗自己，于是他做出决定：他要找到并杀死一个坏人，作为对这个世界的补偿，然后再自杀。接着他辍了学，外出一边打工，一边物色要杀的坏人。在这个过程中，他有过一些拯救自己的机会，也有不少人向他伸出援手，但他始终不为所动。他没能遇到坏人，因为这件事需要运气,不是完全由他把握。不过正如漫画开头茶沢谎称捡到手枪来向他搭讪时,他对茶沢说过的一样:人在命运面前,唯一确定由自己把握的,就只有自杀这件事。最后他贯彻了自己的意志,以自杀结束了生命。

我在胳膊上文的图案,是漫画里住田在打工和流浪时,让一个想学文身的工友在自己身上做的练习。这个图案没有含义,只是一种流行的文身风格。但住田其实对文什么图案完全无所谓——他对自己的身体无所谓,对人生也无所谓。既然工友想学手艺,又找不到练习的对象,他就帮个忙而已。这段情节在漫画里只是"闲笔",并不关涉故事主线的发展,那个工友也就只露了这一面。而我文这个图案,可能包含了一种幼稚的自我投射。不过我想每个人都难免有幼稚的地方,不是在这个方面,就是在那个方面。今天我把它看作一种个性的幼稚,而不是认知的幼稚(尽管我也有很多认知方面的幼稚)。比如我对一些事情的观点可能很"中二",曾经我也怀疑过这是不成熟,但现在我不再怀疑,我就是喜欢"中二",只要这不侵犯别人就好。今天我也不再认为无知是一种缺陷,虽然我在前文中说过"无知近乎恶",但人不可能在一生中的所有时期或所有方面都避免无知。我认为封闭和狭隘才是缺陷,因为这意味着人拒绝刷新自己。此外我也没有把日子过得苦大仇深,该玩耍的时候我会玩耍,想说俏皮话的时候我还是会说。悲观对我来说不是一种日常和外在的生活态度,而是一种本质的生命感受。

时间来到 2007 年，我有一个唯一仍保持联系的夜校同学，我刚认识他的时候，他在二沙头二手电器交易市场倒卖手机。后来二手手机行业进化了，大卖家都主攻走私货源，开始大批量地收购和分销。而他没有那么大的资本，靠跟普通用户回收旧机再翻新倒卖，这既花时间又花精力，投入产出比较低，在市场里渐渐难以立足。于是他找了份工作，上了一段时间班。到了这会儿，他正好打工打到了怀疑人生的关头。而我的处境和他也差不多，眼看物价一天天在涨，工资却不跟着涨；公司成天说要加班，却一次都没发过加班工资——像这样打工打下去，也不知道什么时候是个头。于是我俩一合计，都觉得要做点生意，所谓给人打工不如给自己打工。

我们从年头开始商量，盘算了几个月，最后决定先去越南看看。我们是这么想的：广州的房价已经飞涨，连带把物价也抬高，我们的资金很有限，在广州已做不起生意；而越南的经济比我们落后至少十年，且正在学我们搞改革开放，那么我们带着领先十年的意识回到相对落后的地方去，或许能找到一些当地人还没察觉的商机。说到底，如果是在国内的话，我们也想不到什么别人没想到过、没尝试过的生意。于是我们迅速办理了签证，然后相继辞了工作。出发之前，我们在网上找到一个在河内的柳州女孩，并雇下她当我们的翻译。

丑陋的商场竞争

我们找的翻译女孩当时刚从河内国家大学毕业,但人还住在学校宿舍里。我和我的合伙人先从广州坐火车到南宁,再转一趟慢悠悠的绿皮火车到了凭祥。从凭祥的友谊关出境后,那边有私人运营的载客小车,到河内的车费好像是五十元人民币。那条路曲折多弯,我记得大约开了两个多小时。

河内给我的印象有点像我小时候的广州。在城市的整体风格上,广州和河内的相似度要高于广州和北京。北京的马路大多宽敞、笔直，就跟棋盘似的，只有东西或南北走向的路，没有斜着走的路。而河内和广州相似，老城区有很多狭窄、弯曲、倾斜的小马路。北京的老民宅是四合院样式，基本都是平房。而河内和广州因为天气潮湿，梅雨季节房子一层的墙壁和家具要"出水"，且经常会被雨水淹没，所以老民宅都会盖到两或三层，临街的一面还会建成骑楼，为下面的商铺遮风挡雨。北京有很多老建筑的外墙会漆成红色，广州和河内没有这样的墙，只有本色的红砖墙。北京的老牌坊两边柱子也漆成红色，而且是圆柱，广州和河内则多见石砌牌坊，两边既不是圆柱，也不漆成红色，样式和北京的差异很大。至于城市绿植方面，南北方的显著差别就更不用说了。实际上像泰国、马来西亚、越南这些东南亚国家，和广州一样，建筑风格最晚在19世纪就已受到西方殖民者的影响，因此彼此间有许多相似之处。就我个人的观感而言，北京给我的"异域感"要强于上面几个东南亚国家。

  我们到达河内的第一天，翻译女孩带我们住到了河内国家大学的学生宿舍。那里有很多空房间，据说平常用于接待学生家属，只要给钱登记就能住。不过第二天我们发现，其实学校旁边的旅馆价钱也差不多，而且远比学校宿舍干净。于是我和合伙人第二天就搬到了旅馆。翻译女孩还告诉我们，学校的饭堂从来不洗碗，只用抹布擦一下，所以中国留学生都会自备饭盒。她还说外面的粉店在桌上摆一碗青柠，是给我们擦拭碗筷消毒的。我不知道她说的有几分真，如果情况确实如此，那当年河内的卫生条件还停留在国内六七十年代的水平。我在街上还看到用扁担挑着卖的汤粉，有客人要光顾的时候，摊主就把担子上的锅放到路边，然后摆出小板凳，客人就坐在小板凳上吃。这种粉摊在河内随处可见，而且生意似乎都不错。可惜由于翻译女孩的苦劝，我们当时没有品尝。换了今天我是无论如何都要试试的。

和两广一样，越南人也喜欢吃粉，这里米粉的种类有很多。此外学校门外有卖法棍夹煎蛋，一份折合人民币三块五，作为早餐分量刚刚好。在河内的街头我能看到不少汉字，比如在门匾、牌坊、对联上。但翻译女孩说本地人大多不认识这些汉字。河内市区还有不少法国殖民时期留下的建筑，但全都非常破旧了。还有一座仿巴黎圣母院的哥特式教堂，不过和原版的巴黎圣母院相比，尺寸缩小了许多。教堂外的旅游纪念品以手工制作的贝壳首饰为主，但是工艺不敢恭维。还有的小店卖越战美军遗物，比如军牌、水壶、打火机之类的。我分辨不出这些东西的真假。我们还游览了还剑湖公园，参观了一只体长一米多的巨型斑鳖标本。据说这个湖里原本养有四只巨鳖，最后一只甚至活到 2016 年。

我们一边游览一边考察，咨询了一些招租的店铺，发现租金并不像我们以为的那么便宜。河内国家大学附近有不少中国人，尤其是在网吧里，这些人有的是留学生，有的则既不是学生，也不像打工者，不清楚是干啥的。我们跟他们打听了一下河内有什么小生意可做，结果发现他们大多不靠谱。其中有一个蓬头垢面、门牙上布满褐色牙斑的男青年，拍胸口让我们拿五十万出来，说保证能让我们赚到钱。最后我们考虑到在越南语言不通，对当地的法律法规、民风民俗也不熟悉，试错成本可能会很高，因此决定放弃河内。至于越南南部，因为物流相对不便，我们由始至终都没考虑过。

我们循去时的路返回国内，回程中顺便考察了南宁。南宁是我们的后备计划，相比于河内，这里对我们来说要容易把握得多。南宁离广州不到七百公里（后来通了高速只有五百多公里），坐火车或大巴一晚上就能到。南宁说的白话和广州说的粤语是同一种方言，只是口音有些不同而已。当年的南宁物价水平还很低，一碗老友粉才卖四块钱，螺蛳粉卖三块五，这点对于资金有限的我们来说显得很友好。况且南宁再不济也是个省会，在国家开发西部的政策推动下，将来必定是要繁荣起来的。

我们很快就在老城区中心看中了一个女装商场。这个商场已经开业近十年，总体经营得不错，有固定的顾客群。商场原本有五层，2006年又加建了一层，此时正是这个六楼有大量的空摊在招租。这个六楼总共有近一百七十个摊位，全部产权已经售出，也就是说每个摊位都有一个业主。但是这些业主都和开发商回签了十年的物业合同，由开发商来管理和运营整个楼层。

不过我们并不是六楼的首批经营户。我们2007年6月踏足南宁时，这个商场的六楼已经开业半年左右。实际上我们是赶上了六楼首批经营户的撤场潮。第一批经营户集体退出，主要有两方面原因。首先这个商场本身有一定人气，是一个成熟的商场，所以当初六楼招租时，无论是业主还是经营户都显得过度乐观，以一到五楼的经营情况揣度六楼的短期前景，共同把租金哄抬到一个较高的水平。可是六楼并没有楼下那么大的客流量，很多顾客还不知道商场新增了一层。而且商场一到五楼的经营户经过长年累月的淘汰和筛选，在市场规律的洗牌下，早已形成各层特定的经营品类和风格定位。而六楼因为是新开张，首批经营户只是凭各自的喜好和感觉进货，有人在卖可爱少女装，也有人卖大妈休闲服，这导致楼层的经营内容混乱、风格很不统一。于是最初上来逛的顾客普遍感到意兴阑珊，消费的意欲自然也不强。就是在这种相对高租金和低成交的双重压力下，逐渐有经营户选择放弃。随着空摊不断增多，后来的顾客就更没兴趣逛六楼了。于是就形成了一个恶性循环：经营户的流失造成了顾客减少，而顾客减少反过来又加剧了经营户流失。在这种不利的形势下，商场物业开始插手干预。这个商场的物业是一家港资公司，他们在管理和运营商场方面很有经验，后来六楼就是在他们的策划和引导下被盘活的。

物业先是召集了六楼所有业主开会，动员大家共同降租，因为业主和经营户是唇齿相依的关系，只有经营户先把六楼做旺了，业主的产业才会升值，租金才能真正地提上去。不过当然了，只要是提到降租，业主肯定会有抵触。不过照当时的形势来看，假如他们不同意降租，那就和杀鸡取卵差不多——等首批的经营户全部倒闭后，六楼就可以关门大吉了，他们的投资也将变得一文不值。物业的游说最后成功了，在这件事上他们体现出很强的执行力。我和合伙人初次去商场时，正好是物业终于说动大多数业主的时候。因此也可以说，我们非常幸运，碰上了进场的最佳时机。

我上面记述的这些情况，其实是我和合伙人事后打听和回顾得到的。而当我们刚到商场时，甚至在我们签下一个摊位后，对六楼之前的这些来龙去脉和个中原委，其实都只是一知半解。

我们一分钱转让费都没付就拿到了一个摊位。因为当时很多摊主都在转让，他们普遍对六楼的前景不看好，所以都不敢要转让费，怕要了就转不出去。我们摊位的前一手租户对六楼已经心灰意冷，即使业主愿意降租她也不想再经营了。她只想快点找个人来接盘，好把她付给业主的押金要回来。我们和业主重新签订了合同，租金比原来下调了接近一半。我和合伙人各拿出两万，作为店铺的启动资金，两人各占一半股份。我的两万是向父母借的，我之前已经处在"月光"状态，因此这时完全没有积蓄。摊位签下来后，我们立即在离商场十五分钟步程的地方，租了个两室一厅的房子作为住处。我记得装修摊位大约花了一周左右。这个商场的面积不大，每个摊位都很袖珍。我们租下的那个摊位，店内实用面积还不到十三平，因此装修并没花去多少时间和费用。

开张后的最初几个月，六楼仍然是一派死气沉沉的气象。不仅我们店生意不好，绝大多数店生意都不好。除了节假日以外，大家一般都要到下午四五点以后才能发市，甚至一天下来连一笔生意都做不成也是常有的事。在这种情况下，我们也没有一个清晰的经营方向。因为每天的访客和成交样本量太小，不足以让我们做出有效的分析。其实在这个时候，六楼确实还没形成任何定位，就像初生婴儿一样具有各种可能性。于是我们也和之前的首批经营户一样，凭自己的喜好和感觉进货。我合伙人的老婆喜欢休闲风格，于是我们就主营休闲风格的女装。

就这么惨淡经营了两三个月，我们的账面一直在亏损。不过这或许就是做生意必须交的学费。很快我们也总结出了一些规律。比如说，我们商场当时共六层（后来又加建了第七层），大多数顾客都是从主楼梯一层一层逛上来的。因此必然地，每往上一层，顾客就会减少一点——客流量和楼层数是成反比的。于是较低的楼层在经过充分的竞争和淘汰后，最终会自然地定位在大众化的风格上。因为当有充足的客流量作为支撑时，薄利多销的经营方式最容易胜出。而要达到多销的目的则款式必定要大众化。相对而言，较高的楼层因为客流量较少，而且顾客是先逛了楼下的店铺再上来的，所以在款式风格上，首先要避免和楼下重复，其次是要突出个性化。而个性化风格意味着小众市场和细分市场，也意味着较高的毛利率等。所以我们首先应该掌握六楼的主体顾客群，然后再摸索一种合适的个性化风格。

最初我们可以说对此毫无头绪。因为六楼的客流量小，相对的随机性就大，我们很难做出有效的观察和判断。不过随着时间一天天过去，渐渐地我们也看出了一些眉目。我们发现六楼首批的经营户陆续退出后，和我们一起进场的这批经营者，大多数年龄非常小，有的甚至还在读书。这可能是因为，有经验和能力的经营者，更喜欢找成熟的商场，而不愿在一个前景不明朗的地方浪费时间。不过因为六楼的进场门槛低、资金投入小，倒是吸引了一批没有经验的生手。这些经营者的平均年龄大约在二十出头。正是因为大家都没啥经验，所以就都按照自己的穿衣风格来进货。于是六楼逐渐形成了一个比较清晰的消费群体年龄的定位——主要针对二十出头的年轻女性顾客。

可是光有年龄定位还不够，我们还需要一个精准的风格定位。这个年龄的女孩普遍很重视打扮——少数不注重打扮的女孩也不会来逛我们商场——她们在穿着上追求个性化和差异化，因此还细分出很多不同的服饰风格类型。但是我们之前并没做过女装生意，对于二十出头的少女衣着风格，我们连一种也不掌握。当然，我们可以在商场里一边经营一边观察、分析和总结，然后不断做出调整。但是在生意操作上，试错向来是有成本的——包括时间和资金两方面——任何学习都要交学费。而我们的资金却很有限，经不起持久的消耗。我们自己不是这个年龄层的少女，通过学习去把握她们的品位，始终像是隔了一层纱，在细微处难免会反复犯错。实际上当时我们对自己经营处境的认识，不如我现在分析的这么条分缕析，我们只是朦朦胧胧地察觉到了上述问题，但又不知该如何解决。正好在这个时候，和我们店一墙之隔的邻店为我们提供了答案。

我们邻店的老板是广西艺术学院的一个大四女生，她的男友出钱帮她开了这个店，她本人则还在上学。她请了自己的表姐来看店，她只有在没课时才来商场。因为我们店比她的店早开一个多月，和她也算是同期进场。所以她刚来的时候，经常向我们请教问题，我们和她的关系处得很好。她到广州拿货时，甚至还借住过我合伙人家。最初我们都以为，她开店属于玩票性质，不会坚持很长时间。商场里确实有一些这种女孩，家里经济条件比较好，毕业后不想去工作，等着成为家庭主妇，家长为免她们无所事事，就投几万块帮她们开个店，让她们的生活有份责任和寄托。这些店一般都开不长久。因为店主不投入，又吃不了苦，每天晚来早走，来了也不看店，而是到处逛，找人聊天，在别的店买东西，有时买的比卖的还多——这根本就不是在做生意，而是在消磨时间。这种店的特征是开价特别高，五十块进的衣服敢卖两三百——因为店主不愿意频繁地奔波进货，所以只能靠宰客来维持高毛利。不过我们看走了眼，隔壁店的小妹不是这种人。尽管她也算不上多勤奋，但对开店确实怀有很大热情，也愿意投入。一开始她的生意并不好，但她的目标非常清晰，她并不像我们那样去分析市场，而是早就认准了自己要做的风格，所以她一直在找她要的货源。

当时有一本日本的少女时尚杂志《VIVI》，中文版叫作

《昕薇》，在国内非常受欢迎。这本杂志的读者定位正好是十六到二十四岁左右的女生，和我们六楼的消费人群基本重合。隔壁店的小妹是这本杂志的忠实粉丝，她自己的穿着打扮都来自这本杂志，她就只想卖这本杂志里的款式。当年广州和东莞有专门做这类杂志款的仿版的厂家。不过光是广州就有上百个服装批发市场，小妹顶多只能两周去进一趟货，要找到这些杂志款的货源并非易事。这大约花了她两三个月的时间，期间我的合伙人也帮了她不少忙。因为她对广州并不熟悉，而且似乎对我们比较依赖。

当小妹的店上架了杂志款后，我们不无惊讶地发现，她的生意瞬间就火了。最初她只是带一些同学朋友来买。这些同学朋友的消费力竟然都很强，光靠这些人几乎就能养活她的店。而这些人又继续带各自的同学朋友来买……事实上，小妹的杂志款很适合我们六楼。首先它不是大众化的风格，而是一些比较前沿的潮流款式，针对的恰好也是二十出头的少女。此外之前商场里并没人专门卖这种杂志款。就个人的观感而言，我觉得可以用洋气、甜美和娇俏来形容这种杂志款的风格。和普通的日常服装相比，它的款式设计可能稍稍有些张扬，但又不至于到过分的地步。总的来说，它仍然可被归为日常服装。我在前文中分析过，我和合伙人都没做过女装生意，他老婆为我们店选的款式在小女生看来太成熟和老气，因此并不适合六楼渐渐形成的以少女为主的顾客群体。像我们开的这种店，风格定位必须协调一致，否则就很难培养熟客。而精准地把握一种个性化的少女风格,这对我们来说是一件有难度的事。而杂志款恰恰不需要我们亲自把握风格,只要照着杂志按图索骥就行了。刚好隔壁小妹的货源是在我合伙人夫妻的帮忙下找到的,她的生意在我们面前没有丝毫秘密可言。于是我的合伙人提出,我们也要跟着小妹卖杂志款,这对我们来说是唯一的生路。我们账面上的钱已所剩无几,再没有时间耗下去了。这时我和他已经确定了分工方式:我长期留在南宁看店,他和老婆则在广州负责进货发货,每隔一到两个月过来一趟看看商场的情况。

因为进货是由我合伙人负责的,我只是听从他的安排,所以当他把我们的第一批杂志款发过来后,我完全没料到隔壁的小妹会冲我大发雷霆。她骂我们不要脸,抄她的款式;又说我们虚伪,从一开始就对她别有用心;还说她一直把我们当朋友,而我们却在利用她。她说的并不全是事实,但她完全有资格生气。其实她恨的主要是我的合伙人夫妻。因为我从没回广州进过货,一直以来她都是和我的合伙人在打交道,我和她的交情并没有多深。但是我的合伙人夫妻此刻在广州,只有我一个人在南宁,因此她满腔的怒火就只能冲我发泄了。我也只好硬着头皮安抚她,把我能想到的好话都说尽了。可是说归说、做归做,在生意操作上,我半步都不能退让。她做的又不是品牌代理生意,散货市场上的货,谁都可以进,谁都可以卖。事实上,我并不喜欢我们做的这些事——当年不喜欢,今天仍然不喜欢。但生意就是这样,有时确实很丑陋,而我只能依从它内在的逻辑和规律。我已经蹚了这浑水——我跟父母借的两万块，已经全部投在里面了——此刻不能两手空空地上岸。

当有了一个经营方向后，我们的优势就发挥出来了。我们在广州和南宁两边有人，补货的时效和成本都是其他店铺不能比拟的。商场六楼的其他店铺，哪怕是经营得最好的，顶多也就每周到广州或东莞进一次货，而我们可以无间断地每天补货，因此敢于把利润压低。我们这种开在商场顶层的小店，其实主要是做熟客的生意，所以要不断地上新款。那么假设我们这周上了二十个新款，其中有两款特别受欢迎，这时换了别的店，这两款衣服绝不能让价。库存的几件卖完就没有了，他们要下周才能去补货。而我则是一发现小爆款就调低售价跑量，并且立刻让合伙人补货发来，以此加快周转频率，把小爆款的市场容量吃尽。其实在款式不出问题的前提下，谁家店的周转速度快，谁就立于不败之地。我们是两人合伙经营，和个人经营的店铺相比，我们的人力投入更大。他们挣一块钱利润，自己就能得到一块钱。而我们挣一块钱利润，每人却只能分到五毛钱。所以我们必须挣更多，利用优势，把周转速度加快到别人的两倍以上。当然，这一切还得有客流量作为支持。假如商场没有客流量，则我们也只能待价而沽、放缓节奏，想快也快不起来了。

庆幸的是，我们商场的物业非常专业和尽责。他们不断地策划促销活动，来提升六楼的人气。同时对经营户严格管理，比如禁止我们在商场营业时间里空摊、拦门等等。我们经营户都在物业那里交了押金，也签订了接受管理的协议。所以名义上我是个小老板，实质却和打工人差不多。每天早上我们都跟上班似的，要在商场门口登记打卡，迟到超过一定次数还要被罚款。如果我们有事要休业一天，还得提前写好请假条，然后交到物业办公室。请假理由不充分的话，还不一定被批准。这些措施虽然霸道，但确实很有效。假如物业不这样强化管理，我敢说六楼很多店主就会懒懒散散得过且过，三天打鱼两天晒网，而这会导致我们六楼整体的竞争力下降，令顾客逐渐流向其他楼层或其他商场。因此抱怨归抱怨，我对物业的做法还是认可的。

　　这里插句题外话，后来我才认识到，做我们这种小本生意，其实真的就是在给商场打工。我们出钱出力、累死累活，把商场做旺后，自己所得的利润，远不如商场产业的升值幅度大。而商场一旦旺起来了，业主必定要涨我们的租。于是我们就像渔夫养的鸬鹚，租金就是我们脖子上的绳套。我们辛辛苦苦捕到的鱼，根本吞不到自己肚皮里，而是卡在脖子里，渔夫一伸手就掏走了。

　　我们可能是六楼最早回本的几家店之一。2007年7月开张，2008年春节前后就已经回本了。其实头几个月我们都在亏损，但毕竟这个店投资小，一旦成交量上来了，回本只是一眨眼的事。这时候六楼的客流量已经有很大改善，不再是早前那派冷冷清清的景象了。不久后和我们相邻的另一家店也找到了杂志款的货源，于是也跟着卖起了杂志款。在商场里开店和在路边开店有所不同，在商场里每一家店都被竞争对手包围着，互相之间既是依存也是敌对关系，彼此有帮忙也有提防。毫无疑问的是，所有店主都不希望自己的爆款被别家店察觉，同时又要千方百计地打听别人什么款式卖得好。当有顾客和我们讲价时，我们总是用计算器敲出数字给顾客看，而不用嘴说出来，因为我们怕说出来会被邻店听到。总之在这种尔虞我诈的环境里，你没有办法光明磊落，你只能口是心非，除非你对钱完全无所谓。可是假如你对钱无所谓，那跑到商场这种封闭、逼仄、压抑、空气混浊、遮天蔽日的地方来，每天待上十二三个小时做什么呢？

我们摊位虽然租金低，且没要转让费，但位置却不算好，既不在主通道上，离主楼梯和两部厢式电梯也很远。面对竞争的压力，我们很怕被前面位置好的店"封杀"。毕竟爆款是少数，可遇不可求，大多数款式其实不是每天都有人看。这些潜力差的款式假如和位置好的店撞款，那就有可能砸在自己手里。而积压的货物会抵销掉我们的利润，此外还要找地方存放。记得当时我为此很焦虑，根本放松不下来，商场里复杂敌对的人际氛围也导致我持续紧张和不适。因此每天晚上关店之后，我都要跟合伙人打半小时以上的电话，讨论生意上的各种问题。这些讨论有时并没实际意义，纯粹只是为了释放压力，给自己一种已经尽力了的安心感而已。这时我感觉开店就像逆水行舟，由不得我们蹉跎。于是在第一个店回本没多久后，我就开始去物色新店的摊位了。我强烈地感觉到，只有一个店很不安全，万一被竞争对手针对，我们就很难有效地反制，甚至连腾挪的空间都没有。顺带一提，我们隔壁的小妹后来也把店搬到了商场的另一个角落，不再和我们做邻居了。因为卖同样的款式，她卖不过我们。

在去找新摊位之前，我还得先请到一个小工。我发现商场里有很多经营者，起码是六楼的大多数经营者，对小工这群人普遍很不重视，甚至可以说很不尊重。也可能六楼的经营者都很年轻，还没学会如何尊重人。他们对待小工不像对待一个和自己平等的人，倒像是对待下人。他们经常对小工言而无信，或是提出不合理的要求，或是随意地克扣。而这些小工大多也干不长久，对他们来说，来商场打工只是权宜之计，或是暂时的过渡。但我不喜欢这种松散的雇用关系。我在南宁孤身一人，无亲无友，缺少资源和依靠，也没有精力应付各种变故。我想找一个可以长期合作、稳定且可靠的小工。

我的运气还算不错。当时有个在六楼另一家店打工的小工，我发现她的沟通能力很好，人也比较诚恳。而且她的老板对她不好，本来她是上半天班的，但她老板经常晚来，然后要她无偿加班。于是我把她撬了过来。我给她开出六楼最高的工资，并且根据她的销售额设置了阶梯奖励。她来到我的店后收入翻了两三倍。我记得在营业额最高的月份，她可以拿到两千三百多，全年平均下来也有两千左右——这对于2008年的南宁来说，算是比较高的收入了。而且她只有初中学历，并不容易找到好的工作。在解决了小工的问题后，我就专心地去找摊位了。

尽管开第二个店是我们必须迈出的一步，但我合伙人的意愿却不如我来得迫切。确切来说他认为我太急进了，他反复地劝我要谨慎，建议我们放慢节奏。但我当时无法像他一样平心静气。我每天在商场里待上十二三个小时，切肤地感受着各种压力，情绪很难不受到影响。比如说，一笔生意差点没能谈成，顾客转头光顾了另一家店，这时我会感到懊恼。又比如，从顾客嘴里听到有别的店主在背后诋毁我，这时我会感到愤怒。其实我应该多和顾客培养感情，保持互动，因为顾客是认人不认店的。可我抗拒那么做，因为交际会带给我压力，于是有些顾客就白白地流失了。这些我都看在眼里，心里忧虑，但无计可施。当我们和其他店撞款时，遇到来比价的顾客，我不知该如何周旋。我在很多方面都很笨拙，同时又心太软，经常毫无必要地让价。其实我对自己的表现非常不满意。我讨厌做销售工作，也确实做得很糟糕，但我必须硬着头皮做，于是我越来越感到不安。

今天回顾当时的我，可能有点把潜在的危机夸大化了，也就是自己吓自己。但我每天都陷在危机感里，如果不做些什么，根本就安不下心来。我的合伙人不像我那么着急，是因为他没有亲身站在商场里面对种种竞争。他只是每晚看我发给他的营业数据，那只是一些数字，当然不会令他紧张。而我因为对商场内竞争和人际环境过敏，以及发生的一些事情和带来的情绪，精神逐渐变得不稳定起来——我焦躁不安，同时

初到南宁，考察裕丰商场（摄于 2007 年）

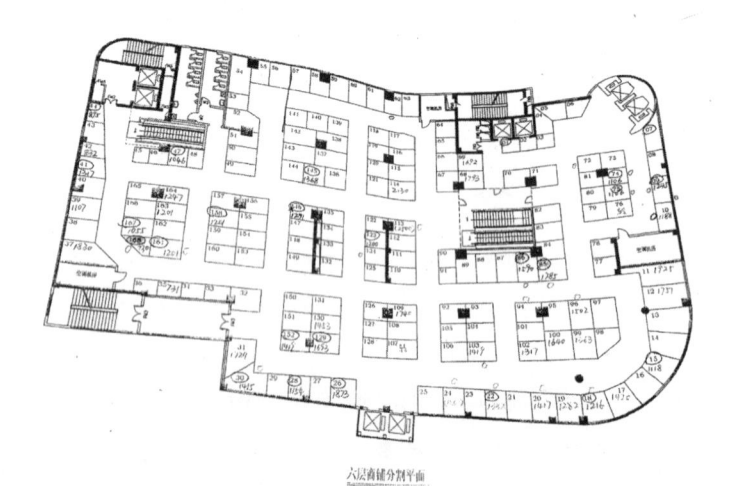

六层商铺分割平面

从招商办公室领取的摊位图（摄于 2007 年）

为第二个店开张挑选的首批衣款（摄于 2008 年）

又亢奋。我亟望生意有一个决定性的进展——比如开出第二个店——这不全是出于对更大收益的渴望，更多是对内心忧虑情绪的一种安抚。

我们这时的分工方式其实对我不太公平：我长期驻守在南宁，每天工作十三个小时以上，除春节假期外没有别的休息日。而我的合伙人已回到广州的家里，每周去批发市场拿两三次货，每次就花半天时间；然后每个月来南宁观察几天，其余的日子想干啥干啥。所以自然地，他比我对现状更满足。但我对服饰潮流完全没有概念，要是让我去进货的话，我会彻底手足无措。实际上，我根本就不是做女装生意的那块料。我对时尚潮流既不敏感也没兴趣，而且我不爱和人打交道，没办法笼络顾客。我其实更像是被合伙人提携：当初是他先向我提议一起做生意，然后去越南考察也是他的建议；在我们回到南宁后，也是他看中了我们商场并决定卖女装。在女装这个领域，无论是做销售还是进货，他都比我更胜任。虽然我们的股份是对半开，但他才是我们生意的主导人。对他来说，我唯一难以被取代的方面是，他找不到别的像我一样值得信任的合作者。我们做的这种生意不能明码标价，故此就会有一个讲价的空间，假如老板本人不在商场里，而只请一个小工负责经营的话，那么就我所见，这个小工百分之一百会贪污，而且绝不会像老板亲自经营那么尽心尽力。我的合伙人对开新店这件事的态度比我保守，还有一个原因是他老婆这会儿怀孕了，他怕自己到时兼顾不过来。

这时我们的第一个店已经开业半年多，六楼的租金已整体上涨。我还记得我们第一个店的租金好像是一千八，反正不到两千，合同是一年一签。后来第二年涨到多少我就回忆不起来了。当我开始去找第二个摊位时，我们商量了两种方案：一是新店开在另一个商场，两店经营同样的风格和款式；二是新店还是开在原来的商场，两店经营不同的风格和款式。因为我们第一个店的定位相对较小众，假如新店和老店开在同一个商场里，并且经营同样的款式和风格，两店就有可能"自相残杀"。原本我们是倾向于在附近别的商场找一个摊位的，但我去了解了一番后，发现原来的商场已经是最适合我们的了。

过了没多久，我看到有一个适合的摊位在挂牌转让，这个摊位也在我们六楼，不过位置非常好，就在主楼梯的旁边、整个楼层的中心位置。我立刻联系了店主，这个店的租金好像是三千，另外她要求一笔转让费，开价大约是两三万——不过转让费是可以讲价的。因为时间过去了十几年，我上面提到的数目不一定准确，但偏差不会很大。我记得她的开价是我们当时资金能力承受得起的，但基本上就是我们的极限了。与此同时，我从周围的其他店主处打听到，这个摊位的经营者，其实是业主的亲妹妹。据说这个妹妹比较贪玩，之前并没认真在经营，经常几天才露一次面，有时一个月都不进一次货。她的店虽然位置很好，但她一直都在亏损。现在这个妹妹怀孕了，想在家里养胎，所以才把摊位转让出来。商场里其实是个小圈子，尤其是对本地人来说，对彼此的情况都有一定了解，我打听到的这些信息后来也证明是属实的。

因为这个摊位在六楼，假如我们拿下的话，就要开发一种和第一个店不同的款式风格。六楼这时的客流量已今非昔比，但考虑到我们第一个店刚开时在款式风格上碰过的钉子，我的合伙人对此并不是信心满满。如果我们用手头上所有的钱拿下这个摊位，那么在款式方面就没有试错的余地了。我们讨论来讨论去，最后决定和那个妹妹商量一下，看能不能以转租的方式接手她的摊位——她仍然保留和业主的租约，我们每个月多加几百块租金给她，等于让她细水长流地赚一份租金差价，这样我们也不必付她转让费了。

我们是这么考虑的，在正常情况下，转让确实比转租保险，因为直接和业主签订合同，可以避免很多不确定因素。实际上转租的风险主要来自两方面，一是业主中止了和原店主的租约；二是原店主改变主意，不再把摊位转租给我们。但是这个原店主和业主是亲姐妹关系，她们之间的租约不太可能出问题。同时这个妹妹要生孩子，那接下来她的精力肯定更多投在家庭里，起码几年内不大可能回来开店。再说她原本也没有认真经营，她并不是一个有事业心的人。此外如果她想把摊位收回再租给别人，那么到时别人能出得起的租金，我们应该也出得起。

我和那个妹妹的沟通还算顺利，她同意了我的提议。不过后来证明这是个馊主意。我们的第二个店大约在2008年5月开张。我让我的小工看老店，我自己负责看新店。新店我们决定卖一些大品牌的仿版,比如韩国品牌 E·LAND 和 TEENIE WEENIE、美国品牌 A&F、澳大利亚品牌 ROXY 等等。这些品牌的正版要不就比较贵,要不就在国内买不到,但在广州有不少仿版的货源,我们选择做其中质量比较好的高仿。其实我们商场二、三楼也有卖这些仿版的店铺,但他们只卖质量比较差、价格比较便宜的低仿,一眼就可以区分出来。而我们卖的高仿哪怕不能以假乱真,起码也要认真对比一下才能辨出真假。

原本我们并没有百分百的信心,但新店开起来后,销售情况比我们预料的好。我们选择卖品牌仿版,是因为这可以降低我合伙人的进货难度——每周给两个不同的店选款上新并不容易,这方面本来就是我们的短板,何况几个月后他的孩子就要出生。所以到这时,我们才算松了一口气。不过,我们的好日子也就维持了两三个月而已。

就在我们新店开了大约一个多月后,斜对面和我们相隔只有几米远、正对主楼梯的一家店也挂出了转让的牌子。这个摊位的位置不比我们差。六楼的主楼梯前有一小片空地,是楼层的中心位置,几条主通道都汇集于此。紧贴并面向这片空地的摊位只有五个,算得上是六楼位置最好的几个摊位了,而我们和那个摊位都是其中之一。接手这个摊位的是一家湖北人,夫妻俩五十几岁,儿子二十五六左右,还有一个年龄比他略小的女友经常来帮忙。他们刚来的时候,和我有说有笑、客客气气。从聊天中我知道,那对夫妻之前在广州做过服装批发生意，并且在广州买了房子。后来因为生意越来越难做，他们就不做了。现在他们想教儿子做生意，所以才租下这个摊位。那个儿子比我小，但也不是刚毕业，已经工作过几年。至于他们为什么选择来南宁，而不是留在广州，他们就没有说了。他们说的话也未必全是真的。不过他们一家四口共同经营这么一个小店，这种情况在商场里非常罕见。从人力成本的角度考虑，他们的做法确实有违常理，所以他们可能真的是在教儿子做生意。

这家人的店刚开张时，上架了一批中年女装，这和六楼的定位明显不匹配，因此他们经常一天下来连一件都卖不出去。不过他们和我们一样，也是边做边观察和分析，再不断做出调整。没多久后他们就盯上了我的店。因为我们卖的品牌仿版，在选款方面难度很低，他们模仿起来非常方便。其次我的店尽管客单价不高，但每天进我店的顾客却比进周围店的多。因为我们的周转速度快，是往跑量的方向靠的。他们看到我的店最热闹，自然就以我为模仿目标了。这就和我们第一个店对邻店小妹所做的一样，他们也开始卖和我们一样的品牌仿版。而他们的可怕之处在于，他们总共有四个人，这完全是不计成本地投入。他们由爸爸负责进货，其余三人负责销售，一般是妈妈看半天店，儿子和女友看半天店。

很快那个妈妈就成了我的噩梦和苦主。原本我就既不喜欢也不擅长做销售，何况对于女装店来说，女销售员天然比男销售员更有优势。她在顾客面前颠倒黑白诋毁我，对顾客说自己卖的是正货，而我卖的是假货。事实上我们卖的都是假货。我没办法像她一样对顾客撒谎，说自己卖的是正货，被人揭穿会让我无地自容，而且我认为不会有顾客相信她说的。但事实证明真的有顾客相信她。而且她还要搬弄是非，对不明就里的顾客说是我抄袭她，还说我欺负她年纪大。很多时候这些对我"名誉"的伤害甚至比经济上的损失更令我难受。和这家人的竞争把我整得好苦。但做生意就是这样，这条路是我选的。再说当初被我们抄袭的邻店小妹同样也苦，她甚至比我更有理由痛苦，因为起码我没被人"背叛"。

　　不过尽管如此，这一家四口还算不上是六楼和我们摩擦最多、冲突最严重的经营户。我们第一个店旁边有个店，店主是个二十岁出头的年轻小伙，他比我们早进场约半个月，从我们开始和他做邻居起，就一直跟我们针锋相对。他是一个我讨厌的人，他做的很多事情在我看来非常不要脸。比如在我们老店刚装修的时候，他跑来对我们说，我们摊位的前一手租户已经把我们店里的木架吊顶送给他了，假如我们要继续用那个吊顶，可以付他几百块钱买下来。恰好我们不想要那个吊顶，于是拆下来给了他。结果他把吊顶丢到了消防楼梯间。保安来问的时候，他说那个吊顶从我们店里拆下来，所以是属于我们的，应该由我们去清理。类似这样的事情他还做了很多。后来我们学另一边邻店的小妹卖杂志款，他就趁机去安慰小妹，在小妹面前搬弄是非，借机抹黑我们，装出和小妹同仇敌忾的样子。最后他从小妹的表姐口中套出了杂志款货源的线索，然后他也卖起了杂志款,为此小妹和他也闹翻了。不过他和我不同,他丝毫不在乎和人闹翻,也不害怕出丑。

我正是在和他的持续斗争中,愈发觉得自己不胜任销售工作。我的羞耻感和尊严感太强烈,这非常不利于向顾客推销产品。正是因为他在旁边不断挑衅,而我又意识到自己在销售方面受他压制,所以当第一个店回本之后,我才迫不及待地想要开第二个店。事实上他也在筹备开第二个店,他的第二个店甚至比我们的还早开张几天。他的第二个店在六楼主通道靠前的位置,这正是我最担忧的地方——他已经掌握了杂志款的货源,假如他有意狙击我们的款式,而位置又比我们优越,那对我们的伤害就会很大。这就跟下围棋一样,他已经走了一步,现在轮到我们了——要不我们就在六楼更好的位置落下一子,作为对他两店的"反夹";要不就在其他楼层或其他商场再开一店,那么当我们的老店被他围堵时,起码在棋盘外还有一子"活棋"。

在请小工这件事情上,他也要来和我争抢。他有一个女友在移动营业厅上班,下班后会来帮他看店,但在他开了第二个店后,靠女友兼职帮忙就顾不过来了。他和我都看中了同一个小工,不过在小工们的眼里,我的名声远比他好;他的吝啬和出尔反尔已经尽人皆知,所以那个小工没有丝毫犹豫地选择了我。但是在我新店开张了之后,他还继续骚扰我的小工,每天从她口里打探我们的经营情况,甚至还试过晚上关门后跟踪我小工回家,在路上游说她跳槽到他的店。当然,他的种种出格行为只会令我的小工更加反感他。但是他的存在，确实给我制造了压力，令我在生意上做出的一些判断和反应更武断和急进。

有一次，我的合伙人到南宁来观察商场情况，或许因为站到了他的店门边，刚好看到了他和顾客的交易过程，这惹起了他的不满，两人在口角了几句后，就动手打了起来。我和其他人把他们分开后，他还很不服气，说要找人教训我合伙人。他离开了商场，不到十分钟就叫来了三个流氓。这三个人冲到我们店里，要把我合伙人拉出去"解决问题"。他们中带头的一个在外套里藏了把菜刀，还特地拉开衣襟让我们看，意思是叫我们乖乖听话。可是商场保安刚才已经报了警，就在我们互相推搡之际，民警赶到了商场，三个流氓见势不妙趁乱溜了。于是民警把打架的两人带到派出所，训了他们大半天，又让他们写保证书，并警告他们不可再报复对方。

在我合伙人和小伙被民警带走后，我立即到他店里找他女友修补关系。他女友的父母是一个偷窃手机团伙的头头，那三个到我们店里捣乱的流氓，就是她父母的手下。但她本人不是个难说话的人，而且对我并无敌意，因为我此前一直对她很礼貌和客气。那三个流氓是她喊来的，因为当时她不在商场里，在接到她男友的电话后，她听到的只是一面之词。事实上她私下也曾向我们抱怨过，说她男友太喜欢挑起事端。我和她把话都说开后，当天晚上，我带着我合伙人，她拉上她男友，我们四个人到附近的龙胜街吃了顿烤罗非鱼，算是和解饭。

因为我们的矛盾已经闹到了派出所，他们对此肯定非常忌惮，我认为他们这时不敢再做什么过分的举动了。尽管如此，为了保险起见，吃饭时我也带了把菜刀，就藏在衣服里面。那顿饭吃得十足虚伪，大家只是说些虚假的场面话，实际上双方并没有冰释前嫌——只要彼此的竞争关系依然存在，横亘在我们之间的那把菜刀就不会消失。商场里像我们这种争执简直多得数不过来，不过因为我们是个女装商场，在六楼一百七十个摊位里，约有一百六十五个是女店主或小工在看店。后来商场保安在和我聊天时告诉我，女的一般喜欢吵架，或者在背后互相攻讦，但很少有打起来的，更不要说打到派出所去了。所以假如是女店主打架，他可能都不会报警。因为女店主打完就完了，不会没完没了地报复，但我们男的就不一样。

回到我们第一个店刚开张的那几个月，当时我们在经营上漫无方向，还在一片迷雾中摸索。我的女友看到我们身处困境，于是几次到南宁来陪我，她希望为我出谋划策、献计献力。可是她事前没有把自己的想法告诉我，或许是猜到我会反对她。她从淘宝网上采购了一大批"卡哇伊"的小玩意，包括文具、摆件、手袋、衣饰等等。她的东西说多不多，说少也不少，放在店里寄卖，确实占去一些陈列空间。但是如果把她的东西收购下来，作为我们自己的进货，她又不乐意。因为那些东西是她花心思挑选的，她要在店里亲自推销。我女友当时没有上班，所以非常有空，她平常就喜欢逛淘宝网。2007年时淘宝网可不像现在这么普及和深入民生，在当年网购还属于新鲜事物，大多数人对网上的商品持怀疑态度，认为网上假货泛滥、售后困难。而我女友因为有空，加上对网购的沉迷，于是在"帮我"挑货这件事上可能投入了很多精力。她对自己采购的那些货品很有信心，认为一定可以为我们招徕顾客。但她甚至没想过一个问题——我们店并不只有我一个老板，我合伙人的老婆对她的做法有意见了。不过我和我合伙人之间的沟通和信任是坦率而牢固的，我们都觉得这只是很小的问题，所以我和他商定，我女友寄卖的货品，按营收金额付给店里一定比例的租金。

不料我女友知道这个约定后大为光火。她说我们店本来就没摆满货物，她只是借用了一些原本就空着的货架。这就像朋友之间坐个顺风车，难道还要算清油费吗？何况她觉得自己是在帮我们忙，她是在为我们店吸引客流，我却和外人一起欺负她，瓜分她到手的营业额，而那些钱她原本是打算私下留给我的。她还反过来指责我合伙人的老婆，说她也在店里寄卖自己的衣服，而且还把店里的小饰品带回家。此外她还不满意我和合伙人的分工方式，她认为我的合伙人占了我便宜，因为他和老婆回了广州，却让我长期驻守在南宁。我被夹在双方之间，左右为难，只能回过头跟我女友讲道理。我这个人其实挺擅长讲道理，这是从父母身上继承来的，我善于站在宏观或客观的角度看问题。我和她讲一个人在社会交往中应该具备的自觉，讲人和人在经济活动中需要恪守的一些规则。但是我道理讲得越多，她就越生气。因为一直以来，她都对我的经济情况很不满，而我讲的这些道理，在她看来无助于改善甚至会恶化我的处境。她和我之间的矛盾就像没完没了的肥皂剧，换了今天我可能会品出一些喜剧的意味来，但在当年这真的把我给整惨了。我记得有一天晚上，我和她两人在店里，我合伙人和老婆则回了广州。我告诉她即使我合伙人不在，我们也要如实地把她那些货品的销售金额汇报给他们。她听了之后气疯了，当着我的面撕烂了两张百元面额的人民币。

其实，我女友的妈妈一直在撺掇她出国，并且是以移民为目的的出国。而她在我和出国之间举棋不定。因为她的犹豫不决，于是对我就有了更多的不满——假如我争气一点的话，她就不必考虑出国了。但是我其实已经对和她的未来非常悲观了：我清楚自己不可能达到她的要求，同时我也无力改变她的价值观，她和我在一起不可能幸福。在很多方面我都是个消极的人——我不认为消极是好的，只是当年我就是这么一个人。我在很多别人可以获得正面激励的事情上无法获得正面激励，但在很多对别人不构成障碍的事情面前寸步难行。此外，在和女友交往的几年里，我感到的痛苦要远多于快乐——责任主要在我而不在她身上——这个时候差不多已不堪重负了。所以要是问我真实想法的话，我认为她出国是对彼此最好的选择。可是我不敢这么对她说，我说了她只会骂我没出息、不上进、轻易放弃，等等。所以我暗示她，我会尊重她的选择，让她优先考虑自己的前途。我的性格非常被动，而她和我正好相反。所以我只能一方面朝她的要求尽我的努力，另一方面也让她看清楚我的情况，然后等她自己做出决定。不久后她终于选择了出国。这对我来说就跟解脱一样，我的压力顿时减轻了。不过与此同时，我的动力好像也随之消失了。

我在南宁的日子过得非常单调和闭塞：早上一起床就去商场，晚上10点多才回到住处，每天就囊括在这两点一线里。我在南宁总共待了两年多，但除了商场和住处附近外，我几乎哪里都没去过。其实开店并不累，它不消耗人的体力，但它就像坐牢一样，令我时刻感到压抑和不自由。商场里的人际环境对我磨损也很大。比如我老店旁边的小伙、新店对面的湖北一家四口，这些直接的敌对关系就不用说了。而更具普遍性的是整个商场的人际环境——大家明明彼此提防甚至憎厌，但又无可奈何地天天困在一起，被迫去维持一种虚假的友好关系。尤其是商场早上顾客很少，在非节假日的时候，客流一般要到下午三四点后才出现，这导致很多经营户闲暇时间过多，于是就都热衷于流言蜚语，每天不停地搬弄是非。我从不在背后说人坏话，更不喜欢拉帮结派，但我常听到别人在背后说我的坏话，且都是歪曲事实甚至凭空捏造的，这令我非常难受。我原本就对社交过敏，在商场里待了两年多后，甚至出现了社交应激反应。后来当有顾客走进我店时，我的真实感受不是欣喜和兴奋，而是厌烦和畏惧。此外我还产生了一种自己时刻被人围观的错觉。比如说，我常常感觉身边经过的人在打量我，甚至在议论我——其实那只是我的妄想。有几次我反瞪回去，结果发现人家根本没在看我，或者虽然在看我但表情很自然，显然对我没有恶意。

有天我独自在新店,一个三十岁左右的女人逛进我店里。这个女人商场里的店主都认识,她是精神失常的,但经常来逛我们商场,其他店主私底下都叫她疯婆。那天是她第一次逛进我的店,她不是那种带攻击性的疯子,我绝对不会驱赶她,但又不知道该如何接待她。周围的店主看到我的窘况,已经在捂着嘴偷笑了。当时应该是夏天,那个女人穿了一条短裙,她说想试穿我的牛仔短裤,我点头同意了。不料她没进试衣间,而是撩起短裙,直接把短裤往腿上套。这可真让我相当难堪,但和我感到的难过相比,难堪甚至不值一提。可是,或许因为对试穿的第一条短裤不满意,她又拿起第二条短裤,直接就往腿上套,而她甚至没有先脱下第一条短裤。这样试穿根本没有意义。可是说这个有什么用呢?她都不是一个神志健全的人。随即,在我反应过来之前,她已经往腿上套第三条短裤了!当时我已经无法思考,我难过得像窒息一样。但出于本能,我伸手按住了她的手,阻止她那徒劳的尝试。她立即抬头看向我,她的表情不是生气,也不是疑惑,而是一副混杂了惊恐和乞求的哭相——我从没在成年人的脸上看到过这种表情。我马上松开手,不知道为什么,我的眼睛也湿了,眼泪几乎要夺眶而出。我仿佛从她的眼神里看到了自己——进而我体会到,我所有对别人的怜悯其实都是一种自怜的投射;倘若有天我不再怜悯自己,我可能也就不再怜悯任何人了。我在心里警告自己:她要怎么试穿就怎么试穿,哪怕她接着往腿上套十条短裤,我也不要去妨碍她了。最后,她买下了其中的一条。我还记得她臂弯上挎着一只明黄色的大提包,当她打开那只提包时,我看见里面空空荡荡,零散地躺着一些钞票。我不知道她属于哪类精神病人,但她可以分辨钞票的面额。我看着她一张一张地拈起那些钞票,其中有些皱起来的,她还要先捋一下,把钞票捋平了,再整齐地叠起来,递给我。我接过她递来的钱,突然觉得和这相比,整个世界显得多么微不足道和乏善可陈。

2009年春节,商场照例要休业几天。我们经营到大年三十晚上的6点,不过很多店主都提前关门了。我请的小工是玉林人,在头一天她已回了老家。我独自一人收拾好两个店的货物,然后挂上封门用的渔网,这时我发现,自己成了六楼最后一个离开的人。出了商场后,天上下着毛毛雨,地面湿漉漉的,往常熙熙攘攘的街道上,此刻连一个人都看不到。所有商店都关门了,远处传来断断续续的炮仗声。我还没有吃晚饭,但是已经没有吃饭的地方。路过南宁百货的时候,我看到麦当劳还开着,这是我唯一的选择,假如我不想饿着肚皮上火车的话。麦当劳里灯火通明一如平常,可是座位上一个客人也没有。收银员热情地招呼我,就像她一直在守候我,终于把我等来了似的。我百感交集地用完晚餐,自己也说不清楚那种感受是悲伤,是惆怅,是失落,还是茫然……随后我步行走向火车站,雨雾似有若无,时间还很充裕,我把伞落在了麦当劳里,却并没有察觉。我感觉万念俱灰,但并不痛苦,只是厌倦而已——不仅是对生意,而且是对更多的事情。

在前文里我说过，我们的新店选择和前一手店主签转租协议是个馊主意。倒霉事果然如期而至，新店一年的租期满了以后，我等来的不是续约的消息，而是摊位被收回的通知。我们的前一手店主，也就是摊位业主的妹妹联系我说，她要回来继续经营这个店。这里说明一下，这明显是个谎话，因为她的孩子还不满周岁，她当年做这个店也是亏钱的，她不是个能吃苦和专注的人。我尝试和她沟通，希望了解她的真实意图，但她似乎不是为了涨租而这么说的。如果她要涨租我也能接受，实际上我已做好了这方面的准备。但这时我真的摸不透她在想什么。而且我有点怀疑，可能有人在背后唆使她这么做。比如和我合伙人打架的那个小伙，他完全有动机和条件做这样的事。最后我以各种借口向她争取延长租期，我说我去年装修投了很多钱，还没能够赚回来。其实我装修没花多少钱，第一个月就赚回来了。我又说我压了许多货，需要时间来清货。其实我们几乎不压货，我们一贯秉持低库存勤补货的操作方法。我用尽了办法，也只是把租期延长了三个月。在我撤出摊位后，我发现接手经营的不是那个妹妹，而是另一个我不认识的人。不过这些反正也和我无关了。

在失去了第二个店后，我发现自己的精神也磨损得差不多了。商场里的人际环境对我影响非常大，这时我感觉自己面目可憎且万分疲惫。我没有能振作起来，于是和合伙人协商，他按当时生意资产总值的一半付给我现金，我们友好地拆了伙。拿到钱之后，我还了父母两万块，手上还剩下几万。这段日子是我经历过的最糟糕的时期，我觉得自己已经有轻微的应激性精神障碍的症状。回到广州之后，我什么人都不见，什么人都不联系。电话我早已不接，连号码我都换了，QQ上有人给我留言我也不回。这一年我刚好三十岁，虽然我认为以十年为单位赋予人生某种标准或意义并不科学合理，同时也不该通过一个人做成或拥有什么来衡量其价值，但我还是无法做到超脱于世俗定见之外。我为自己的一事无成感到自卑，尽管我认识到这种自卑并不成立，我哪怕一事无成但仍然可以骄傲，因为我本来就没想做成什么事，这不属于我的自我评价标准。可是当年的我还不能像今天这么坚定，当别人的目光落到我身上时，对我仍然会造成困扰甚至伤害。

顺带一提，在我离开南宁后，我原来的合伙人又和一对夫妻合作，那对夫妻是他老婆那边的亲戚。后来他们最多时开到了四个店。不过大约到了2011年之后，淘宝网进入了快速发展期，对线下的实体店冲击越来越大。我原来的合伙人后来告诉我，逛商场的人越来越少了，他们的四个店也一个接一个地关张。之后他尝试过开网店卖鞋，好像还卖过童装，但都没有成功。于是他又重新找工作上班去了。

我是2009年8月底回到广州的。为了排解积郁，我在几乎没做任何准备的情况下，骑上我父亲的一辆二十四寸破单车，从广州出发，历时二十五天抵达了北京。这趟行程并不舒适，痛苦主要来自那辆既不适合我身高也不适合长途骑行的单车。它以平均两天坏三次的频率撂担子，为我制造了许多困难，也留下了将陪伴我一生的伤病。不过当时我就是想受罪。我果然得到了满足。

一个人旅行

忘记当年受到什么触动，我记得自己还在南宁时，就已经有了骑车去北京的念头。于是从南宁回到广州后，过了四天我就出发了。因为此前我一直在南宁，广州的家里没有装网络，我又懒得去网吧，以至于在出发之前，我完全没去了解这趟骑行需要注意些什么。我并没有长途骑行的经验，只是完全无所谓。我骑的单车是父亲的一辆二十四寸女士通勤车。这辆车在我家已经骑了十多年，其实早该报废了，座杆和车架锈在了一起，车座固定在了最低位，无法再调高，导致我坐上去后两腿曲着，很不好发力，这后来也造成了我的膝盖伤。

我在新华书店买了本国道地图册，发现从广州到北京有两条国道可走，分别是106国道和107国道。其中107国道经过的主要是地级市和省会，感觉是一条更繁忙的公路。而106国道重要性显然不如107国道，沿途会经过不少偏僻的地方，于是我毫不犹豫地选择了106国道。

不料第一天我就中暑了。我出发时是8月底，广州的气温还在35℃左右。一般来说我是比较扛晒的，我对自己的忍耐力有信心，中午烈日当头时，我都没有找个阴凉的地方歇一歇。我大量喝水，但到了下午，身体还是出现了不适。我开始发烧、晕眩、四肢无力，并且全身的皮肤上都结了一层盐粒。我双耳的上廓首先晒脱了皮，两条前臂也晒得刺痛，第二天就冒出了水泡。与此同时，大约下午两三点，我那辆单车的中轴似乎卡住了，虽然可以骑，但从脚踏处感受到的阻力非常大，要比正常情况下多花两三倍的力气才能蹬动。后面遇到上坡的路，我都只能推着走，再没力气去蹬了。

接近傍晚，我终于坐在路边的草地上歇了一阵。出发前并没规划过行程，对于这天要骑多远、晚上在哪里落脚，我当时完全不清楚，只想骑到哪儿算哪儿。如今只要打开手机里的地图软件，随时可以查到前村后店距离多远，到达那里要花多少时间，可当年我只能依靠一本三十二开的地图册。地图的比例尺又太小，在有些岔道口甚至都很难分辨该往哪边拐，更别说怎样估算出两点间的距离了。最终，在天快要黑下来之前，我赶到了佛冈县的汤塘镇。当时我头昏脑涨，一点胃口都没有，但还是强迫自己吃了个快餐，留宿在旅店。洗澡时我从镜子里看到，自己身上没被衣服覆盖的部位，已经全部被晒得通红。我给一个朋友发了短信，告诉他我当天的经历和情况。他非常热心，立刻帮我上网找办法，告诉我赶紧买些榨菜，用来在路上补充盐分。

我的恢复能力还算不错，第二天早上睡醒，我发现自己又精神抖擞起来了。不过我还得先把单车修好。除了中轴，还有另一个地方也坏了。我没有带修车的工具，不过那辆车一路上出的问题，也不是便携工具能解决的，为了等修车摊开门，我推迟了出发。

经历了第一天的教训后，第二天我不再那么冒失。中午阳光最猛烈时，我找了个阴凉的地方，休息了约有两个小时。路上凡是遇到有干净的水源，我都下车把头发打湿一遍，并将T恤浸到水里，再湿淋淋地套回身上——我没有脱掉T恤是为了避免晒伤更多皮肤——所幸这条路上我遇到不少溪流和山泉。我发现国道的规格和保养状况经常比相邻或交会而过的省道甚至乡道差，这和我原本想象的情形正好相反。这可能是因为国道毕竟年代久远，不如地方新修的公路来得干净平整。而且当年建设国道时考虑的是全国一盘棋，未必如今天修的地方公路那么贴合当地的经济发展需要，自然也就得不到更好的管理和维护了。但是我恰好喜欢独自骑行在荒僻的公路上，路况糟一点并不妨碍我的心情，每当这种时候我都非常放松，内心特别平静。

第二天晚上我住在翁源县的翁城客运站附近。我对这个地方没留下什么印象，到达时天几乎全黑了，第二天一早我就走了。

第三天是倒霉的一天，早上我离开旅店后，往北立刻就进入了山区。盘山公路总是上上下下，很少有水平的路面，我的单车不是变速车，遇到持续几公里的上坡路时，我就只能下车推行。整个早上我都没怎么蹬过脚踏——上坡我靠推，下坡靠滑行。午后我从韶关市的东边经过——今天的 106 国道似乎改道了，我现在边查看百度地图边写这篇文章，以帮助自己回忆。记得当年曾路过韶关市烈士陵园，还在门外拍了张照片。但今天的 106 国道却从曲江县就开始往东拐，并不经过位于浈江边的烈士陵园。无论如何，在穿过韶关城区后，我又重新进入了山区。这时突然下起了暴雨，不过我有一件雨衣，所以选择冒雨前进。

我没有在韶关留宿，是因为抵达韶关时还早，我不想浪费时间——从头到尾我都没把这趟旅程看作游览或玩耍。我没有参观任何景点，没有探访名胜古迹，每天就只在不停地赶路。由于受到那辆单车的限制——我经常要推着它走几公里找地方修，或者为了等修车摊开门而耽误时间——后来我回顾，自己平均每天只骑一百公里左右。

那天下午因为雨势，我的骑行进度受到影响，直到天完全黑下来后，我都还没骑到丹霞山景区。那段路没有路灯，我也没带照明设备。月亮被乌云掩蔽，路两边是茂密的树木和土坡。我完全靠来往车辆的车灯照明，没车时我就伸手不见五指。可是很多车打的是远光灯，晃得我睁不开眼，加上山间的公路曲折多弯，每当有车辆从前方的弯道拐出来时，好像在迎面撞向我。于是有一次，迎着正前方刺目的强光，我在什么都看不到的情况下，出于恐惧和本能反应，往路边躲靠时，连人带车摔进了一米多深的排水沟里。这种山路边的排水沟都不带封盖，除了雨季用于排水外，遇到轻微的山体滑坡时还能起到缓冲作用。

这一跤摔得很狼狈，我右边大腿被削去巴掌大的一片皮，至今这个部位的皮肤还黑着一块，所幸没有骨折。我的单车也没有散架，前轮的雨挡坏了，只好把它拧下来，否则会卡住轮子。一只脚踏也解体了，但轴心仍杵在曲柄上，所以还可以蹬。还有几处损坏我记不起来了，但都不致命，车子竟然还能骑动，只不过响声有点大而已。我先把车抬上路面，人再爬上去，在黑暗中摸索着继续前行。大约过了几十分钟，我终于走出了那条山路，路面开始变得笔直和宽敞，而且也有了路灯。没骑多久我终于看到了丹霞山景区的一个入口，但这不是我要去的地方，我这晚的目的地是在丹霞山北边的仁化县。

晚上 9 点左右，我到达仁化县，先找了一家旅店放下行李和单车，再步行出去找晚饭。不过这时已经没有快餐了，我记得自己在一个路边小摊上吃了炒螺和一些别的。

第二天一早又是先修车，此后找修车摊是我每天的固定任务。离开仁化县后往北就是南岭，穿过南岭后就到湖南省境内了。这天走的山路起伏落差要远大于之前两天，而且不少路段是碎石路，还遇到了很多塌方现场。我记得有一段盘山公路当时正在修补，仅留出一边车道通行，从两边来的车只能交替放行。在等候通过的时候，停在我前面的路政工程车上有几个工人主动和我聊天。大概因为看到我骑着单车，他们说在这里施工，还从没见过有人骑车走这条路。然后他们问我想去哪儿，我说要骑去北京。他们听到后全笑了，其中有个人对我说："看来你有钱嘛。"——他的意思是我在做的事情是吃饱饭没事干的人才会做的。

这天的行程推翻了我之前对国道想当然的认识，原本我以为国道虽然不如高速公路规格高，但起码应该是一条平整的公路，也就是说应该都铺了沥青才对——毕竟我走的是繁忙的京广线，而不是偏僻的川藏线。然而事实并非如此。国道既有泥路也有碎石路，有时又会从乡村中间穿过，完全就是条乡间小道。而且106国道也并不繁忙。我知道很多长途司机为了省路费，会故意不上高速，而专门走国道。但这也要看是什么路段——在一些荒郊野外的路段，我经常连续十几二十分钟都碰不到一辆车，也看不见一个人。

这天因为要翻山越岭，我只骑行了大约七十公里。幸好单车早上在仁化县大修了一次，否则假如在山里抛了锚，我就又得摸黑走山路了。这里的地形可要比丹霞山景区附近险峻,在这里摔跤的话就不是摔到排水沟里,而是直接滚到山坡下面去了。

大约下午四五点的时候,我抵达了汝城县。这是个安静的小县城,已经属于湖南省了。这里的楼房从样式和新旧程度来看,都像是在二十世纪七八十年代盖起来的,我记得好像没看到有超过六层的楼房。不过我也没有把整个城区都逛遍。可能因为紧挨着赣州,这里最多见的小吃店卖的是江西瓦罐煨汤。于是我随便找了家试了一下,味道果然很鲜美,而且价钱实惠。晚上我在城北的国道边找了家旅店,那里附近停了很多货运挂车,似乎是一个物流枢纽地。我记得住旅店时,在办完登记手续后,老板娘随口问了我一句:"你觉得我在门外放两台投币儿童摇摇车好不好?"我愣了一下,这我怎么知道呢,我又不清楚这里有多少小孩。所以我告诉她我也不懂,同时心里在纳闷她为什么请教我这种问题。后来我想到可能因为我的身份证是广州的,她很少遇到大城市来的人,所以以为我们什么都比她懂。

第二天早上我在路边摊吃早点,同桌的一个货车司机问我是做什么的,我说我在骑车旅行。然后我反问他一天能跑多少公里,他说他只跑六百公里——他的意思是他可以跑更多,但觉得跑六百公里安全一点。

湖南省的地形主要是山地和丘陵,因此国道曲曲折折、起伏不定。我觉得自己好像每天都要进山里转悠,也经常路过一些村落和集市。在翻过了南岭之后，能明显地感觉到气候的差异。出发头三天还在广东时，日夜的温差并不明显，一般白天气温有三十几度，晚上也得开风扇才能睡着。而进入了湖南省后，则是白天无论有多热，晚上温度也会降下来。毕竟这时已是 8 月底，已经立过秋了。

从汝城县出发，第二天我到了桂东县，第三天到了炎陵县，第四天到了攸县，第五天到了醴陵市，第六天到了平江县——在湖南省我总共骑行了六天。这期间下过一场雨，白天温度立即降到了 20℃左右。我出发时只带了短袖 T 恤和短裤，这会儿感觉有点扛不住了。于是我买了一件翻领长袖 T 恤，还记得价钱是三十五块。因为山路起起伏伏，经常有连续几公里的下坡，下了雨后地面湿滑，加上多弯，我的单车根本刹不死，所以每逢下坡我都把双脚垂到地面，让鞋底和地面保持摩擦以减速。106 国道在湖南省内有相当部分是顺着山势和水路而修，因此是名副其实的依山傍水，风景虽说称不上秀美，但也令我心生贴近自然的愉悦。

我的单车坐垫是硬革质的，在还没有骑出广东省前，我的两边大腿内侧就已磨破皮了。所以我只能歪着身子坐：一会儿把重心挪到左边屁股，一会儿把重心挪到右边屁股。可是即使如此，疼痛还是让我无法忍受，而且不久后破皮处开始流脓了。当时我没有经验，不知道有单车坐垫套这种东西。于是我买来创可贴，把破皮的地方都贴了起来。可是贴了之后也仅仅是减轻了部分痛苦，在持续的蹬踩和摩擦中，创可贴反复被蹭掉，我就不断地补贴，一路上创可贴成了我的消耗品。

平江县再往北就进入湖北省境内了。我发现国道上凡是靠近两省交界之地，都是路况最糟糕之处。可能每个省的路政局都觉得交界地段应该由邻省去维护，因此就都没有维护。记得在中午之前，我到达了平江县最北端的冬塔乡。我对这个地方留下记忆，首先是因为它的名字比较特别，其次是这里的路实在太烂了——我都还没离开镇子的范围，车轮就已经陷在泥浆里，而且整大段路都是如此。出了镇往北又是层峦叠嶂的山区，这一段路特别狭窄，路两边的树木特别茂密。我看见头顶上方几十米的高处，有一条悬空的高速公路，像电线一样挂在空中，由一根根杉树般的水泥桥墩支起。到了真正的两省交界处，我发现要蹚过一片几百米长的积水，而且积水淹没的是石头路，有些石头还不小。于是我换上了拖鞋，下车推着车走。这时从对面湖北开来一辆小面包，司机把车停在水边，下来问我水深不深。我记得水最深处接近我膝盖，于是我告诉了他，他听了后上车掉头又开回去了。

蹚过那片积水后，路况终于有所改善，周围的景物也开阔了。大约下午三四点，我抵达了通城县，这是我进入湖北后的第一站。我首先找到一家超市，买了包花生，坐在马路牙子上剥了起来。我至今记得当时坐的地方周围的街景。我还记得湖北本地产的啤酒很便宜，一瓶才卖一块五。而我之前在南宁时喝的青岛山水和燕京漓泉都卖三块钱。此外这里有很多小吃店卖一种湖南红油牛肉面，但我之前路过湖南时并没见过这种面。湖南和广东、广西一样，主要吃米粉，面食比较少。我在城里找了一家旅店，前台姐姐告诉我标间的价钱好像是六十或八十。我问有没便宜点的房间，她说没有，然后我就转头走了。大概因为我趿着拖鞋，腿上还沾着泥浆，看起来像个庄稼汉，站在前台姐姐旁边的一个男青年，大约二十岁左右，可能是她的弟弟，突然对我骂道："滚吧，这里没你住得起的房间。"我回头看过去，男青年正嚣张地瞪着我，旁边的前台姐姐却一脸尴尬和歉意。我什么也没有说，回身走出了旅店。

旅途中我曾两次目睹狗在公路上被碾死。一次是在湘北的山区里，有一天下午，我骑在山道上，那个地方远离城市，但不算十分荒僻，路旁零星有一些农户。当时我正在上坡，马路对面有户农家，他们的一条白狗正卧在公路上休息。这时从对面开来一辆小轿车，最初司机并没发现白狗，因为狗卧下的位置正好在拐弯处。而我却既看见了狗，也看见了车。但我并没想到接下来会发生什么，因为一切都发生在几秒钟内。小轿车拐过来后，司机突然看见路上的狗，大概出于本能，他（她）踩了下刹车，但只是点刹了一下，然后重新加速，朝着那条狗撞去。事实上他（她）后面并没其他车，在我视线范围内就只有他（她）一辆车，他（她）完全可以停下来摁喇叭。不知道为什么，那条狗显得漫不经心。它已经是条成年狗，估计有二三十斤重，可在公路上却一点警觉心都没有。那辆轿车先是把它往前推了几米，它立即发出凄厉的号叫，扭头朝着推挤它的前保险杠龇起獠牙。然后我就看着它被卷到车轮下，车子从它的身上碾了过去。它没有立刻丧命，而是尖叫着逃向主人的房子。不过它跑得一瘸一拐，无疑已受了致命的伤。

第二次是在湖北省，我快要到达通城县的路上。那段路上过往的车辆很多，路两边有一些商店和民居。当时我骑着车，突然一条棕毛短腿狗从我右前方的路边蹿出，想要穿过马路到对面去。可是它没有成功，一头撞在了一辆商务车的车身上，然后被弹了回去，在地滚了几圈。但它似乎没有受伤，立刻又站了起来，再次往马路左边冲去。这次它撞在一辆小货车的前轮上，头被绞了一下，瞬间就失去了意识，四脚朝天地仰躺在路当中。这时候，原本站在路右边的一群狗一起吠了起来，似乎是在谴责这起意外。我不清楚这些狗之间刚才发生了什么，但照我的理解，死掉的狗原本住在路的左边，它穿过公路到右边来找朋友玩，但不知道为什么，它突然仓皇地想逃回自己的领地，结果却死在了公路上。

从通城县出发的那天，我在途中临时决定：放弃106国道，转到107国道去。原本这天的目的地是通山县，这时则调整方向到咸宁市。因为106国道比较偏僻，我的单车每天都坏，经常要推很远才能找到修车摊。而且小城市也不见得比大城市淳朴。恰好两条国道在这附近挨得很近，我这天并没多费什么工夫，天没黑就赶到了咸宁，并在城东的省道边找了家旅店。我发现在大城市比在小城市更容易找到便宜的旅店，这晚我住的旅店就比在通城县住的便宜。

晚上我往西散步走进了咸宁市区，大约走了一个小时后折返。我发现自己很喜欢走在一个完全陌生、没有人认识我的城市，这对我似乎有一种治愈的效果。我喜欢打量那些陌生的街道，想象居住在里面的人每天过的日子，以及生活在他们眼中是一种什么样子。我经过一个菜市场，此刻营业已结束，里面空无一人，我想象白天这里熙熙攘攘的情景，想象民生和交易在里面得到满足。我还经过一家麦当劳，这一路以来我还是首次看到麦当劳。我在前文中说过我喜欢麦当劳，但在这里我还想再说一遍：我喜欢它的食物不好吃也不难吃但满足人的生理需要，喜欢它窗明几净从不赶人哪怕我并不消费，喜欢它一年三百六十五天不打烊春节也不加价，喜欢它在所有我去过或没去过的地方提供一模一样的食物，这种平等的一视同仁使我想到世界大同。我记得当时麦当劳里坐了一些顾客，不多也不少，有的在用餐，有的只是在休息。我隔着玻璃看了他们一会儿，感觉就像在观赏水族箱，内心感到非常宁静。这些场景和自然风光对我有着同等的吸引力。

第二天，即总行程的第十二天，我从咸宁出发，下午4点前抵达了武汉市。武汉是一个巨无霸城市，当年还没有手机导航，在城南的一个十字路口处，我看见一群本地人举着"带路"的牌子站在路边，收费给外地司机带路。我骑车直入市区，不久后经过了武昌火车站，随即我看见了黄鹤楼。骑近了看的话，黄鹤楼还算是雄伟，坐落在一个毗邻长江的小山包上，旁边还有另外几座体量较小的古式建筑。有点出乎我意料的是，它和周围热闹繁华的市井贴得那么近，完全就被包围在了其中。这和李白、崔颢的诗句在我脑中产生的意境迥然有别。不过,李白和崔颢并没说黄鹤楼出尘脱俗,那无非是我穿凿附会的想象罢了。我对名胜的兴趣不大,并不想花钱买票参观。不过因为时候还早,所以我就在附近的街道上漫无目的地游逛。我路过了户部巷,但并没在里面吃任何东西。后来我骑到了长江边武汉长江大桥的桥脚下,看见有不少本地人在游泳。我坐着休息了一会儿,这里的水域要比广州市区的珠江水域宽广,武汉长江大桥也是我见过的最雄伟的桥梁。

在天黑之前,我骑车上了武汉长江大桥。我曾经在火车上多次穿越这座桥,但这回我是在桥面上,感觉完全不一样。晚上我在汉阳区的北边找了个相对便宜的旅店住下。

离开武汉再往北就是孝感市了,但孝感离武汉很近,第二天中午我就骑到了。因此我没有在孝感落脚,而是继续往北骑到了孝昌县。一路上我看见不少巨型的加油城,面积比足球场还大,顶盖有十几二十米高,上面用廉价感十足的材料做出皇宫屋顶的造型。这些加油城似乎主要接待大型挖掘机械和运输车。沿途我碰到很多运载沙石的大型货车,光车轮就比我站直了还高。当这种车鱼贯从我身边开过时,我连单车的车把都很难控稳。

孝昌县的城区面积很小,总共就几条干道,人口似乎分散在下面的村镇里,而不是集中在县城里。我在国道边找了家似乎是新开的旅店,房子很新净,店主也很好说话。晚上我散步到县城里,在一家连锁店喝了孝感米酒,也就是醪糟。我忘记当时觉得好不好喝，只记得店里有多种不同的口味可供选择。我还不知道米酒能做出那么多花样来，实际上我至今没在别的地方看见有专卖米酒的甜品店。然后我又逛了一家超市，可能是县城里最大的一家，但其实也没有多大。超市外面有一个小广场，正好在放露天电影，银幕居然还不小。我提着从超市买来的零食和啤酒，在座位上坐了下来，边吃边喝边看。影片大约已放了一半，我把它看完了才回旅店。那部电影是《斯大林格勒战役》，情节如今我已忘了，只记得一片白茫茫的雪地和几个被困在地下储物室的纳粹士兵。和我一起坐着看片的除了附近的居民外，可能还有路过此地的长途车司机。我觉得这一切很有意思，不知道今天还有没有这种用露天电影来营销的超市。

从孝昌县往北就进入河南省了。第二天的中午，我从鸡公山旁边路过，下午到达了信阳。信阳是河南省内唯一一个位处淮河以南的地级市。因此它和河南省的其他城市不同，它完全就是个南方城市。我对信阳的印象不深，只记得当时住的旅店前面有一条很窄的河道——那肯定不是淮河，但也不像浉河，应该只是一条小支流。现在我在百度地图上查看这段107国道的全景图，却无论如何都找不出与街景相符的地方。可能因为当年还没有手机导航，国道地图册的精度又低，所以我只能跟着道路标牌的指示前进。有很多城市为了不让长途货车进城区，故意在城外把国道的标牌改为指向环城公路。于是我也稀里糊涂地绕着城市骑了个半圆形，住也是住在城郊外，实际上都没进过城区，心里还纳闷这城市为什么如此落后和萧条。

离开信阳的第二天我到了驻马店，这不是一个很繁华的城市，市区里人不多，高楼大厦也很少。我记得住的旅店在学院路附近，晚上我在学院路找了家网吧上了一会儿网。接下来的一天我到了漯河。在漯河我有一个朋友，当天晚上她带我去了一条小吃街，现在我记不得都吃了些什么，只记得其中有氽水丸子——因为当年我不懂怎么念这个"氽"字，还特地跟她请教过。第二天早上她上班前带我去喝了胡辣汤，然后我就和她告别了。漯河再往北就是许昌，但许昌离漯河只有六十公里左右，我中午就骑到了。于是为了赶路——尽管我也不知道为什么要赶路——我继续往北前进。然而在天黑之前，我并没能赶到郑州。许昌到郑州大约有九十公里，虽然进入河南省之后，我走的几乎都是平路，很少有上下坡，但我的单车每天仍在出问题。我经过了新郑市，然后又骑了大半个小时，这时下起了雨，我知道到不了郑州了，于是在路过一个职业学校时，拐进了学校旁边的小道，找到一家又脏又破的小旅店，房费只要十块钱，厕所是公用的，但不能洗澡。

第二天我一早出发，没多久就抵达了郑州。我当然不停留，继续沿着107国道骑，从郑州黄河公路大桥过了黄河。我看到黄河的河道有几公里宽，但水域却并不宽，被一块块沙洲分割着，其余露出的河床地带——我也不知道叫河床准不准确，因为面积实在太宽广了——大多连滩涂地也算不上，完全可以说是农田，已经密密麻麻地种上了玉米。我从桥上往下看，只见成片翠绿的玉米秆，约有一两公里宽，有些收割过，有些还没有。玉米地沿着河道往两边延展，肉眼看不到尽头。我知道黄河的水流量并不如长江大，但它的河道却有这么宽，应该是由于频繁地改道以及发洪水时冲刷出来的。河南省的玉米产量一定很大，因为一路上我看见农民把去了苞叶的玉米棒就铺在国道上晾晒，有时能连绵好几公里。

在过了桥之后，我看到国道两边被护栏和铁网围了起来，这分明就是一段高速路——从郑州到新乡的这段国道，也是我整趟旅途里唯一骑过的高速路。因为这里的机动车车速很快，我只有尽量靠路边骑，但还是觉得有点危险。大约骑了一个多小时后，倒霉的事情发生了，我的单车爆了胎，但公路是封闭的，我没法离开公路去找修车摊。何况在过了黄河之后，国道两边始终是村庄和农田，连个乡镇都没有，就算我能下去，也未必能修到车。不过我也没有紧张，我相信这样的困难要不了人的命，顶多只能叫我吃点苦头而已。而这恰好就是我想要的。

从国道地图册上，我无法推断自己所处的位置，也不知道要走多久才能到新乡。但回去郑州的路程我能推断，因为在过了黄河之后，我又骑了一个多小时，那么推着车走回去就得花三四个小时。可这还只是到达黄河北岸而已，我还要过了桥，回到郑州市区里，才有可能修好车，那么我这个下午就白费了。何况我对走回头路有一种说不出原因的厌恶。于是我没怎么权衡——实际上我顶多就犹豫了几秒——推着车就继续往前走。这时大概是下午两三点。

我一直走到晚上7点多,才走到新乡南边的郊区。我的车胎漏光气之后,气嘴在内胎里就凸出了一小截,当我推车的时候,轮子每滚动一圈,它都和地面撞击一下。虽然这只是轻轻的碰击,但因为我连续推了几个小时,就好比不断用榔头在敲打,首先导致了轴承的崩坏,轮毂开始在轮轴上左右摇晃,继而辐条也松脱了几根。后来内外胎也完全报废:内胎就不用说了,原本就弱不禁风;而在车轮泄气之后,外胎和地面的摩擦面积增大,加上车轮是一边左右摇晃一边往前滚动的,这就像在反复揉搓外胎。最后外胎被磨破了,里面的钢丝从胎侧伸了出来。这一切不是瞬间发生的,而是在几个小时里,一点一点逐渐出现的问题。可是尽管我看在眼里,却又无力干预。我不能抬起一只车轮推行,那会额外消耗体力,我很难坚持几个小时。当时我又冷又饿又累,道路标牌告诉我已经到了新乡,但眼前看到的却是大片大片的空地,只有一条宽敞平整的大马路提醒我这里确实是一个城市。

我不知道进入市区还要走多远,我的单车这时因为轮组的状况,推起来非常费劲,而我还没有吃晚饭。就这么又走了两三公里,我看到马路对面的房子越来越密集,尽管大多数只是平房,但已依稀见到有一些小店铺。于是我过了马路,在一个叫东扬村的地方找到一家旅店。我记得这家旅店的一楼没有前台,只有一个小窗子,里面从布置看像一个睡房。有一个四十岁左右的男人,大概就是老板,无疑已经喝醉了,脸颊通红,说话时吐出酒气，正躺坐在床上，下半身还盖着被子。因为他的床就在小窗子边，所以他不必站起来，只要扭过身就可以接待我。办好了入住手续后，我问他哪里有吃的，不料他摸出一只馍或白面饼或类似的什么东西递给我。我连忙说不用，我是问哪里有小吃店，但他回答不出来。我又问哪里能修单车，他还是说不出来，他已经喝得糊里糊涂了。

第二天早上，我就在东扬村找到了一家修车店。可是因为我要整个轮组更换，老板说他没有合适的配件，要去订购，所以得中午才能修好。中午我拿到车时，已经来不及出发了，于是我索性在新乡多留一天。下午我沿着新飞大道往北骑入城区，这条路是因为新飞冰箱得名的。城里有一条商业街正好在封闭施工，好像是在挖建地下商场，我穿过了这条路，骑到了火车站。新乡作为一个地级市，火车站却异常地破败和简陋，站前连一个像样的广场都没有。这说明这里客流量很小，流动人口不多。回程中我路过一条步行街，于是我在路中央找了张长凳坐了下来，顺便看看两边的店铺做生意。但这天不是周末，逛街的人很少。我不知道新乡有什么地方值得游玩，我也懒得去网吧查，我觉得看看市区里的街道、民居、商店就很满足了。或许因为之前几天都阴雨绵绵，前一天晚上又受了些罪，这天到了新乡终于云消雾散、雨过天晴，阳光和微风一同洒在身上，感觉分外爽朗。我的心情非常好，对新乡这座城市的印象也很好，新乡是我这趟旅途中唯一留宿了两晚的城市。

不料第二天又下起了雨，又赶上大幅降温。这天我的目的地是安阳，也是我在河南的最后一站。路上我经过了汤阴县，这里是岳飞的故乡，在县城中央的一个交通环岛上，我看到了一座岳飞的雕像。不过雨就是在我骑到汤阴时开始下的，有一阵子还特别大，我只好找地方躲了半个多小时。新乡是牧野之战的战场，安阳则是殷墟的所在地，这片地方在三千年前是华夏文明的中心。不过这时候我的兴趣不在三千年前发生的事情上。我在路上淋了雨也着了凉，傍晚一到达安阳，我立刻在路边地摊上买了套长袖的运动衣裤。这时已经是9月中旬，离我从广州出发已经过去了二十天，我终于第一次穿上了长裤。

在旅店里洗了个热水澡后，我的身体好像又恢复了过来，也不再哆哆嗦嗦了。既然如此，我想不如骑车出去逛逛。我往城北方向骑，看到了文峰塔，还有旁边的殷都风味小吃城，后来大概骑到了安钢大道，再往北被铁路拦住了，我转往西骑，再往南，绕了一圈回到旅店。

第二天一早又下起雨，我在旅店附近找到修车店，店主却说修车要等两三个小时。于是我把单车撂下，坐公交去了殷墟。我去的是殷墟宫殿宗庙遗址，那里有一些游客，但不算很多。我没买票进去，只是在外面走了走，东张西望了一下。中午取到单车时雨已经停了，还出了太阳。这天我的目的地是河北省的邯郸。记得这些是因为当年我拍了些照片，这些照片记下了我去的每个地点和时间，通过百度地图，我又回忆起了更多的细节。

当天下午6点左右，我按计划抵达了邯郸。我从南往北穿过市区，起先看见小马路上有小贩正在布置夜摊。后来路越骑越宽，街区越来越繁华，红绿灯一个接一个，天色也一点点暗了下来，随后我就汇入了下班的车流。

邯郸是我路过的所有城市里，骑单车的人最多的一个，当然也可能只是我刚好碰到了下班高峰。这时骑在我前后左右的人，大概每天都骑在这条路上，对周围的一切早已熟视无睹。可是与此同时，这条路是他们生活的组成部分，给他们留下许多印象和回忆。而我的情况恰好和他们相反，我可能在有生之年只经过那条路一次，但这一次对我来说却那么新鲜和丰饶。

我骑到一个叫棉二的地方，之前还路过了棉三，我猜这是棉纺二厂和棉纺三厂的简称。我找了个路边摊坐下，要了一盘饺子、一碟煮毛豆，再开了瓶啤酒——感觉真是太惬意了，沿途的艰辛此刻得到了十倍的补偿。吃饱休息好之后，我在不远的小巷子里找了家旅店。河北省到处缺水，像这种低端的旅店并不提供洗浴。我根据老板的指点，在巷子深处找到了一家澡堂。先存放好了衣物，一边是搓背的房间，另一边是沐浴间。澡堂里客人很少，甚至可能只有我一个人。我在沐浴间洗干净了身体，那是我至今为止唯一一次上澡堂的经历。

第二天，也就是总行程的第二十二天，我经过了邢台市，但没能骑到石家庄，所以就在国道边找了家旅店住了一晚。接下来一天我穿过了石家庄，不过没有逗留。我记得在石家庄吃到了驴肉火烧，但觉得肉有点酸，并不合我的口味。最后在天黑之前，我骑到了新乐市。对于骑车旅行来说，华北平原的地形很友好，基本上全是平路，没有广东和湖南的那种没完没了的山区。但是河北的工业污染严重，空气质量非常糟糕，我穿了一天的T恤洗出来的水，颜色就像咖啡一样。从新乐市出发的那天，我骑了一百六十多公里，是整个行程里单天骑行距离最长的一天。这也是总行程的第二十四天，我穿过了保定市的市区，抵达了高碑店市。这是保定市下辖的一个县级市，和北京市朝阳区的高碑店同名，但不是同一个地方。这是我到达北京的前一天晚上。在旅店安顿好之后，晚上我照例到城区里逛了一圈。我记得在路边一家小店买了只烧鸡，但那家店只做外卖生意，没有坐的地方。于是我问橱窗里的老板娘，哪里有可以让我吃的地方。老板娘往路的另一边指了指，告诉我可以去麦当劳里吃。实际上那里没有麦当劳，她指的是肯德基。我从没想过自带一只鸡进麦当劳吃，我以为自己听错了，于是瞪大眼向老板娘求证："你是说拿着这只鸡进麦当劳里吃？"老板娘大概觉得我迂腐、古板，边笑边朝我点了点头。后来我并没有去肯德基，而是把烧鸡带回旅店房间里吃了。

第二十五天，我从高碑店市出发，经过了涿州市后，终于抵达了北京市的房山区。中午我过了卢沟桥，进入了丰台区，然后在北京西站南面的一家麦当劳吃了午饭。当年我在燕郊的几个朋友，这时已搬到了朝阳区的花家地西里，我准备去拜访他们。

这趟骑行之旅历时二十五天，途经的国道全程总长约两千六百公里。如果加上我走错路及在城市里兜圈的距离，我总共骑行了两千七百公里左右。在结束了旅程之后,我的双手虎口稍一用力就会疼。这是因为我那辆单车的车把套是老式通勤单车常见的那种硬塑胶薄套,只能增加一点摩擦力,但没有缓冲的功能,双手握在上面就跟直接握在不锈钢车把上一样。一度我以为这是永久伤,到死都不会康复了。可是过了大半年后,这种疼痛逐渐消失,今天我的双手已无后遗症。另外就是我的双膝,这是不可逆的软骨磨损和组织撕裂,在我骑行结束后的两年多里,只要我下楼梯或走下坡路,双膝都会感到刺痛、无法发力,可是在上楼梯、走平路和上坡路时却没有问题。这十几年来我这一双膝盖好转过,但从来没有完全好,因为我还要慢跑锻炼,所以它又恶化过,后来我就改变了锻炼方式。今天我哪怕只是步行,膝盖都会有轻微的痛感。慢跑我早已不敢了。不过这么多年来,我一直没去看医生,只是在网上查资料,自我诊断。直到现在写这部自述时,为了确认膝伤的情况,我才去四川省人民医院做了核磁检查。为了省钱我只照了左膝,因为双膝的情况差不多,我又不打算做手术,只是想确认一下而已。诊断结果和我的猜测差不多:膝关节骨质增生,内侧半月板撕裂,外侧半月板损伤,关节囊及髌上囊积液。

我从广州骑到北京的自行车（摄于 2009 年）

生命中的光

　　2009年9月中旬，我骑车抵达了北京，然后在朋友家住了半个月。他们仍然在画画，曾经短暂上过班，后来接业务在家里画，变成了自由职业。当时北京在筹办国庆六十周年庆典，市区里提前两周就开始到处封路。我待到了国庆，然后买了张回广州的火车票。我骑到北京的那辆单车就留给朋友了。我买到的火车票是站票，坐那趟火车的人很多，乘客的行李都堆到车厢连接部了。

我上车后挤不进车厢,只能也站在车厢连接部。我记得当时自己前后左右站满了人,我连蹲都蹲不下去。我身边有个人还提了一袋肯德基上车,结果可乐杯被挤扁了,可乐洒了一地,我的裤子上也沾到一些。我一直站到了武昌站,站了十多个小时,才找到个角落坐下。

回到广州后,我没有去上班,因为之前在南宁的经历,这时我对社交有抵触心理,我不想跟人接触。我每天把自己关在房间里,父母不清楚我身上发生了什么,他们看到我不工作,而且也没有处对象,十分担忧。不过他们从来不是强势的家长,他们不会干涉我,要求我做什么或怎么做,甚至连建议也很少提。从小他们对我的教育方式,不是热情主动地规训和指手画脚,而是冷淡地以身作则和道德说教。因此这时候他们尽管忧心忡忡,却又不知该如何和我沟通。他们对我处境的一些看法,只在背后向我姐倾诉,却从没直接对我说过。老实说,我不能完全明白我父母对我的感情为什么这么节制和慎重。尤其是我母亲,从很多事情上,我感觉她对我没有亲密的信任,却有生疏的防范。

可是与此同时,她肯定是爱我的——这种爱实在扭曲和难以解释。她似乎认为我在一定程度上不属于她,而属于这个社会,故此她对我的影响将注定不如这个社会对我的影响更具决定性。也就是说,在她看来——起码在她的潜意识里——有朝一日她将会像不能理解这个社会一样不能理解我。于是她对我的一些教育,更像是在对社会表白心迹,以证明自己表里如一、死心踏地——而她面对的甚至只是十几岁或几岁时的我——仿佛我是某种意识形态派来的督察。也可能她担心的不是来自我的揭发，因为她对自己的忠诚笃信无疑，根本不必担心，是万一将来我的品行有所不端对她造成的牵连，这种想象中的牵连大概主要在"名誉"方面，而不是实际的受苦和利益损失。我不认为她像大多数人一样在乎受苦和利益损失。不过，上面说的这些都只是我的感觉和猜测，我不懂得如何去验证。而且心理因素对人的影响，往往类似于条件反射，有一种自发的反应机制，即使本人也未必能意识到其在运作。这和情感、理性和意志作用于人的情况有本质的区别。我只能说，我很少从母亲身上体验到一种私己的亲情，而这种亲情我在邻居、同学或同事的家里经常能观察到。

不过尽管我没去上班，却也不是每天坐着发呆。我买来大量的文学著作读，并且开始尝试写小说。这一次我非常认真。我已经看得很清楚，无论是打工还是做生意，都是我不喜欢、不擅长的事情。把人生寄托在这些方面，我就必定一事无成。所以我希望在写作上能取得一些成绩，留下的作品能经受时间考验，在将来仍然被人阅读、被人喜欢。不过与此同时，我也怀疑过自己，是不是出于逃避心理而选择了写作。因为我不去上班，这似乎很难向人解释——我经常会因为过度反省而失去对自己的信任，平白地消耗掉热情和动力，导致做事情缺少恒心。事实上，最初促使我萌生写作念头的，是一些曾经感动过我的作品，那些作品给过我安慰和鼓励，触动我真正地去认识事物的价值和人生。我也想创作出那样的作品，传承那些珍贵的感动。

其实我是个很少感动的人，我的感情并不丰沛和活跃，和大多数人相比，我都显得更冷淡和理性，因此我很珍惜自己有限的感动。我发现自己特别容易被崇高和纯粹的精神打动。不过你也可以说，崇高也是一种纯粹，因此归根结底是纯粹。除此以外，我还崇拜艺术。这大概是当年画漫画的经历给予我的认识：我认为艺术是对个性的最大化表现，而创作正是源于对自我的不断认识、发掘、充实和呈现。其实在现实生活中，大多数人只是盲从于既有的传统、观念、风俗和功利法则等，就像被量产出来的一样，本来最重要的作为主体的人却沦为手段和工具，服从于并且被那些或权威或流行的价值标准量度，像这样的人生实在可悲。而创作，或者从事具有创造性的事情，则相当于自我发现和完善，使一个人得以真正地存在过，成为独一无二的那个人。这些都是我在开始写作前就具有的想法和信念。

我的写作从模仿开始，最初我模仿的作家是塞林格。我很喜欢塞林格，我觉得他的所有作品都在写同一个题材：关于一种质地敏感的纯真在这个世上受难乃至被粉碎。或者说，他写的是纯真的幻灭。就他体现在作品中的精神特质而言，他像是一个儿童版的菲茨杰拉德——他的所有人物都把一种属于儿童的品质保持到了成年期，并因为这种品质而失落、迷茫，或者死去。不过，他的人物不仅是一群大孩子，同时也是一群早慧的小大人，在很小的时候就由于过度聪明而洞察了人生的虚无本质。而在小说语言方面，对他影响最大的作家是林·拉德纳。在拉德纳的小说里，叙述者是一位绅士，他的目光是一种人道主义的目光，他的幽默感是一种雅皮士的幽默感，他关注普罗大众的尊严和生存处境。而塞林格的叙述者却是一个孩子——哪怕老成持重的巴蒂其实也是个孩子——他的目光是一种孩童的目光，他的幽默感是一种童真的幽默感，他关注的不是某个群体或社会，而是一种不容于成人世界的纯真品质。

在塞林格之后，我又喜欢并且在小说创作时模仿过雷蒙德·卡佛。我喜欢卡佛是因为我对他写的题材有很多共鸣，包括他的经历和对生活的感受。我读到他更多是出于偶然，因为当年他的书卖得很好，经常出现在文学类的推荐书单上，而我正好处在看见什么读什么的入门阶段。和塞林格一样，卡佛的小说语言也是一种类似新闻报道风格的实用性语言，只使用最基本的句法和词汇，把表达的要点突出来。他的修辞手段非常有限，感情主要体现在作品内容里，而不是在修辞里。所以他的文本读起来比较冷淡和干硬——当然这也可以说是一种修辞风格——这倒也和他的写作题材相符。因为他描写的主要是一些被生活击垮的底层人物，这些人大多属于不善表达的"粗人"，被困在一些或基本或低级的欲望里，感情既不丰富也不细腻，尤其是没有什么个性可言。在讲述这类人的故事时，过于丰富的修辞确实不太适合。

卡佛在美国被称为"创意写作大师"，所谓的创意写作就诞生于美国，是一门讲求实用的写作课程，主要传授一些基本的写作意识和方法。我不认为创造性是一种可以传授的能力，除非艺术的核心不在人身上，而在技艺上——当然，最终我们要在创作里把人和技艺合而为一——但是在一个创作者的初始阶段，技艺方面确实需要学习和磨砺。总之当年模仿塞林格和卡佛，对我来说是一个学习的过程，我确实得到了不少启发，也增进了对写作的认识。

　　回想起来，刚开始写作的头一年多，是我至今为止写得最多、写得最快的时期。当时我读过的作家很少，眼界极其狭窄，受到的影响单一，完全就是无知者无畏。我写了一批现实主义的小说，基本上都是取材自我之前的生活和工作经历。这些小说给人的感觉是：僵硬、单调、刻意、苦情。去年我重新审视了一遍自己的这批作品，发现里面顶多只有一两篇值得修改后保留，其余的可以说毫无价值。我认为一个写作者的天分高低，在早期作品里最容易看得清楚，只要比较一下就知道，我不是个有写作天分的人。不过今天我已经不再被这个问题困扰。我不是非得写出些什么杰作来不可，写作也不是专属于天资出众的人。对于今天的我来说，写作就像是一种自我精神的建设，或者说最终指向虚无的领悟。写作同时也是一种创造性的审美行为，它解决不了生活中的实际困难，但可以帮助我超越生活、超越自身——因为写作，我同时投入在生活之中，又抽离于生活之外。当我在生活之外时，我不再是某种意图的手段或途径，我真正成为了我自己。在生活中人是非常有限的，没有人会真的认为孩子的一滴眼泪具有无限的重要性——但审美可以赋予事物这种无限的重要性,甚至还不止于此。

当然了,我上面说的这些不是放诸四海皆准的客观真理。每个写作者都应该想清楚写作对自己的意义——在这个问题上绝对不能欺骗自己,否则写作只是在浪费时间——但彼此间未必要寻求一致。说到底,写作是纯粹的个人行为,发表或出版才属于交流,不能把它们混为一谈。以上这些其实是我后来才领悟到的,在我刚开始写作的时候,我对写作的认识和预期要比今天肤浅和迂腐得多。当年我脑子里想的是:有朝一日要写出重要的作品,甚至是伟大的作品,久远地被人阅读、喜欢和传颂。

除了塞林格和卡佛以外,这段时期我还喜欢过理查德·耶茨、杜鲁门·卡波蒂、欧内斯特·海明威等美国当代的现实主义作家。实际上当时我因为刚起步,非常热切地想拓宽视野,所以读了很多作家。可是我基础比较差,领悟力也不强,而且不懂得循序渐进。于是有些作家我读了却不知道有什么好,甚至读完立即就忘。还有些作家我则根本读不进去——尽管他们写的每个字我都认识,每个句子也理解,可是连在一起却不知道到底在表达什么。于是我经常读着读着就分神,注意力无法集中。包括后来我很喜欢的弗兰茨·卡夫卡,其实也是直到2012年才真正读进去的。在此之前我根本不知道他好在哪里。他的长作品令我感到枯燥,短作品让我觉得莫名其妙,只有像《变形记》等几篇意图暴露较多的作品,我能耐得下心读,也读明白说了些什么的，可是却并不喜欢。就是在这种情况下，前面提到的那些美国作家以他们实用性的语言俘获了我的注意力。而且我对他们表达的精神内容有共鸣。实际上他们都属于失落的一代，或是尽管生卒年更接近垮掉的一代，但在精神上完全继承了失落的一代。他们的作品表现出来的核心感受，都是关于一种个人或旧有的价值观念，在面对时代和社会的发展变化时产生的失落感——起码我是感觉到了这些。

不过我在写作上的摸索并非完全靠阅读和自学。最初我不知道哪里可以找到人交流，我把自己的习作贴到豆瓣网的一些写作小组里，但我猜并没有多少人读，更没有人留下意见。当然我也没怎么读别人的作品和发表意见。毕竟文学经典有那么多，我已经读不过来了，哪有工夫读网友的作品呢？直到2010年1月的某天，我在一个豆瓣小组里看到一条黑蓝文学奖的授奖信息。我立刻根据链接找到了黑蓝文学网，在网站的首页上，映入我眼帘的是两行红字：

小说不再是叙述一场冒险
而是一场叙述的冒险

这句开场白刷新了我的认识，原本我不但没想过这个问题，而且不知道要想这样的问题。我在上黑蓝文学网之前，从来没在和写作观念有关的方面思索过。之前我以为写作要考虑的无非就是题材、情节、人物、语言这些方面。于是我立刻注册了黑蓝论坛，开始读上面别人发布的作品，以及文后回帖中的作品评论。

不得不说，读完一篇作品后，再读到大家对作品的评论——尤其是评论者大多也是写作者，他们的观点经常对我启发很大——这种方式使我受益匪浅，由此展开的思考更促成了我的写作启蒙。很快我也在论坛上贴出了自己的习作，而且也收到了中肯乃至尖锐的意见。黑蓝论坛是我上过的所有文学论坛里，大家在讨论作品时最直率和不留情面，或者说最不油滑的一个。恰好我向来就反感混圈子——当然也可以说我太孤僻，不懂得怎么混圈子——我讨厌那些互相吹捧、经营人脉的文学论坛。在所有常见的人格缺陷里，虚伪可能是最让我恶心的一种。至今我仍然这么认为，如果一个写作者纯粹想提高写作水平，那么当年的黑蓝论坛确实是个非常好的交流场所。这不仅是因为黑蓝论坛上的网友平均水平高，而且大家是真的在讨论写作。

不过其实不是每个人都具备直面批评的勇气和心胸。尤其是在网络上交流，大家自由发言，但水平不一，肯定会有些评论不贴切、不准确、不客观。当遇到这种情况时，难免有人因此心里积怨，这样的人还不少。事实上只要回帖者给作品挑毛病，那么哪怕是实事求是、切中肯綮，作者也不一定能够坦然接受。何况不同的写作者彼此间审美意趣迥然有别，批评者的意见有时难免会越出恰当的范围。可是网络交流就是这样，假如你承受不了不恰当的意见，你也得不到恰当的意见，因为它们总是混在一起、泥沙俱下。

我刚上黑蓝论坛时在写作上并没有什么心得和积累，所以我非常虚心，基本上只要有人点评我的作品，我都心怀感激如饮甘霖。但是另一方面，因为我相对起步晚，水平落后，作品稚嫩，而且我阅读量小，别人在言谈中提到的作家、作品和典故，有很多我都一无所知。比如刚才我提到"孩子的一滴眼泪"，假如你没读过《卡拉马佐夫兄弟》，你可能不明白我表达的意思。当年我的情况就是这样，我经常意识到别人的讨论里有所指涉和引用，但我不明白那到底是些什么。于是我经常陷入焦虑，感觉自己和别人的差距太大。何况我都已经过了三十岁，在年龄上没有借口可找了。基于以上种种原因，当年我几乎要被自卑感淹没了，这令我由始至终很难和其他写作者更正常地交往。

曾经有两种负面情感严重地困扰过我，一种是不恰当的羞耻感，另一种就是自卑感。自卑感在我身上是一种无法根治的"慢性病"，只要稍有事情触动就会发作。过度的自卑感不仅令我变得过分害羞、缺乏自信、害怕竞争，面对挑战时未尝试先认输，在原则面前不敢坚持，甚至自暴自弃、破罐破摔；而且有一种我当时意识不到的心理补偿机制在发生作用，激起了我一种不正常的自尊感。换言之在我身上自卑感和自尊感并非一种此消彼长的对立关系，而是一种互相滋养的畸形共生关系。实际上我的自卑感和自尊感都是虚妄和盲目的，可我尽管在理智上认识到了这些，但在精神和心理上仍然挣脱不了束缚。我当然不是个特别优秀的人，但也不是个糟糕的人，我和所有人一样有优点也有缺点。我根本没必要在乎别人怎么看我，可我就是无法不在乎。因为我做不到宠辱不惊、不卑不亢、恰如其分、心平气和，所以我在和人交流及交往时，要不就一边与人保持距离，一边戴上面具扮演某种角色——在公开的论坛上这么做倒不难，可在私下更亲密地交流时我就力不从心了——要不就谨小慎微、穷于应付、进退失据、滑稽可笑。早在当年我就已经认识到，我的自我意识是过度和不健康的。而且我也认识到，它是由我不正常的羞耻感和自卑感造成的。可是从认识到克服的路途实在是漫长，直到今天我也没有走到头。

从2009年10月到2011年年初，我大约写了十几个短篇小说，总共十多万字。因为当时我没上班，全部时间都投入在写作里，所以我其实写得很慢。不过我还要阅读和参与论坛上的交流讨论。我的阅读也很低效，这不全是因为我读得慢，主要是我读书很盲目，有些书其实不适合我，可我偏要一字不落地读完，完全就是浪费时间。因为我向来节俭，讲究物尽其用，所以对于买来的书，无论喜不喜欢、读不读得进去，我都要坚持读完。我常常劝自己说：书都买了，不读多浪费呀。于是我当时买的几百本书，百分之九十九都通读了一遍。平心而论，其中有些书对我并没任何触动或启发，我读得很痛苦，而且读完就忘，还有些书则要等我后来积累到一定程度了才读得进去。顺带一提，在我身上不存在人们说的"书非借不能读"——我从来不借书，我读的书要不就是自己买的，要不就是下载的电子版。

论坛上的交流对我来说也是煞费思量。因为有几个月我担任客席版主,经常要绞尽脑汁地对别人的作品提出些看法——要知道我对大多数作品其实根本没啥看法。于是在没话找话之中,我难免有时自曝其短、贻笑大方。不过我的心态还算不错,或许因为我好胜心不强,习惯于把自己看得低微。在读帖和回帖这件事上,我花费过不少精力,因为我总想把话说得面面俱到的老毛病一直没治好,于是我就成天左思右想字斟句酌。实际上点评别人的作品超出了我当时的能力。

总的来说,在黑蓝论坛上写作者们主要是针对作品交流写作意识,而不是具体的方法和技巧等。写作意识近似于一种关于文字作品的审美意识,除了通过写作实践提高以外,很大程度上还依赖作者的阅读、思考和领悟。广泛的阅读和思考好比是获取养料,而领悟则是将之作用在自身上。其中的领悟要看每个人的悟性,而且这不是一蹴而就的事情,需要时间的积累。

对于刚开始写作的我来说,借助论坛上的交流,确实得到很多启发,加速地提高了意识。可是我的实践却跟不上这种意识的提高速度。渐渐我的眼界越来越高,实践水平却相对越来越落后,陷在一种眼高手低的困境里,写作一天比一天感觉困难。具体而言,我发现自己总是对写下的内容很快感到不满,往往今天才写下的,明天再读已感觉不堪入目,甚至前一个小时写的,后一个小时重读却发现毫无可取之处。这种自我否定的意识还会一天天积累。比如说我的一个小说从开始写时算起，过了一周还没写完的话，基本上我心里已经真切地认为它一文不值了。即使最后咬紧牙关把它完成，自己也已经完全丧失信心，就像产下了一个畸形儿。然后再把它丢到论坛上，无非是从旁人嘴里印证了自己的感觉。于是写作对我来说就像受虐一样：写出来的作品自己觉得不好，人家也指出不好，本身读的人就没几个，稿费更是不敢奢望，在这些林林总总的原因下，我的写作动力很快就接近消耗殆尽。

今天回顾当年的自己，我认为对于后进的我来说，更要有一种毫不动摇的自信和百折不挠的心态，以及直接从写作中获得满足和充实的能力，才能在交流中既汲取到有益的养分，又不致损失珍贵的内在驱动力。至于说天分，今天我已经不在乎了，而且我认为当年的自己也不必在乎——这就是个伪命题而已，写作不是专为有天分的人准备的。对我来说，重要的不是写出多么好的作品，而是坚持写下去。我认为在更本质和重要的层面，我能写出些什么，或者说能写好些什么，是早就已经被决定了的——我本身是什么，我就能写出些什么。而我本身是什么在我开始写作前就确定了，不会因为我开始写作就发生改变。重要的是人而不是作品。当然你也可以说：人就是作品本身。

我认为知识可以积累，观念可以革新，能力也可以锻炼……但是一个人的感情、感知和性格等方面的形式特质，要比知识、观念和能力等对写作更具决定和根本意义。写作就是把自己固有不变的可能性兑现到极致。而这也是一个写作者和另一个写作者，或者说一个人和另一个人之间根本区别的体现。当然，以上只是我今天的看法，只对我现阶段的写作适用。我要强调的是，这并非对其他写作者的建议。在我看来，做到真诚地思考、观察、感受和记录，就已经可以向自己交代了。这说难不难，说容易也不容易。毕竟还有很多人，甚至是远比我聪明能干的人，不懂得真诚为何物。

在家里关了一年多后，我感觉有点腻了，做生意剩下的钱也花去了不少。恰好这时一个我2003年做动漫资讯杂志时的同事联系上我。他和我当年都是美编，2004年我离职去了北京，2005年又回到公司，那时他已经不在了。后来他也做起了个体生意，在广州的东急新天地购物广场卖女士内衣和袜子。他经营得比我们在南宁成功，最多时开到了六个店。不过到2011年初我们联系上时，因为受到电子商务的冲击，他的实体店已经在走下坡路。他刚在三元里附近的远景路租了个六百多平米的仓库，正打算把线下的门店关停，以后专注于线上经营。他邀我到他的仓库去参观。那个仓库是由一家倒闭工厂的厂房改造而成，他已经在里面装好了一排排货架，货物则都编好了号，有条不紊地堆置在货架上。他还用铝板和玻璃隔出一个房间来，作为客服工作室和拍产品图的摄影室。他自己负责拍摄和进货，他老婆则负责客服，然后还雇了两个工人负责拣货和打包。

我们聊到了分别后各自的经历。他其实是北京人，他老婆才是广州人，当年我离职去北京，他给过我一些建议。他比我大几岁，性格非常随和，说话很风趣，跟说相声似的，我和他很谈得来。他听到我的近况后，劝我也学他一样搞网店。因为我在南宁卖了两年多女装，所以他建议我继续卖女装。不过我没有很多资金，我可租不起仓库，也压不了很多货。他让我在批发市场附近租个房子，然后去采购一些样板，再拍照放到网店上，不必压什么货。等到网店里有成交了，我再去进货，每天卖出多少就进多少。这样的话，我不需要很多资金也能把网店做起来。

　　我觉得他分析得有道理，我确实该考虑收入的问题了。我不想和人打交道，那么上班未必适合我。这时我手上有一点钱，还可以把网店开起来，要是等我把钱都用光后，那就连这个选择也没有了。于是我说做就做，没过多久，我在他的仓库附近，一个叫沙涌北的城中村里租了个大单间。我自己先搬了进去，然后买了一套摄影灯和背景板。当年我有一台索尼P10相机，尽管这只是一台消费级的卡片机，但成像质量还算凑合，为了省钱我决定就用它来拍产品图。至于图片处理和产品文案等，对我来说都是轻而易举的事。最后我没花多少钱，也没用多少时间，就把网店开起来了。我的计划是接下来一边写作一边经营网店。

对人的恐惧

在我决定做网店之后，当初在南宁的合伙人给我提供了帮助。因为当年我不负责进货，所以对广州的服装批发市场并不熟悉。他领着我逛了站西服装城和十三行一带，这两个地方是我们当年的货源地，他至今仍在这里进货。然后我又自己逛了沙河一带的几个批发场，不过后来并没去那边进过货。这时候我的前合伙夫妻和他们后来的新合伙人夫妻，已经在我们原来的商场里开了三个店。后来据他说商场的客流量下降了,于是他们在广西大学旁边开了个店,然后一个接一个地关掉了商场里的店。他和我那个卖女士内衣的前同事一样,也认为线下的生意迟早要被线上的取代。他对实体店的前景已经很悲观,此时也在考虑开网店的事。不过他的人力和资金都比我多,他考虑的不是像我这样小打小闹、自给自足。

实际上在2011年,淘宝网还远不像后来竞争那么激烈,大多数认真去做的人,或多或少还是能挣到一点钱的。可是当年我没有足够投入,我希望同时兼顾写作(包括阅读)和生意,结果两边都没有顾好。在生意上,我遇到的最大困难仍旧在交际方面。我选择开网店,确实不必跟老板、上司或同事打交道了。可是做网店并不等于与世隔绝,我每天还要找快递员发货,以及三天两头去批发市场进货。

和快递员的合作很快成了对我的折磨——当年我可没想过自己在几年后也成了快递员——为了节省运费,我找了业务能力相对较差的汇通快递(现已更名为百世快递)。按道理,我是客户,快递员应该尽力服务我,争取我,甚至讨好我才对。可是实际情形却反了过来。这一方面是因为我的寄件量不大,平均每天不到十个快件,不是那种会让快递员垂涎的大客户。另一方面负责我这片区域的汇通小哥是个十几岁的孩子,做事情非常不靠谱,对工作也满不在乎。我的网店是每天下午4点截单的,因此我让他每天4点半后再过来。可是有时他因为派件量小,还没到4点半就派完了,于是他就回站点去了,或者去网吧打游戏。当时的汇通业务量小,站点的密度很低,他的站点在机场北路的新市,离我有几公里远。而且下午4点半后正好是交通的晚高峰。所以假如他已经回了站点的话,有时嫌麻烦,就不想专门为我跑一趟了。这时他就骗我说很忙,赶不过来。可是他每每不是提早通知我,而是拖到晚上八九点才说,这个时候我就是想找别的快递寄件也来不及了。其实他要是真不想接我的单子,只要和我说一声,我肯定不会勉强他,顶多另找一家快递合作而已。可他却既不舍得这点业务,同时又不愿意多付出一些劳动。

假如换了别的人遇到我当时的情况,可能要不就想办法向小哥施压,迫使他更负责一点,要不就索性换一家快递。可是我却无论如何不敢对他施压——我既做不到向他的老板投诉,也做不到直接训斥他。实际上从最初我就对他非常客气,甚至是过于礼貌和客气——我喜欢也习惯充当一个老好人,认为只要自己友善、尊重和宽容地待人,别人就会认真、负责和耐心地对我。然而我对他越是宽容和客气,他就越认为我好摆布和糊弄。事实证明他是对的:我确实好摆布和糊弄。我也没法主动结束和他的合作,甚至连想都没这么想过。这或许是因为我不忍心,或许是我的讨好型人格在暗中拨弄,总之我开不了这种口。如果他先和我闹翻那还好办,顺水推舟我还是会的。可是尽管他经常掉链子,但在言语上却从没顶撞过我。他每次通知我来不了,起码在语气上还是带有歉意的。在这种情况下,我觉得责怪他似乎对他太残忍。此外还有一点,我是后来自己做了快递员,才明白了他当初种种做法的背后,各有些什么利害的驱使和原委,以及他是如何骗我的。而在我还和他合作时,很多事情我都愿意相信他,认为他确实有难处。

当时我租的那个单间手机信号不好,而他又从来不上楼,只打电话叫我下去。我很怕漏接他的电话,所以每天下午4点半一到,我就把手机搁到阳台的水泥围栏上,那里的信号要稍微强一点。我主动给他打电话的话,他经常不接。有时虽然接了,但答应说来后来又不来。与此同时,网上每天都有客户催我发货。我也不清楚有些人为什么那么着急,才付款几个小时,看到我还没发货,就仿佛遭遇了惊天变故似的,死死缠住我要一个交代。偏偏有时因为快递小哥掉链子,我还真没有办法兑现网店当天发货的承诺。于是在这两方面的压力下,我开始胃痛起来,几乎每天都痛。晚上要是小哥迟迟不来,我就焦虑得什么事情也做不了。

就这么过了大约半年,我的生意始终半死不活,营业收入在支付了经营和生活成本后,几乎没有什么盈余。有一天快递小哥打来电话,告诉我他请假了,我忘记他说病了还是要回趟老家,他说会有一个同事代替他来收件。我知道他们站点所有人都来自韶关,彼此可能还是亲戚关系。因为"四通一达"采用加盟制,站点的加盟商就是个自负盈亏的小老板,他们一般都会找老乡来干活,很少在社会上招聘。

那天来的人年龄比我还大,应该是小哥的一个长辈。他不像小哥那样提前给我打电话,让我下楼去等,而是直接到我屋里来收。我把运费递给他时,他明显地愣了一下,然后抬头问我:"他一直收你这个价格吗?"我和小哥谈好的是全国通发首重八元。我回答他说是的。然后我听到他轻轻地骂了一声。我立刻就明白了:小哥跟我收的钱和他交回到站点的金额不符,他一直在中间吃差价,而他的老板并不知情。随即我想到,假如我早点直接联系他的老板——或许就是站在我面前的这个人——那么我在之前的半年里应该可以省下不少运费。我懊恼极了,但主要还不是因为损失了钱,而是为自己的无能感到羞耻。我被一个十八九岁的孩子糊弄了——严格来说那还不是骗,因为"四通一达"没有统一的运费标准,小哥确实骗了他的老板,却没有骗我。是我自己接受了他的报价,并且从头到尾没想过讲价。

  实际上我犯了一个低级错误,当初我应该直接到他们站点去,和他们的老板谈价钱,而不是和一个来派件时被我碰见的小哥谈。他实在太年轻了,种种迹象早就表明,他还不懂什么是责任心。可我就是不愿面对和处理这个问题。因为要处理我就必须进行更多的交涉,而我对和人交涉这件事有强烈的抵触心理。我和小哥之间其实并没有交情,尽管我们合作了半年,但每次见面我只是把打包好的快件和运费交给他,除此以外就啥也不说了。我确实对他非常礼貌和客气,但这种礼貌和客气一般是对不太熟的人使用的。如果两个人天天见面,其中一个人还始终保持着这种礼貌和客气,那在另一个人看来可能就有点奇怪了。但这是我的老毛病,多年来我一直如此,只不过这时更严重了而已。其实之前我在南宁开店时，也独自交涉过不少事情，尽管还远远谈不上干练，而且也怀有抵触心理，但起码我还可以硬着头皮去做。可是在商场里待了两年多，经历了种种恶意和摩擦后，我的社交恐惧症变得更严重了。实际上我不确定自己的情况属不属于社交恐惧症，我从没接受过心理治疗，只是在网上查资料给自己诊断，寻找自救方法。不过我从网上了解到的社交恐惧症的绝大多数症状在我身上都存在。

因为知道了小哥早已察觉到我的愚蠢和无能，这激起了我强烈的羞耻感，我无论如何没法再面对他了，否则我会禁不住地想象他如何在暗地里藐视我、嘲笑我，所以我让他不用再来收件了。从此我再也没有见过他。他的老板娘后来还给我打过电话，问我改发哪家快递了，以及人家给我什么价格。这个老板娘我从没见过面，但平常客户反馈派件出问题，需要我跟汇通快递协调处理时，我都是和她联系的。其实我换了中通，运费还是八元，不过得我自己送到站点去，他们不上门收件。但我没有告诉她这些。如果我找回她的话，她可能愿意给我更低的价格，但我不想找他们了。不久后我就搬了家。原本我选择在沙涌北租房子是因为那里靠近站西服装城，可我后来更多是在十三行进货，所以我搬到了海珠区的厚德路，从那儿骑车到十三行只要二十分钟。另外还有一个原因是，我在沙涌北住了几个月，渐渐有些人认得我了。我不喜欢跟人打招呼，可是有时你不跟人打招呼别人反而对你印象更深，这令我感觉压力不小。于是我想搬到一个没人认得我的地方重新开始，这样我会感觉轻松很多。

进货对我来说也是一场磨难。因为我的资金有限，原本我的计划是卖出一件进一件，尽量不压货。可是真那样操作的话，我就得每天跑批发市场。而我并不想每天跟批发商打交道，这对我来说是一种折磨。所以我也选择性地压了一些货，这样我每周去两到三次就行了。十三行的批发场一般早上5点前开门，中午12点左右结束营业，是个喧哗忙碌、货物堆挤、人头攒动的地方。在那里没有人慢条斯理，谁要是在那里施施而行，那就是挡着身后的人发财了，很快就要挨骂的。我每次去进货也是像赤脚走在炭火上似的，直奔几个目标摊位，衣服一拿到就走，片刻也不多留。我从来不和那里的老板多说一句话，有时老板想和我聊几句，打听我在哪里开店，卖些什么款式，生意好不好做，等等，我都是礼貌地敷衍几句了事。我不想和人混熟，不想和人建立交情，哪怕是每天见面的人，我也希望保持一种陌生人般的关系。

维护或经营一份交情会给我制造很多焦虑和压力。尤其是对于泛泛之交，彼此冷淡一些倒还好，怕就怕气氛变得热络起来，这时我每说出一句话、每做出一种表情，都会非常费劲。于是我努力让自己不引起人注意，我希望我不要给任何人留下印象，起码十三行的这些老板不要注意我。可惜事与愿违，我越是回避与人交谈，别人就越觉得我奇怪和另类，因此印象就越深。而且我对人礼貌、客气和谦恭的态度，以及我那种文静和顺从，都完全不像一个应该出现在那里的人。

因为我的网店销量不大，卖出的款式又分散，所以我补货的量也很小。每次在一个摊位上，多的时候也才拿十几件，少的时候只拿两三件。其实在散货批发市场上，像我这样零敲碎打地进货的人很多，根本就没什么好在意的。可是我的自卑感又来作祟了，我总觉得自己进货量小，非常难为情，每次为了几件衣服，让老板在货堆里翻来找去，又挣不到我几个钱。我开始怀疑人家已经对我不耐烦，随时有可能跟我翻脸，甚至对我下逐客令了……其实这些完全出自我的妄想，根本就不可能发生。可我当时真的为此担忧万分，每次要去进货心里都非常抵触，到了之后提心吊胆、惴惴不安，就像单人匹马混进了敌军的营地，随时可能被人认出来似的。

在女装散货市场上，批发商一般就是生产商，也就是所谓的厂家直批。而这些厂家很多只是家庭作坊，他们没有设计款式的能力，只能抄现成的。一般来说，他们做出一个新款，刚上市时批发价会比较高。如果这个款式被市场接纳，那么随着产量增加，后续的物料成本会随之下降。此外他们要面对同行抄款的竞争压力，以及换季的压力。所以一个款式在上市一段时间后，很多商家都会把批发价适当调低一点，以保持出货量。在这种情况下，有经验的人在补货时，每次都会再向老板确认价格。但我没有经验，当年我做女装生意时，从没自己去进过货。更重要的是，我对和批发商沟通有抗拒心理，我不想在他们面前多待哪怕一秒钟。

于是有一天，有个老板娘主动但有点尴尬地告诉我，我常拿的一款T恤降价了。她尴尬是因为这款T恤其实已经降价一段时间，可我每次去了问也不问，直接就按原来的价钱付给她。对于这些额外的收入，虽然数目不大，但她作为一个商人，似乎没有理由拒而不纳。毕竟她没偷没抢没骗，有人喜欢多付钱，她为什么要拒绝呢？我马上想到前几次去补货时，她已经是一副欲言又止的表情，实际上她早就想告诉我了。但要不就是她难以下定决心，要不就是她也不知道该如何开口，因为我显然在刻意躲避和她沟通——其实她是把我看作熟客的，可我却一直把她看作陌生人。今天回过头看，她对我是有善意的，甚至是有好感的，否则后来她也没必要点破，就让我继续多付钱好了。这可能是因为我每次去都会说谢谢，说话特别有礼貌，也从来不讲价，在她每天接待的无数客户里，可能就只有我是这种文质彬彬、温文尔雅的类型。可是当我意识到她早已看穿我的笨拙和蠢钝后，我感觉自己无法再面对她了。于是在那天之后，我就再也没拿过她家的货，也再没从她的摊前走过。

除了发快递和进货，在处理网店售后方面我也很痛苦。我要给中差评客户打电话，询问情况并给出解决方案。在绝大多数时候，客户其实不需要我解决什么，他们只是觉得衣服不如想象的好。但是我请他们退货，他们又嫌麻烦，不想退。那我只能道歉并解释：虽然衣服没那么好，但价格却很便宜，网店上的图片也全是我实拍的，并没有夸张误导，我们不能脱离价格评质量，否则肯定是越贵的衣服越好，那售后评价就没有参考意义了。——像这种电话我每打一个都得缓个半小时。

这段日子我过得特别阴暗，我是指心理方面。离开南宁的商场后，我在家里关了一年半，可是并没有完全走出商场那段经历的阴影。我的精神状态仍然不正常——当然严格来说没有完全正常的人，或者说没有所谓的正常——总是下意识地在不失礼仪的前提下躲开人。而当我躲不开的时候，比如在发快递或进货时，我就会表现得过度谦卑和客套。我对某些场景下的人际交往尤其抗拒，原因是我过度敏感，会把一些微不足道的负面感受（主要由我的羞耻感和自卑感引起）的性质扭曲并放大，然后把自己困在里面，画地为牢走不出来。我经常会产生一种妄想，觉得别人对我持有负面的看法和态度，然后心里非常懊恼、羞耻或愤懑。实际上别人并没有，起码在大多数时候，别人根本都没有特别留意过我，更不要说对我持有什么看法和态度了。这种状态大约从我在南宁的最后一年出现，一直持续了将近四年，到我后来去云南后才逐渐好转。

我的网店大约做了一年，生意说不温不火都抬举了，确切而言是很糟糕。还好当时网店不交租不交税，我也不雇人，所以几乎没有固定成本。换言之，网店的利润只要能维持我的日常开支，我就能一直做下去。而我的日常开支很少，我习惯过节俭的生活。不过这样过日子说到底只是在逃避，是浪费时间浪费生命。但我当时没有能力走出来。心理问题并没有特效药，我从网上了解到，运动可以刺激内分泌，改善人的情绪，令人感到愉悦和振作。而在所有运动里，慢跑是较多人推荐的。因为慢跑不需要特定的场地，也不用约人一起进行，更重要的是——尤其对我来说——它是免费的。我就是从这时开始养成了慢跑的习惯。我住在厚德路时，一般沿着滨江路跑到海珠桥或江湾桥，然后折返跑回到今天的洲头咀公园，当年那里还是断头路，无法往南拐往洲头咀码头。这条线路接近五公里长，我一般早上6点多出门，连跑前跑后的拉伸和散步在内，运动约一个小时。我每周跑四到五次，假如要去进货我就停跑。

因为要经营网店，我放在写作和阅读上的时间减少了，这一年里我只写了三或四个短篇。以我今天的眼光来看，我2012年写的小说确实比2010年写的有了一点进步，这主要体现在我的语言更放松了。早前我的写作语言比较僵硬和干瘪，可能是因为我试图表现的感情和感受内容太单一。详细来说的话，因为我性格内向，又比较理性，在生活中感受力不强，感情也不丰富，相比大多数人而言，我是麻木和迟钝的——这些都直接体现在我的语感里了：我只关心语词的含义和句法的正确有效，很少在意语言本身的感情、价值、温度、质地等。可正是这些有机成分赋予了语言生命，使语言在语境的转换中具有更丰富的可能性。后来我通过阅读和交流，逐渐意识到了这个问题。我尝试从更多角度重新审视自己的生活和经历，发掘其中那些原本被我疏忽了的更加复杂和微妙的感受。语感是一个人的生命感受在写作中的直接体现。我觉得一个人怎么说话要比他说了些什么更能反映他的本质。当我们用口语表达时，同样的一句话，用不同的语气说出来，表达的含义可能完全不同。而在文字写作中，尽管不存在语气、神态、肢体动作等表达途径，但通过语词的组织和变化、语句的结构和节奏、语义和语境（包括文本语境和文化语境）的相互作用或叙述的形式化等，甚至可以获得更丰富和微妙的意味。

不过认识是一回事，实践又是另一回事——我对写作的认识更深入、眼界有所提高，这不意味写作水平也跟着迈上了新台阶。事实上当年我几乎感觉不到自己的写作有进步。因为写作的进步无法量化地考察，它不像背英语单词，今天我背了二十个，明天又背了二十个，那么这种进步是确凿具体的，是不容置疑的。可是写作上的高下之别，很大程度上只能诉诸感觉去判断。而我的感觉又很混乱，总是下意识地否定和贬低自己，以一种悲观和消极的眼光看待自己。又或是因为我平常读的是文学经典、大师作品，以此作为参照的话，就像站在十楼往下看，地面的一棵小树苗从三十厘米高长到五十厘米高，楼上的人是看不出什么区别的。因为感觉不到自己进步，也就无法从进步中获得正面激励，于是我的写作动力渐渐地流失，越来越难维持下去了。

而在交流写作方面，因为我不再能投入那么多时间和精力，所以也不再那么耐心和积极了。不过在网络上与人交流，尤其是公开的交流，比如在论坛上或群聊里，对我来说要比在线下和人打交道容易得多。毕竟在网上我不想说话时可以不说话，但在现实生活的很多情景里由不得我不说话。我在网上只和人聊写作，很少会聊到生活。即使聊到生活，我也可以遮掩和引导。虽然聊写作也会激起我的自卑感，但我当年毕竟才刚起步，水平不如别人也合情合理——我就是以此不断安慰和鼓励自己。实际上我的自卑情结和病态羞耻感的"重雷区"主要在生活中。我在生活中感觉举步维艰、处处碰钉子，这本来只能怪自己。可是弗洛伊德描述过这么一种心理机制：当人处在焦虑中时，会不由自主地去刺激别人，借以化解自身的焦虑。——通过伤害别人来祛除自身的焦虑，这乍听似乎没什么道理，但我确实在很多人身上观察到过这种心理机制的运作，而在我身上也不例外。具体而言，我的生活被困在了一条死胡同里，于是在自己都察觉不到的情况下，我有时可能对人报以尖酸、苛刻和挑剔的态度。这或许是因为我对对方失去了耐心，或许是因为我被对方的言语激怒，也或许是出于对自尊感的保护。正如前文所说，我身上的自尊感是由自卑情结触发的一种补偿心理，因此它是虚妄不实的，也是畸形过度的。而当我事后察觉到自己伤害了别人时，我又感觉万分内疚，耿耿于怀。于是有一天，我发现自己对网络也开始过敏了。

再来说说焦虑。我认为焦虑是个人对自身和处境的无力感的一种情绪反应。所有人或多或少都有一些焦虑，但每个人焦虑的内容和表现形式各不相同。相比于满足或快乐，焦虑可能更能反映一个人的本质。托尔斯泰曾说过："幸福的家庭都是相似的，不幸的家庭却各有各的不幸。"其实同样的道理，我们会为之感到满足或快乐的事情大体是相似的。比如我们都喜欢平安健康，没人会向往灾祸病痛；又比如我们都喜欢美味的食物，所谓"脍炙所同也"，没人会说发霉腐坏的食物更可口。可是反过来，在不同的人身上，导致不满足和不快乐的原因却千差万别。因此，我发现作家可以说天然地钟爱书写不幸。因为不幸显然比幸福更复杂，更丰富。在这里，丰富性和独特性是异相同质的，或者说它们通过彼此显现自身：越是丰富的就越独特，反之，越是独特的也越丰富。因为两者这时体现在一种程度上，这种程度我称之为"真"。当"真"体现在性质上时，它就是"科学"，是具体和明确的，同时也是实用的。而当"真"诉之于程度时，它成了艺术和哲学或宗教——它既不务实，也不提供答案，有时连问题都没有，但它无穷无尽，在万事万物中现形。而创作者往往是从独特性进入这个增幅装置，不过"真"永远无法抵达，只可以无限接近，这种无限姑且称为"极致"。正是通过对"极致"的追求，创作者从独特性抵达了丰富性。因此艺术向来无关乎正确或错误、高尚或卑微、强壮或软弱等，它不是事理、道德或比赛。我认为"美"就是丰富，就是无所不是、无所不有、无所不在，而"丑"则是单调、贫瘠、狭隘和封闭。艺术无论以什么形式或体裁，创造的都是一个"空间"，这个"空间"可以容纳万物。艺术不是创造一个具体的"物"，或者说艺术追求的是更大的能指性，而不是单一的确定性。

在阅读方面，我的爱好开始转向了俄罗斯作家。不过我并非先读到前文提及的那些美国作家，然后再读到俄罗斯作家。

当年我的阅读顺序是随机的，而且也不只读了这两个国家的作家。只是最初我觉得那些美国作家更打动我，毕竟他们都是20世纪的作家，生活经验和我有更多共通之处。而且他们是以一种日常语言写作，比较接近口语，这对当时阅读经验不多的我来说显得很友好。而俄罗斯作家我读的是19世纪"黄金时代"的那一批：普希金、果戈里、莱蒙托夫、屠格涅夫、陀思妥耶夫斯基、托尔斯泰、契诃夫等。这些作家生活的时代和身处的社会文化背景与我的亲身经历有较大差异。不过，读他们不需要很熟悉俄罗斯历史，他们的作品里并没什么难以理解的内容。再说无论外部环境差异再大，人性毕竟是相通的。

在所有俄罗斯作家里，我特别喜欢契诃夫。很多人说卡佛是"美国的契诃夫"，因为他们都喜欢写底层的小人物。但是卡佛的小人物是一些追求世俗生活的失足遇险者。而契诃夫的小人物说到底不是在现实中遇险，而是在精神中遇险——他们向往过一种宗教意义上的道德的、踏实的、虔诚的生活，然而无论如何都追求不到。宗教曾经世世代代地向俄罗斯人许诺人生的意义，这成为他们的生活支柱。可是后来科学和理性推翻了这根支柱，令他们无法再踏实地生活在这个世界上，变得成天忧心忡忡。契诃夫的人物总是在追问生活的目的，卡佛的人物则不会问这个问题，他们认为活着就是为了活得更好，或者成为一个更好的人，这简直不言而喻。可是什么是"更好"？

现代社会为卡佛的人物提供了现成的人生价值，如"成功""富有""健美""负责""诚信""开明""体面""慷慨"等等，而他们就是倒在了对这些的追求上。可是契诃夫的人物没有来得及进入现代社会，没有被消费主义裹挟过。他们想象中的"生活目的"是一种宗教意义上的人类共同理想——屠格涅夫的感伤、陀思妥耶夫斯基的分裂、托尔斯泰的赎罪和救世观，都是源自对这种理想的渴求或幻灭。而契诃夫的原创性在于他把一种传统的对信仰的虔诚转化为对理性的彻底诚实，所以他的人物才那么奇怪和不可思议，可同时又那么自然和恰如其分，仿佛他们理应如此也只能如此（这样的人确实存在过，不过只占极少数，因为他们会在社会"进步"的过程中最先被淘汰）。显著的一点是，契诃夫的人物完全不懂欺骗自己，哪怕他们是在追求不存在的事物或思考没有答案的问题。于是他们困在了一种尴尬的境地：他们感觉自己过的生活不对，再也不能这么过下去了，可是对的生活应该是怎样的，他们又想象不出来。于是纳博科夫曾评价道："契诃夫的主人公是一种模糊而美丽的人类真理的担负者，不幸的是，他对于这个重负既卸不下又担不动。"

我不同意说卡佛是"美国的契诃夫"，因为卡佛的人物是一群务实的世俗主义者，他们遇到的困难非常实际：破产、失业、出轨、酗酒、意外，或诸如此类的。而契诃夫的人物遇到的困难要复杂得多，并且主要在精神方面：他们原本可能也有一个务实的出发点，可是阴差阳错，造化弄人，最后他们的一切努力都化为一种徒劳的务虚。契诃夫是继塞林格之后，我第二个非常喜欢的作家。

在做网店之前，我以为做网店不必和人打交道，对我来说阻力较小，而且时间安排比较自由，我可以同时兼顾写作。不过我想得太美了！事实是我的生意始终没有进展，写作也止步不前。因为我静不下心来，所以大多数时候我都不想写作。我每天对着电脑，经常一边做网店客服，一边读论坛上的文章。有时我也会蓦然惊醒，意识到自己该动笔了。可是自从我多读了一些书，并且在论坛上接触到一些超过我当时水平的观念后，我发现自己消化不了这些内容，更不要说吸收了。我变得不懂写作了，而且这时重读自己之前的作品，简直赧颜汗下，感到自己此前写的东西太幼稚和陈旧，无法相信我曾敢于把这些不成熟的作品发到网上给人看。我想要改变这种状况，或许首先该改变我的生活。当时我把自己写不下去的原因归咎到了我过的生活，我渴望经历一些"异质"的生活。早年我在漫画社和北京前后度过的一年，在我看来也属于"异质"。只是在那两段经历里，我始终感觉有些格格不入。因为我的天性并不张扬、反叛、冲动、热情。而我想象中的"异质生活"应该是一种平和、恬静、辛劳和朴素的生活。

我首先想到了新乡。2009年我从广州骑车到北京，在沿途经过的所有城市里，印象最好的一个就是新乡。新乡农业发达，人口分布围绕着周边的县镇和乡村，而不是集中在市区里。新乡的物价并不高。我想在新乡找一份工作，随便什么工作都行，然后租个房子住下。当时我大概把这个想法告诉了几个朋友，他们都是曾经画漫画时交的朋友。我不会和过往的同事、同学聊这种话题。其中一个朋友刚好去了一趟大理，他向我力荐大理，并且说他将来也想搬到那里。另一个朋友则说假如我去大理的话，他也想和我一起去。

于是我立刻开始清货，清不掉的我都送给当年在南宁的合伙人了。2012年9月，我和另外那个朋友乘火车经昆明辗转抵达大理，然后在下关镇各租了个住处。不过最早向我们推荐大理的那个朋友后来并没跟着搬去。

在广州做女装网店时的出租屋（摄于 2012 年）

出租屋窗外的楼下（摄于 2012 年）

换一个环境

"大理"这个名称其实分别指三个不同级别的行政地区：首先是大理白族自治州，其次是州下辖的大理市，最后是市下辖的大理镇。大理镇就是大理古城。而大理市基本是以洱海为中心的周边一圈。大理州则包括大理市和另外的十一个县。一般游客在说到"大理"时，大多指的是大理市，即包括古城和苍山东麓，以及洱海周边的所有地方。而下关的本地人说到"大理"时，则是特指大理古城。比如他们要去一趟古城,会说"我要去大理",这听起来就像下关不属于大理似的。

大理是一个历史悠久、闻名遐迩的旅游城市。起先我担心这里到处都是游客,物价会高,实际上并不是。大理确实有很多游客,但主要集中在古城及周边,包括苍山脚下和洱海边,还有像喜洲和双廊这些古镇里。我住在下关,不往火车站和大理港跑(当年还没有建机场),平常也见不到几个游客。我在下关一中对面的宁和巷租了个大单间,两个连通的房间,加上走廊和厕所,面积约二三十平方米,租金是每季度一千元。我朋友则在金星村租了个单间,租金是每月四百元。他住下来后还是继续画他的插画,我则马上开始找工作。

我住的那条宁和巷大约有六七百米长,一头在龙溪路,另一头在建设路。就连很多本地人也不知道这条小巷的名字,但只要我说到"旅馆一条街",他们马上就明白了。因为这条巷里密密麻麻地挤满了小旅馆,是外来务工者临时落脚的地方,本地人一般不从这里走。我住在巷子靠龙溪路的一头,每天上下班都要完整地穿过整条巷子。

当时下关的报摊能买到一种信息报,价钱好像是五角,每周更新一份,每份两页八开,内容全是本地的招聘、租赁和二手买卖等信息。我发现这里的工作机会非常少,毕竟下关是个只有二十几万人的镇(2019年大理州撤销了下关镇,成立了下关街道),经济规模很有限。我先是在紫云商场的广大家私城找到一份装卸、配送和组装家具的工作。这个家私城在下关有两个门店，另外一个在万德福广场，当年它是下关最大的单一品牌家具店。上班的第一天，我跟着不同的同事去送了几趟货，这些同事有云南人，也有四川人。第二天早上，一辆小车把我们接到公司的仓库去卸货。这个仓库在下关城区以北几公里的一个村子里，面积约有一个足球场大小。

那天我们卸的是一辆二三十米长的拖挂货车，这时我才发现，搬家具并非像我想的那样，是毫无技术含量的体力活。因为每件家具的形状各不相同，假如不掌握相应的姿势和用力技巧，有些家具根本就搬不动，或者虽然能搬动但要多费很多力气。和我一起干活的几个同事，大多都还没有我高，有的胳膊也不如我粗，可是我觉得搬起来很费劲的家具，他们却似乎毫不吃力，轻轻松松就扛起来了。我看见他们搬货的时候，动作不徐不疾，仿佛和着节奏。而我却是急急匆匆，步履紊乱。就这么搬了个把小时后，他们提出要歇一歇，然后竟然坐在一起，掏出扑克赌起钱来。实际上我比他们更累，因为我初次干这个活，没有经验也不懂技巧。但我看见还有大半车货没卸，心里却比他们都着急。奇怪的是，连我都可以再坚持一阵，为啥他们看起来很轻松，却突然歇了起来。

当天晚上回到住处后，我终于知道原因了：这份工作不是百米冲刺，而是一场马拉松。他们干活不紧不慢（但仍然比我干得多），不是为了偷懒，而是为了保护身体机能的可持续性。这时我感觉自己四肢百骸酸软无力，别说叫我搬家具了，就是上个楼梯都很吃力。从前读书的时候，我经常连续打两三个小时篮球，可那种运动量和强度远不能与此相比。第三天早上醒来后，我感觉身体丝毫没有得到恢复，虽然不太服气，但我知道自己做不下去了。于是我给经理打了电话，告诉他我不去了。因为感觉很丢脸，这段经历我很少对人提起。直到2017年，我才终于征服了体力工作。

在事后的经验总结里，我认为这次失败不是因为我力气比人小，而是做搬运类工作，开始时都有个适应期，肌肉需要一些时间来适应这种运动方式和强度。举一个例子来说，比如刚开始做高强度间歇训练，头一周我也坚持不了整套，但一两周后我就可以做完了，一两个月后甚至可以再提高强度。同样道理，第一次做搬运的人，最初几天可以少搬点，为身体争取一些适应时间。所以我应该和同事处好关系，开始的一两周请求他们关照一下。可是我却一边回避与人交际，一边担心自己干得比人少，别人会对我有意见。

很快我在万德福广场重新找到一份物业工作。顺带一提，万德福广场是当年下关档次最高的购物中心，四层楼，面积并不大，除了一楼有家周大福充当门面，其余的进驻品牌顶多只是JACK&JONES、ONLY和BELLE这种档次。当然这也是由下关的消费能力和物价水平决定的。如今下关已经今非昔比，变化大得我认不出来了。

我们物业部总共有十几个人，每天三班轮转，每班四个人。这其实和我2001年在加油站的轮班制一样。不过当年我在加油站的工资是一千八百元，十二年过去后，这时在万德福广场的工资是一千五百元。这份工作非常轻松，但基本没有晋升空间，所以更适合中老年人做。当年我三十三岁，还算不上很老，可是在下关我确实找不到更好的工作。此外我在部门里也不是最年轻的，我的同事里还有一个二十几岁的小伙，三十几岁的也有好几个。

不过一千五百元在下关也可以生活下来。商场四楼的超市有四块钱一份的快餐，分量可以让我吃饱。有时想改善一下伙食的话，外面一碗耙肉饵丝卖五块，那也多花不了多少钱。我自己还有一只电饭煲，偶尔会用来煮面条或煮些土豆胡萝卜腊肠饭之类的，简单好吃又省钱。所以每个月的工资我还能存下来一些。当然我本来也有点存款。不知道为什么，我的同事对我似乎很尊重。我只是个外省人而已，但有时他们对我的态度就像我是个外国人。我们商场的背后有一个用铝合板和玻璃搭出来的工作亭，这就是我们的值班室。白天我们会留一个人坐在亭里，看管旁边的员工单车和电动车。当有人来寄存车时，我们先往车把上挂一块小木牌，再交给车主一块小木牌。取车时我们则收回这两块木牌。我们总是轮流坐在亭里，这其实等于是休息，其余人则在商场里巡逻。因为商场不大，而且四楼以上不归我们管，所以我们用不了多少时间就能完整巡一遍。

这份工作真的太轻闲了，商场的生意并不好，周一到周五简直是门可罗雀，周六日也只有三三两两的顾客。我们的老板是一对温州夫妻，据说主要靠房地产投资挣钱，这个万德福广场连同下关另外几家万德福超市只是他们地产投资的延伸，能不能盈利并不重要。当然这些只是我同事的说法，我并没有去求证过。我每天在空荡荡的商场里巡逻，感觉既无聊又尴尬。因为周围店铺里的营业员也无所事事，看见我走来走去，免不了多打量几眼。我的一些同事喜欢找这些店员聊天，借以打发时间。而我不想和人说话，所以我总是盼着上通宵班。当年下关的治安很好，我接触过的本地人，普遍都很简单老实。不过也可能因为我是外地人，他们都愿意把更好的一面展示给我。

有一天晚上我上通宵班，同组的几个同事提议一起吃烧烤。然后我们每人凑了二十块钱，一个同事骑电动车去烧烤摊买来腌制好的食材，显然他们不是第一次这么做了。他们原本大概担心我过于循规蹈矩，所以当看到我也乐于参与时，他们显得格外高兴。食材买回来后，他们横倒一只取暖用的电暖炉，然后把串好竹签的食材架到上面烤。那只电暖炉平常就放在值班室的地上，从来没有人清洗它。我们每天在旁边走来走去，扬起的尘土都沾到了铁栅网上，混着他们从前烧烤时留下的焦油，令我不得不对卫生问题感到担忧。可是他们全都不以为意，个个兴致勃勃，于是我也被他们感染了。反正他们吃，我也吃，我并不比他们更文明，或许还相反呢。他们又拿出一瓶雪山清苦荞酒，我记得有人问我喝不喝，毕竟这时是在上班，他们怕我有所顾虑，假如我不愿意的话，他们也不会硬劝我。可是我才不怕呢！他们喝，我也喝，我并不比他们更懂事，或许还相反呢。他们看到我举起杯，都高兴地竖起拇指，兴致似乎更高了。

我在物业部上了两个月班后，有一天人事部的大姐把我叫了去。她对我说，商场四楼有一家烘焙店，是商场老板的女儿开的，现在正在招收学徒，这对我来说是个机会。毕竟我还算年轻，做物业学不到任何东西，不如去烘焙店学点手艺，工资和做物业一样，也是一千五百元。这个大姐一直很关心我，平常碰到我的时候，总要问问我过得怎么样啊、工作适不适应、有没遇到困难之类的。当时我有一笔稿费，因为租住的房子没信箱，白天屋里也没人，收不到汇款单，所以我留了公司的地址。这张汇款单被邮递员送到了大姐的办公室，她拿来交给我时显得很高兴，就像自己的孩子考出了好成绩似的。所以我哪能拒绝她的好意。再说我也觉得做物业很无聊，每天就是在商场里闲逛，完全没有劳动的感觉。我的同事听说我要调到烘焙店，纷纷点头赞许，还说我做物业是大材小用。

于是我去了烘焙店的面包制作部。当时烘焙店在下关有三个门店，另外两个店分别在万德福超市滇纺店里和万德福超市正阳时代广场店里。这两个店只负责销售，产品则由我们这边做好后送过去。我们烘焙店的定位在下关算是最高端的，常温产品我们只卖一天，当天卖不出去的全部作丢弃处理。而这些应该被丢弃的面包和糕点就成了我们第二天的早餐——当然这是私底下进行的。换言之我每个月能省下五六十块早餐钱。假如我对自己狠一点的话，甚至午饭也可以吃这些。不过每天这样吃很快会吃腻，而且并不健康。

我们的大师傅是台湾人，由始至终我都没见过他。我进店之前他刚好请假回了台湾，后来我辞职离开下关了他才回来。我在店里的时候，顶替他位子的是一个湖北人，这人原本是他的徒弟——当然他的徒弟在我们眼里也是大师傅了。不过这个湖北人只懂做蛋糕，有资深的同事告诉我，他的裱花水平在下关是数一数二的。可是他从没做过面包，之前他只是蛋糕部的师傅。正常情况下，面包部和蛋糕部应该各有一个师傅。之前台湾人兼任了大师傅和面包部的师傅。现在老板让湖北人兼任大师傅，可这超出了他的能力。他很少到我们面包部来，来了也只是旁观而已。实际上指挥面包部工作的是两个组长，其中一个只比我早来几天。这两个组长都是白族人。我们面包部总共有八个人，傣族一人，汉族两人，回族两人，白族三人。这些新同事普遍比我原来在物业部的同事年轻，八个人里有五个二十几岁，我和另外一人三十几岁，还有一个四十几岁。蛋糕部那边的人我不熟，没有打听过年龄，但从样子上看总体比我们面包部的人还要年轻。

我们面包部的工作空间包括一个整形车间、一个搅面房、一个配料室（和蛋糕部共用）、一个专做起酥和牛角包的小房间、一个发酵室和一个烤房。两个组长其中一个负责搅面和产品整形，另一个专门负责起酥、牛角包、法棍和所有吐司类产品。刚来的学徒一般先干些没有技术含量的活儿，比如分面、揉面、配料、分料和填料等。此外像蛋挞、酥饼和曲奇等技术含量低的品种，新手也可以一起参与。等到稍微熟练一点后，就可以学习整形了。所谓的整形是指面团在初步发酵后，做出成品面包的造型来。整好形的半成品还要继续发酵。我在整形车间待了大概一个月，老板终于请到了一个面包师傅。这个师傅重新给我们分配了岗位，把我安排到了烤房。

面包部的烤房里有一台三层的商用电烤箱、一台风炉电烤箱、一台电热油炸锅和一个定时发酵柜。烤房由两个人操作，我们的上下班时间比整形车间早一个小时，比店面的开门时间早两个小时。我记得我们当时好像是早上7点上班，下午3点半下班，中午有半个小时吃饭时间。早上7点上班的时候，天还是完全黑的，起码在冬春两季是完全黑的。因为大理所处的时区是东七区，但使用的却是北京时间，所以我们说的7点实际相当于本地时间6点。

每天早上我们上班后，定时发酵柜里的面包半成品已经发酵完成。可是在进烤箱之前，我们还要进行烤前的加工。根据产品的不同，这些工序包括刷蛋液、刷油、挤果酱、加芝士片、撒芝麻或撒香料等。而在烤好之后，大多还要继续进行加工，比如说撒糖粉、撒椰蓉、挤奶油、蘸巧克力、嵌水果、加肉松等。此外有一些特殊品种，比如汉堡包，工序会更加烦琐。在烤面包的同时，我们还要用油炸锅炸制甜甜圈和麻球等。另外我们还有一台风炉烤箱，专门用来烤蛋挞、酥饼和曲奇等。风炉烤箱的工作原理和近年受到青睐的家用空气炸锅相似，通过炉内的热风循环均匀地加热。风炉烤箱不能用来烤面包，因为发酵好的面包（团）会被风吹得变形，而且它不能分别设定面火和底火，无法按需要给面包上色。

四楼除了我们烘焙店以外就是万德福超市总店了。超市的面积远比我们店的面积大，入口旁边还装了一部从一楼直达的厢式电梯。万德福超市早前应该是下关门店最多、总经营面积最大的连锁超市，后来泰安桥南开了一家沃尔玛，抢去了不少生意。我发现很多在古城、喜洲、洱西沿岸和苍山东麓长居的外地客，喜欢到下关的沃尔玛和泰兴市场采购，鲜有到万德福超市来的。万德福超市的顾客以本地的中老年人为主。大概因为这个，超市里每天循环播放的十几二十首场景音乐，都属于击穿我审美下限的"土味流行乐"。而且我在那里待了几个月，这份歌单就从没换过。我记得有首歌的副歌部分是这样唱的："男人就是累男人就是累，地球人都知道我活得很狼狈，女人是玫瑰，是带刺的蓓蕾……"——整首歌的歌词就保持在这个水准上。还有一首歌是这样唱的："伤不起真的伤不起，我想你想你想你想到昏天黑地，电话打给你美女又在你怀里，我恨你恨你恨你恨到心血滴……"其余的那些歌我不想回忆了，基本上都是这种调调。要知道这些歌在当年我可都是第一次听到，之前我以为有些港台流行曲已经够庸俗了，没料到我还冤枉了港台流行曲，并且这些歌在内地的受众还不少。别的不说，我那几个同事并不反感这些歌，偶尔还会跟着哼两句。

面包部新来的师傅是个重庆人，他其实此前已改行做业务员了。他到我们店来，原本是为了推销某个品牌的高筋面粉，这需要他做几个产品出来给我们老板看。而在这个过程中，我们老板把他留了下来，请他做我们的面包师傅，同时兼任大师傅。因为他的性格、见识和能力都比我们原来的那个蛋糕师傅更适合做大师傅。大师傅主要负责管理工作，比如安排人事、采购材料和品质监控等，同时还要研发新品，但并不参与生产。所以平常指导我们的，其实是面包部的两个组长。可组长对指导学徒这件事是有保留的，因为和我们相比，他们只是多了几年经验，水平没有高到哪儿去。如果我们成长得太快，对他们也会构成威胁。他们只有在迫不得已的时候，才勉强提点我们两句，往往还故意含糊其词、避重就轻，增加我们理解的难度。说到底技术是有价的，组长当初还是学徒时，想必也经历过这些"刁难"，然后才掌握了一点手艺。对此我非常理解，既然他们不想教，那我就不多问，我不想看到别人难堪或虚伪的样子。无私是一种高尚情操，但不是做人的基本道理。我努力和所有人保持最简单的关系。当我无求于人时，我就心安理得、坦然无愧。

很快，我明显感到自己的心理状况改善了，和这些同事相处让我感觉很放松。当然，这也是因为对于下关来说，我是一个外来的陌生人，在这个地方我没有过去。这里的人不了解也不关心我的过去，因此那些可能对我造成困扰的潜在评价仿佛通通被抹去了。我成了一个全新的人，就像刚来到这个世上。在一定程度上，我开始按自己喜欢并认为好的方式待人处世，即尽量简单和真诚。因为我察觉到，在本地人看来，外地人身上肯定会有某些难以理解的方面，他们区分不了这些方面是由我的外地属性造成还是由我本人造成。这也就是说，我身上的种种缺陷和不足,现在都被裹在我的外地人披风里,不再被人识别和关注了。继而我认识到,在这里我无论做出什么可笑的事情,他们都只会觉得外地人真奇怪,而不是轻视或嘲笑我。于是我不再惧怕旁人的目光了。这种感觉真好啊,我很享受这段日子和我的外地人身份,也喜欢下关这个陌生又美丽的地方。事实上从此我把自己社交账号的出生地都改成了云南大理。这或许又是另一种逃避吧,可它对我的效果立竿见影,因此我认为它是积极的。而且我很清楚,日后我不会后悔,更不会抱怨。那么,还有谁比我更幸福呢?实际上就我所见,不幸的主要特征不是挫败或匮乏,而是悔恨和抱怨。

人们常说云南盛产菌子,说云南人爱吃菌,可是起码我认识的下关同事,对菌子都没有特殊的嗜好。或许大理不是菌子的主产地,苍山上虽然也有人采野菌,但野菌的收购价较高,估计大多卖到餐馆去了,本地人并不常吃到。本地人吃得较多的是人工菌,顾名思义是人工培植的,其实就是平菇。而且他们只有一种吃法——油炸,这可不对我的胃口。尽管我爱大理,但平心而论,大理绝不是个美食之都。当地旅游界推介的那些砂锅鱼、酸辣鱼、雕梅扣肉等——或许永平黄焖鸡除外——都是改良的外来菜,而且显然都是汉族菜。

我跟白族的同事打听哪些才是真正的白族名菜,他们告诉我炸乳扇和生皮,然后就想不出第三个了(或许因为他们太年轻)。可是炸乳扇在我看来更像是一道小吃而不是菜。后来我在洱源县的一户农家里看到了乳扇的做法:往烧开的牛奶里倒进白醋并搅拌，牛奶会迅速凝结成膏状，然后用手扯出一块块来抻平，挂到院子里高耸的晾架上，风干后得到的薄片状干酪就是乳扇了。吃的时候可以直接用火烤软再抹上玫瑰糖，或下油锅炸透后捞出撒上白糖。老实说，我不爱吃这玩意儿。

至于生皮又叫生肉，其实就是把整只猪架起来，用干稻草点火烧。这么做的目的是去毛和消毒，而不是把猪烧熟。烧一会儿后把熏黑的猪皮刮洗干净，起出切成小方片，肉也割成小片，配上特制的蘸水。吃的时候皮约有六七分熟，肉则基本是生的，呈粉红色而不是白色。这道菜是白族人婚宴节庆时必备的。不过可能考虑到食品安全卫生问题，大理的旅游部门并没向游客大力推荐这道传统的白族菜，在古城里甚至连一些白族菜馆都不提供这道菜——当然可能他们提供了也没几个外地游客想尝试。我在同事的婚宴上吃过一次生皮，此外还在下关龙溪路靠近一号桥的一家洱源牛街老店吃过。这个菜我喜欢，口感非常不错，至于卫不卫生就说不清楚了。

下关的城区位置在洱海最南端、西洱河的"入海口"周围，海拔大约两千米。众所周知，洱海是一个高山湖，形状有点像人的耳朵，东西窄，南北宽。而大理古城（羊苴咩城）在洱海以西的中部，西依苍山，东临洱海。古时假如有外寇来犯，则只有南北两个方向可攻入。所以当时的南诏王在洱海以西的最北端和最南端分别修筑了龙首关和龙尾关，布置兵力以戍守御敌。（实际上修筑两关时，南诏都城在太和城，还没迁到羊苴咩城，但两城相距不远，都坐落在苍山和洱海之间。）

而今天的上关镇就是当年的龙首关所在地，下关镇自然就是龙尾关所在地了。龙尾关的门楼遗址在下关的黑龙桥以北一公里处，已经和周围的民居融为一体，几乎不被游客打扰。这一带的民居历史也很悠久，其中不乏挂上文物保护牌匾的明清老宅院。

我很喜欢下关的气候，这里夏天最热的日子，晚上睡觉也不用开风扇，冬天则几乎都保持在零度以上。下关的阳光很充足，雨水也充足，还是个著名的风城，天气转变非常干脆，很少拖泥带水。下关是大理州和大理市两级政府的所在地，对游客吸引力并不大。可是它濒临洱海，西抵苍山，是名副其实的依山傍水，景致非常怡人。我的下关同事经常得意地问我："我们下关很好在吧？"——在下关话里，"好在"不是幸好的意思，而是宜居的意思。每次我都点头称善：诚哉斯言。相对来说，大理古城就少有打动我的地方。古城比较适合喜欢交朋友、喜欢交流的人，我自然不在此列。实际上我很少去古城，我对古城怀有一种或许也已沦为庸常的偏见：我觉得国内凡是叫古城的地方气质都差不多，刻薄而言就是个大型工艺品展销市场。不过这也是人性和经济规律所决定，或许在一万年后的人看来，今天的小工艺制品和秦兵马俑在对历史和文化的研究方面价值同样重要，它们都代表了某种辉煌的民族文明奇迹。那我们厚古薄今倒不是出于古人的手艺如何精湛、今人如何比不上了，而是因为我们寿命太短，活不了几万年，只能活几十年。

当年我在下关最喜欢逛的地方有团山公园（今已改名为洱海公园）、全民健身中心及旁边的湿地公园、将军洞及灵瑞庵、龙尾关遗址及文庙等，这些地方都不用买门票。将军洞虽然设两元门票但不买也能进，因为它是本地白族的本主庙，本地人不接受本主庙卖门票这种荒唐事，所以售票窗只是做做样子。另外在滨海大道的海心亭和西洱河南岸的洱河森林公园里，还设有免费的洱海浴场，我同样也没有错过。毕竟我在下关工作和生活，给下关纳了地税，有权享用这些场所和设施。

在大理市范围内活动，我最喜欢的一件事是环洱海。当年沿海西路还没有动工，东岸那边的视野要更开阔，景色也更好。环洱海一周大约一百一十公里，至今我环过六或七次，其中一次徒步、一次坐车，还有几次是骑车。此外大理大学本校区也很漂亮，地址在古城西南边的苍山东麓上，从校区里可以俯瞰洱海，每次进去散步我都心旷神怡。

当年我的住处没有装网络，假如要上网，我就去附近的网吧上。通过这个方法，我有意识地减少了上网。在出发到云南前，我终于换了一台华为的智能手机。不过当年的智能手机远不如今天的用起来方便，我每个月只有六十兆流量，只够收发一下QQ信息（我还没有使用微信）。这段时期我的写作基本停下来了，平常只用手机记些笔记。我好像进入了写作的逆反期，对自己之前写的一切都感到很不满意。事实上哪怕今天的我面对自己2012年之前写的文章，也不如2012年时的我那么反感。

不过这时我对写作有了一些新的认识。

我认识到写作本身比作品重要，亦即行动比结果重要。当然换一个角度看，只要持续地行动，必然会产生某些影响。这些影响是自然发生的，既难以预料，也不以人的意志为转移，所以未必需要或可以去规划。假如以比喻来说明的话，我觉得写作有点像放风筝，最后并不会有某种具体的结果或回报；如果有什么收获的话，那收获全部都在过程里，都作用在自身上。而不是像打猎，把获得的猎物作为明确的目的。由此我认识到写作就是去成为——这不是指"怎么写就要怎么做"——我的意思是写作可以澄清"我之为我"。因为就我所见，现代生活往往是庸常、机械和重复的，它把人塑造得高效和兼容的同时也令人变得扁平和雷同。而写作对人有着相反的作用。"去成为"不是变成另一个人，而是成为那个内在和本真的"我"。因此渐渐地我不再为写出杰作而焦虑，倒是为如何保持写作的持续性而焦虑了。当然我摒弃了写出杰作这个念头，不等于同时放弃了写作质量。写作在我看来本身就是一种高质量的智性和感性活动，它要求人认真、投入、自省和真诚，非此不属于我提及的写作范畴。

和我一起到下关的朋友待了大约三个月后独自回了北京。而我待了大半年，大约在2013年3月，我也暂别下关去了上海。

我母亲出生在上海，六岁时随我外公外婆迁居到广州。可是我外公外婆不会说广州话，从小他们就和我说上海话。在家里，我和母亲也说上海话，和父亲则说普通话，只有和我姐才说广州话。不过我去上海和他们都没有关系，在上海期间我也没拜访任何亲戚。这是我初次踏足上海。

在大理最喜欢做的事情是环洱海骑车（摄于 2014 年）

在上海打工

我在上海待了一年，工作是九九六，几乎每天要加班，所以除了上班以外，别的事情我都放下了。写作已经完全停顿，阅读也是断断续续，并且只能读进一些不费脑的书。不过当时我也没怎么为此焦虑。或许因为工作忙，加上换了新环境和新工作，有很多事情需要我去适应，这分散了我的注意力。

我先是在喜士多找了份工作。当时我落

脚在徐汇，公司就把我分配到了徐汇的一个门店里。这个店本来连店长在内有四个人，都是女的。我去报到时，店长对我说，她向公司申请一个男工，是为了安排上长期通宵班。因为女工上通宵班有一定安全风险。而我上通宵班的话会有一些额外补贴，一个月下来可以多挣四五百块钱。我说没问题，我愿意上通宵班。

通宵班要接待的顾客很少，主要负责晚上收点一次货品，然后搞好店面的卫生，尤其是熟食车要清洗干净，然后在天亮前重新准备好关东煮、麻辣烫、包点、咖啡和豆浆等。我在这个店上了大约十天班，有一天早上，我正好独自在店里，这时进来一个中年妇女，她说自己是附近一家竞技自行车店的老板，问我有没兴趣跳槽到她的店去。她告诉我店里的收银员刚刚因为贪污跑了。她还说，她已经把附近几家便利店的收银员都招募了一遍，不过暂时还没有人答应她。

下了班后，我应邀到她的店去参观。竞技自行车是我完全陌生的领域，之前我只听说过捷安特，但也仅仅是听说而已，从来没有进店逛过。她代理的是一个美国品牌，我看见店里主推的车型标价从几千到三四万都有，最贵的一辆特别涂装公路车甚至标价八万多。

当时我在便利店的工资是三千多，我住的隔断房租金是一千五，此外上下班还有通勤费用。而自行车店开的底薪是三千，在此基础上有销售提成，还可以让我住到店里——最吸引我的其实是住到店里这点，我可以省下房租和通勤费用，这

· 233 ·

可是一笔不小的支出。我感觉自己挺幸运的。

　　自行车店当时有两个全职店员，以及一些周末来帮忙做销售的兼职。我对竞技自行车一无所知，因此工作中经常要向他们请教。而他们对我都非常友好，总是知无不言。就这一点而言，他们比我之前烘焙店里的同事要慷慨和无私得多。我在上海接触到的年轻人大多很讲礼貌，也有教养，和人相处时大方得体、分寸感很好，既不会过度热情乃至于霸道，也不会处处提防而显得冷漠。下关的年轻人则比较简单和天真，但人际分寸感不强，比如经常强迫我喝酒或跟他们一起去玩；他们对熟人往往过度亲热，而对陌生人却比较冷淡和回避。我发现这些差异并非完全出于个体的性格特点，很大程度上受到城市和乡村不同的社会文化塑造。这里要说明一下，今天的下关已经高度城镇化，但我当年的几个本地同事，他们的父辈都还是农民。因为城市是一个分工合作型社会，人际交往既必需又密切，而礼貌和教养可以使个人更好地融入群体，由此获得更多资源、机会和帮助。即使在文明程度不高的年代，城市人起码也更外向和热情。农村则属于宗族社会，经济上相对自给自足。农民主要是看天吃饭，而不是从广大社群中寻找资源和机会。所以总的来说，农民的性格更内向和保守，农村也比城市更排外和封闭。

　　我发现自己身上兼有城市和农村的一些性格特征。比如礼貌和教养方面，我和上海的年轻人很像。这方面我是从母亲身上学到的，她肯定潜移默化地影响过我。可是我同时又很孤僻，非常不喜欢交际。我缺乏把握人际距离的能力，总是担心自己对别人表现得过于亲近，会让人觉得我有所图谋或自作多情。哪怕对方明确表达了对我的好感，我也仍然会害怕：我怕对方没有看清我的真面目，怕最终证明所谓的好感只是一场误会。于是为了避免令人失望，以及可能造成的对我的羞辱和嘲弄，我宁愿和人保持一种生疏的关系。这一点我可能受到了父亲的影响。但这种影响是如何发生的，我现在还想不明白。我肯定不会有意识地模仿他。再说孤僻也模仿不了，它不是一种行为规范，而是一种性格特质。

我父亲的孤僻源于那种老一辈的农民因为离开了自己熟悉的生养环境来到城市，面对城市的陌生、复杂和繁华，心理上有一种无力感，也缺乏归属感。在行为上，主要体现为过度的提防、节俭、担忧、自卑和惧怕等。在城市里只要随便找个农民工接触一下，从他们那种沉默和冷淡的态度里就可以发现这些。

我父亲是贫农出身，复员后调动到广州，安排到单位参加工作。可是他除了根正苗红、出身纯洁以外，不具有任何专业技能。对于单位的业务来说，他其实是个可有可无的闲人。后来改革开放不断深化，他单位的性质也从事业变为企业，并且实行自负盈亏，于是他难免更失落和忧虑了。他几乎不会说广州话，像打球、打牌、打麻将之类要和他人合作参与的娱乐他通通不会。实际上他几乎不交际，下了班后从不和同事来往。他的人生过得相当乏味——起码在我看来是如此——什么都不想尝试，什么都不感兴趣，身体好的时候一味节衣缩食，身体变糟后则以药替饭。他出生在穷乡僻壤，后来扎根到省会城市，早年老家的人确实羡慕他。可我看到的却是一个不幸的人，在城市里彷徨无依、无所适从，就像只孤魂野鬼。如果他可以"野"一点还好，大不了自得其乐。可偏偏他调动到城市，并获得一份工作，全赖他的"思想纯正"，他的安全感就建立在维持这一"核心竞争力"之上。按道理说，我出生在城市，从没下地干过活，身上不该有父亲的那些性格特征才对。可是我确实有。或许这只是巧合，它们在我和我父亲身上是殊质同相或殊因同果。也或许真的有一种因果影响存在，而我还没能认识到。

言归正传，很快我就发现，自行车店里的两个全职同事士气很差，工作态度非常消极。原来他们已经积累了很多对我们老板的不满，认为我们老板成天瞎指挥，害他们做了很多无用功。此外我们老板要求的工作方式他们也很不认同。我们老板接手这个店没多久，可以说是中途入行，她把自己过往在外企打拼的那套工作风格带到了店里。可是她要求的那一套，起码在竞技自行车这一行里，恐怕大多数从业者都不太能接受。我在她的店里工作了一年，认识和接触了十几个全职、兼职的同事，发现他们都不是因为工作才接触自行车，而是因为本身就喜欢骑车才选择了这份工作。他们确实比较随性，比较在乎个人的感受和喜恶。而这在我们老板看来，大概是属于自由散漫且不求上进吧。不过话又说回来，自行车行业或许也没有很大的上进空间，很难想象一个不甘人后、力争上游的人，会委身这个不温不火的行业。

我那两个全职的同事很快就离职了，后面来的人也换了几拨，于是短短几个月后，我倒成了店里资历最老的全职员工。或许因为理念上的冲突，以及我们老板自身的缺点，比如她经常信口开河，乱许承诺，事后又出尔反尔，情绪管理方面也很糟糕，于是我的历任同事几乎都站到了她的对立面。其中有些人出于贪心和泄愤，就偷起了店里的东西来。我到这个店打工，并不是因为喜欢骑车，店里的货品对我没有吸引力。可是对于有的人来说，店里的装备、工具、保养品、零配件等，甚至包括整车，都是充满诱惑的宝藏。

需要说明的是，我比我的同事更能接受我们老板的工作风格。我和他们的情况不一样，我比我的老板更不懂自行车，我不会像他们一样把她看作一个胡乱指挥的外行。之前我在喜士多的收入比在自行车店低，工作内容也更枯燥，所以我其实挺庆幸得到这份工作。而且总的来说，我的老板对我很好、很客气，甚至有时很尊重，令我受宠若惊。毕竟我不像其他同事，在竞技自行车领域我既无专业知识也不掌握技能（后来通过参加公司培训及同事的指导终于掌握了一些）。可是另一边我的同事对我也很好，可能因为我性格温和、任劳任怨、不争不抢，所以他们平常都很关照我。再说我和他们都是打工人，在资方面前我们是天然的同盟。于是在同事和老板持续不断的劳资矛盾中，我始终保持中立，不想卷入其中。

最初的几个月还算顺利，毕竟我还是个新人，同事不会让我代为出头，老板自然也不会叫我去督促别人。他们对彼此的不满，我都装聋作哑，假装看不见。我也不举报偷东西的人，因为假如我举报，就会被大家孤立，那我在店里的日子就到头了。何况老板之所以能成为老板，就因为她不是一只温驯服帖的绵羊，而是一头蛮横好斗的公牛。总的来说她是那种百折不挠、永不言弃的人，她不惧怕和任何人斗争。而且她确实比我们有更多的选择和手段。毕竟她手上有资本，用惯常的话来说就是有更大的主观能动性。她会钻空子，也会克扣，或让我们无偿加班，以及对我们光承诺不兑现等。我真的说不清楚她和我那些同事谁比谁更不对。不过与此同时，随着我在工作上渐渐上手和熟练，我的收入也有所增长。后来有新来的同事也住到店里，我因为不想和别人同住，索性租了个房子搬了出去。到了2014年春节时，中介通知我房子要被法院没收，我还被迫搬了一次家。

我们店每天营业十二个小时，假如关门的时候店里有客人，我们就要延迟关门。关门后我还要加会儿班，把挪动过的车归回原位，以及做好当天的流水账，发到老板的邮箱（我名义上还是收银员）。我每周休息一天，实际周工时长接近八十个小时。虽然写作和阅读我都停下了，但跑步却没有停。实际上我跑得更讲究了，不仅用上App记录数据，而且运动强度和计划性都有所提高。此外我还去骑车，我骑的是店里的活动用车，一般晚上在龙腾大道附近骑。跑步的话我几乎都是绕体育馆跑，每次跑一个小时，里程在十公里左右。我还试着跑过一次二十一公里（半马），花了两小时零五分。我经常深夜去锻炼，哪怕在冬天，我也是下了班后晚上10点多或11点多才出门。我也不知道当时为什么精力那么好，可能在工作中越是压抑，下班后就越想宣泄。

尽管我不想卷入同事和老板的纷争，但随着人员的不断更迭，我越来越难做到抽身事外。因为我入职时间最长，新来的同事就拜托我去和老板交涉，他们认为老板更听得进我的话。而老板这边也开始要求我以前辈的身份管教新同事。有一天，她甚至试探地问我，把我升为见习店长好不好。她大概想到，假如要我督促同事，而我又没有任何头衔，别人未必愿意听我的。可这实际上是把我置于一个我最害怕的境地——假如我执行老板的命令，就无法避免和同事为敌；假如我站到同事这边，就得承受更多老板的压力甚至追责。

我拒绝了老板的提议。尽管如此，接下来的日子我注定会越来越难。当时的情形是两边都信任我，而我两边都不想辜负。可是他们却随时可能发生摩擦，到那时我就会被夹在中间，两头都不讨好了。我不喜欢硝烟弥漫的人际环境，我怀念之前在下关的日子。可是有利益的地方就有斗争，反之没有斗争的地方也没有利益——我在上海干一个月相当于在下关干三四个月——这就是为什么我在下关的同事，尤其是物业部的那些同事，是那么心平气和且与世无争。

正好在这个时候，当年音响器材期刊的主编问我有没兴趣一起搞些生意。我和他在2006年之后就再没共事过了，后来他离开了媒体行业，和朋友合伙做生意，现在是一家生产倒车摄像装置的小工厂的小股东。他听说我想回下关，便提出和我合伙，做些小买卖，由他在广州负责发货，我则在下关负责经营。经营内容我们粗略商定是进口零食，这在广州的一德路有货源。于是在2014年5月，我辞掉了自行车店的工作，再次回到了下关。不过要说明一点，当时无论有没有主编的提议，我都打算从自行车店辞职了。夹在同事和老板的冲突中间使我度日如年，我调解不了他们的纷争，也无力曲意逢迎。

这次回下关我想换一个住处。上次我住在下关南区的中心，生活虽然便利，但离洱海稍有点远。再说我原来住的那个房子估计早租出去了。重新找房子的话我要先找个旅店住下。于是在出发前，我提前在古城订了个床位——古城离下关不到二十公里，坐公交只要一块五——这时正值旅游淡季，六人间的床位只要十块钱（或五块钱，我记不清了）。我选择落脚在古城是为了省钱，下关的旅店没有床位房，住标间的话最少要三四十块钱。可是我万万没有料到，这趟我不但没有省到钱，还被人咬了一口。

当时我订的旅店其实在城外，离古城北门几百米。那天早上我从大理站出来，先在下关看了一天房子，傍晚再坐8路车到古城。8路车的总站离我订的旅店很近，走路十分钟左右，这些都是我计划好的。我在旅店的前台用App登记了入住，然后立即洗了个澡。这时天已经黑了，我打算在床上坐一会儿就睡觉。可是前台的大哥突然走了进来——床位房没有装房门——叫我出去和大家聊聊天。他不是以征求的语气问我想不想聊天,而是直接喊我出去。说完他就走了,甚至没等我回复。我有点吃惊,不过马上就恢复了冷静。我知道在古城这种地方,大家都抽离于日常状态之外,像这样自来熟反倒平常。毕竟大家是出来玩的,确实该放下日常的拘谨和戒备。何况过了今晚大家就各奔东西,那还有啥好顾虑的呢?

在旅店的中庭有一张大桌子,四边的长凳上已坐了十多个人,而我是最后落座的。大家天南地北地聊天,我发现这些人大多已互相认识,显然不是当天才住到这家旅店。前台大哥给大家斟了茶,他说自己是个退伍军人,曾经在某处边境当通信兵。他又说自己不是旅店的老板,而是个义工。这倒有点出乎我意料,那些帮旅店干活换吃住,但不拿工钱的人一般都很年轻,很多属于"穷游族"。但我看退伍大哥有四十多了,这个年龄的义工我可没听说过。当然他可能是老板的朋友,只是没对我们说明。甚至他就是老板之一,但出于某些原因不想向我们表明身份,这都不必深究。他向我们推荐一些第二天的组团旅游活动,诸如包车环洱海或去喜洲或登苍山之类的。我并不是到大理旅游,所以他们聊到游玩内容时,我就旁听不插话。

"茶话会"大约晚上9点多结束,有的人回房间去了,这时坐我旁边的一个小伙,他来自广东中山,邀我出去吃烧烤。前面聊天的时候,他说到自己独自骑摩托车到大理来,这会儿他邀我去看他停在旅店门厅的车。那是一辆前轮向前伸出的白色摩托，造型有点像哈雷，但车把没有哈雷的那么高。我不懂那是什么车，但显然不是常见的通勤摩托。于是我和他还有另一个年轻旅友一起，走路到古城北门外，找了个烧烤摊坐下。不过这是一个错误的决定，后来我得到了教训：不要跟陌生人去吃烧烤。

骑摩托的小伙有心事，可他不肯直白地说出来。而且我有种感觉，他似乎怪我不通人情世故，体察不到他的痛苦。我这方面确实比较迟钝，如果他想得到我的共情，那最好是对我坦诚，别让我猜谜语。不过当时我们聊了些什么，现在我已记不得了。只记得他说话遮遮掩掩，情绪莫名其妙，表情过于丰富。或许他觉得有些话说出来丢脸——那他就别说嘛，偏偏他又要说。结果东拉西扯、欲言又止，听得我云里雾里。原本我对他骑摩托到云南的沿途见闻有点兴趣，以为他会聊到这个，结果他根本不提。或许他惦着自己的心事，一路上啥也没有看到。老实说，他的这些言谈举止，我都归在假模假式的一类里，哪怕他有什么苦衷，我也很难对他报以耐心。此外我心里清楚，明天我就和他永别了，所以不必讨好他。不过我比他年长，应该表现出风度。于是千错万错，就错在他要了一瓶鹤庆大麦酒时，我没有阻止他。当年我在下关上班时，本地的同事最常喝两种白酒：一种是漾濞县产的雪山清苦荞酒，另一种就是这鹤庆县产的大麦酒。鹤庆大麦酒的度数是三十八度，平装卖七块钱一瓶，我喝过几回，感觉劲头并不大。

我这辈子从没劝过酒，这天自然也没劝小伙，都是他自己把酒往嘴里倒的。我并没察觉他有什么异常，毕竟在我看来，他没喝酒时就已经语无伦次了。我们三个人喝一瓶酒，平均每人才三两，我认为问题不大。何况酒是他主动叫的，他总得有点酒量才对吧。结果直到我们叫他走时，才发现他已经完全醉了。他在喝醉之后还一直说话，语速和清醒时差不多，不细心还真分辨不出来。我们想拉他起来，结果很快变成了推搡，最后他发起酒疯，对我们破口大骂，还动手打了我们。我很震惊，同行的那个年轻旅友甚至比我更震惊，我记得他大声喊道："我服了，竟然有这样的人！我服了！"他一边喊，一边竟然跑掉了，只把我留了下来。当时我头皮都发麻了，我也想一走了之，可怎能撇下一个喝醉了的同伴？——哪怕我连他的名字都不知道！古城的北墙外有一条几米宽的护城河，其实是一条从苍山流入洱海的溪，当时是5月份，正好进入丰水期，淹死一个醉汉不在话下。此外还有过往的车辆，尽管那一带有路灯，可保不准他会突然往人家车轮底下扑。我试着过去牵他，结果被他推了几把，还挨了一记耳光。我有点火了，用力把他推了回去，他跌坐在地上，我又心软去扶，不料他突然抱住我的小腿，在我膝盖上方咬了一口。他咬得好狠啊，我的血都渗出来了。我气得不想管他了，可是又不禁担心：万一他出了事，我要不要负连带法律责任啊？

幸好跑掉的那人还有点良心，他把旅店的退伍大哥叫来了。退伍大哥一把搂住醉酒小伙，问他还认不认得自己。这家伙竟然说认得，而且没有动手打退伍大哥。看来他喝醉了也知道欺软怕硬。可是退伍大哥要拉他走时，他终究还是反抗了。退伍大哥很生气，大声喝问他，还认不认自己这个哥。说实话，他们才认识两三天，就已经互相称兄道弟，换了在平时，我会觉得两人肉麻又虚伪。可是这会儿退伍大哥是我的救星，无论他说什么我都拥护。小伙也记得自己认过这个哥，好像还喊了他一声哥，只不过他就是不走。于是退伍大哥过去架起他，想直接把他扛回去。不料他又反抗了，坐在地上不起来，甚至还躺下打滚。

他俩就这么来来回回拉扯，我在旁边想搭把手，但感觉醉酒小伙对我怀有敌意。或许因为我刚才对他不够亲热，没和他结为异姓兄弟，他觉得我看不起他吧。这么耗了二三十分钟后，退伍大哥终于发火了，或许小伙反抗时激怒了他，或许他意识到已别无选择，只见他把小伙摁在地上，狠狠地揍了他十几拳，还卡住他的脖子，不许他把头抬离地面。揍完之后小伙果然服帖了，大概他已快失去意识，于是我们三人合力将他抬回了旅店。把他放到床上时，我看到他的手脚和脸上，擦损出血及瘀青合共不下十处，看来第二天有他受的了。他穿的T恤和短裤也都破了，大概已不能再穿，不过谁叫他要在地上打滚呢？

面对退伍大哥，我感到很不好意思，毕竟我跟小伙一起出去，结果惹来这么多麻烦。而且第二天退伍大哥还得向小伙解释身上的伤是怎么来的，想想这多让人难堪啊。不过他没有责怪我。第二天一早我就走了，并没见到那个小伙，他应该还没起床，我只跟大哥道了个别。原本我去古城过夜是为了省钱，结果买了一顿烧烤的单，花的钱足够在下关住三天旅店。

第二天我在下关的大关邑租下了一个单间，租金是每月四百五十元。实际上第一天我就看过这房子，原本我想再找找有没更好的，不过被咬了一口后改变了主意，不想多浪费时间了。大关邑在西洱河的北岸，也就是下关的北区，靠近全民健身中心。这里附近还有一个村子叫小关邑。从名字来看，这两个村子的来历和龙尾关有关，但我没尝试找方志来探究，显然我的好奇心还不够。

有了住处后，我就开始专心找铺面了。一年多前我离开下关时，下关还没有一家进口零食店，可这次回来我看见在建设路、人民南路和文化路已经开出了四家。我留心观察了一下，这几家店的生意都不怎么好。很快我觉得城区这边租金高，投入会比较大，我更想把店开在大理学院荷花校区附近，那里的租金比较便宜，离我住处也更近，且学生又是零食的主要消费群体。不过荷花校区周围的铺面并不多，我始终没遇到合适的。大概找了一两个月后，我的想法也逐渐改变了，对开店的前景越来越不看好。最后我放弃了开店，改为摆地摊卖文具精品。

当时摆地摊要给城管交钱，每个月交一百五十元，收据是一张罚款单。但只能在晚上摆，地段也规定好了，在万花路西段大理学院荷花校区学生宿舍的入口旁。这段路没有路灯，尽管晚上会有不少学生路过，但漆黑的环境削弱了他们的消费欲。和我一起摆摊的是附近几个村组的无业大妈，我们用充电式LED台灯照明，不过效果并不理想。所以我并没遵守城管的约定，白天我也偷偷去摆，而且并不总在城管指定的地段。

离开上海时，我和几个同事交换了礼物，我收到一双ASICS跑鞋，还有一只Bryton码表。回到下关后，我更加起劲地跑步了。我在全民健身中心前面的大广场跑，至今我仍记得绕广场一圈约有八百五十米。我一般跑三天休一天，每次跑不少于十公里。我跑得不快，平均用时在六十分左右，跑一小时就是十公里。我跑得最多的一个月，码表记录的总里程是二百四十五公里。下关的海拔接近两千米，空气中含氧比平原少，对于有氧运动来说，需要更高频的呼吸来维持供氧，心率也会更高。换言之，对心肺功能的要求更高，锻炼效果也更好。

对我来说，全民健身中心是一个特别的地方，当年在那儿跑步的每一分每一秒我都很快乐。我不仅去跑步，也去散步和摆摊。广场上每晚都有音乐喷泉，本地人吃完晚饭来散步，顺便看看喷泉表演，这包含了某种生活的仪式感。夏天还有露天电影，不过放的是我不感兴趣的老片，来看的主要是附近村子的老人。中秋节晚上会放孔明灯，春节则放爆竹和烟花。广场旁紧挨洱海的草地则适合放风筝，基本上每个周末都有人来放。看人放风筝也很有意思：水平高的人总是一动不动，我去的时候他们是那样站着，我走的时候他们还是那样站着，似乎他们身上的乐趣并不随时间流逝；水平低的人却喜欢跑来跑去、大喊大叫,看着很热情投入,其实忙乎了半天,根本就没有放成功。不过他们走的时候也很满足,仿佛自己已经尽了全力,并没留下任何遗憾。

我 2012 年 9 月离开广州到下关,2013 年 3 月去上海,到 2014 年 5 月离开上海,在这一年零八个月里,我基本没动过笔。回到下关后,我又重新写了起来。这段时期我的写作篇幅比较短,可能因为我改用手机写作了。我写了一批平均两三千字的小说,这些小说不再像早年的那么写实。我发现自己其实有乐观的一面,我的乐观主要源于我对很多事情不像大多数人那么看重。我看待事物时,常常不带有明确的目的导向,这反而让我有时看到了更多。我觉得生活中有很多被人忽视的趣味,而我对此很感兴趣。当然,前提是我能放松下来。当笼罩在我心头的阴云松动后,我本性中喜欢开玩笑、喜欢自嘲和无所谓得失的一面就舒展开来。对于天资和悟性一般的人,如果执念太重,很容易一叶障目,失去对生活的多面性的观察和体悟。好比猎豹在追逐猎物时,瞳孔会收缩成一条线,这时它只能看见前方地平线窄窄的一道横幕,哪怕身边有头大象它也看不见了。

这次我在下关生活了十一个月,摆地摊虽然有收入,但收入很少,且不稳定。尽管交了钱,但城管允许摆摊的时间有限。我做的是住校生的生意,寒暑假不用摆,雨天也摆不了。于是后来因为一个机会,我终究还是选择了开店。为此我离开了下关,搬到了大理州宾川县的宾居镇上。

云南大理下关，摆在学校附近的摊位（摄于 2014 年）

回到乡村开店

我住在大关邑时,当年烘焙店有一个组长,已经跳槽到下关一家专营鲜花饼的电商公司,当上了生产车间的厂长。他的生产车间在小关邑,和我住的大关邑相距不到一公里,偶尔他会来找我喝酒。这会儿他正准备结婚,打算婚后辞掉工作,搬到他老婆家那边,自己开一家烘焙店。他听说我在摆地摊,就问我有没兴趣帮他的忙。他老婆是宾川县州城镇人,刚在宾川县宾居镇的一所完全小学找到一份语文老师的工作。

为了这件事，我和组长商量了几个月，2015年春节前后，我们还结伴到宾居镇实地考察了两次。宾居镇离下关约有五十公里，但没有客车直达，我们要绕一圈远路：先在大理汽车客运站坐小巴到宾川县，路程约六十公里；再从宾川县城（金牛镇）坐一趟乡村公交到宾居镇，路程约二十公里。

其实我并不想到组长的店里帮忙。他和我是很不同的人，这包括性格和观念等方面，也包括对生活的认识和态度等。我不想和他太深地捆绑在一起，更不想对他许任何承诺。他也不会毫无保留地把技术传授给我，这方面在之前共事时我已经看得很清楚。所以我提出和他合租一个店面，但分开各自经营。他考虑后同意了。后来他找了他老婆的一个亲妹来打下手。而我则选择了经营辣卤鸭货和冷饮。

店面租下来后，我在下关美登桥北的集市以及京东上采购了需要的设备：一台手动饮品杯封口机、一台车式冷藏熟食销售柜、一台二百二十八升的卧式冷柜、两只电磁炉、两张不锈钢工作台和一组不锈钢置物架。除此以外还有一些商用烹具。然后我们到金牛镇找人做了门头和店招。在找住处这件事上我费了些周折，好不容易才问到宾居镇中心卫生所对面的一户农家，他们院里有一排空置的板房愿意出租，一个房间一年的租金是一千二（厕所和浴室在楼下院子里）。这排房子是由水泥预制板搭建的，屋顶没有隔热层，到了夏天会非常热。可是我没有别的选择。这个镇几乎没有外来人口，因此也几乎没有专门的出租屋。

2015年4月,我们两个店同一天开张,店址在镇中心的新街上。新街才刚修好不久,实际上不是一条街,而是由一竖两横三条总长约一千米的路组成的街区。"街"在本地方言里指集市,宾居镇修建新街的原因是镇上的老街太狭小,已经不能承受日渐扩增的集市规模。

宾川县每周七天都有集,每天摆在不同的镇上,其中宾居镇的集安排在每周二。这天是镇上最热闹的一天,下面村子的居民会上来采购物资——这里说的热闹只是相对平常的冷清而言,毕竟宾居镇总人口才三万多,赶集时能来个两三千人已经很不得了了。

我卖的鸭货都是些常规品种,比如鸭头、鸭脖、鸭肠、鸭胗和鸭腿等。此外还有一些素菜,比如莲藕、土豆、海带、豆干等。开始时我还做泡椒鸡爪和花生米,但买的人不多,后来就没做了。因为镇上采购不到生鸭料,我买了一辆二手的电动车,每周去县城采购两次,每次来回四十公里。而在冷饮方面,除了即点即制的珍珠奶茶和冲调果饮外,我还每天煮制桂花乌梅汤、椰汁西米露、绿豆海带糖水和冰糖银耳羹等。这些甜品原来在宾居镇上是吃不到的。之前宾居镇只有一种叫凉虾的甜品,其实是凝结成水滴状的米浆粒,泡在红糖水里卖,一碗一块五。

当年我在朋友圈里记下了自己的工作方法和作息安排,其中有图片也有文字。假如没有这些记录,今天我肯定想不起很多细节了。这是我从朋友圈里整理出来的：每天早上8点起床，先把头晚泡在卤水里的鸭货和素菜煮熟、上柜，9点半开门营业。假如这天要去县城采购，则卤货先泡在卤水里，等回来开门时再上柜。开门后开始煮甜品。下午1点后开始做第二锅卤货，一般我每天做两锅。傍晚6点把泡过的第二锅卤货上柜。晚上8点半开始准备第二天早上的鸭货，解冻、洗净、焯水，在晚上10点左右泡进常温的卤水里。11点打烊，处理剩下的食材并搞卫生。12点后回住处洗澡、洗衣服。凌晨1点过后返回店里，1点45分睡下。这是夏天的情况，因为我住的板房白天经太阳暴晒，到了晚上仍热得无法入睡，所以我习惯回店里睡地板。

按照设想，我经营的品种除珍珠奶茶和果汁外，其余都是宾居镇上原本没有的。而珍珠奶茶和果汁我卖得比别家便宜，味道也不比他们差（不是我做得好，而是他们也做得很一般）。那么尽管宾居镇只有三万多人口，住在镇上的估计只有几千，但养活我的店应该不成问题。何况每周二还有个集，下面村子里会有人上来赶集。我想只要这个店能盈利，我就请一个小工——我可不想每天工作十六个小时——在宾居镇上请小工花不了多少钱，省下来的时间我可以写作。宾居镇周围的自然环境对我很有吸引力——我在城市出生和长大，还从没在乡村环境里生活过——这就是我梦寐以求的"异质生活"。

不过就如人们常说的"理想有多丰满，现实就有多骨感"，我的预期不久就落空了。或许因为我的卤货定位在零食而不是熟菜，对标的是绝味、久久丫和周黑鸭这些。而零食在宾居镇上并没太大市场潜力，因为这里的年轻人很多外出打工去了，留在本地的大多是中老年人。但是假如我把定位调整为熟菜，则镇上已经有一家卤肉店了，就开在菜场旁边。我要和它竞争的话位置处于劣势——从老街那边来菜场买菜的人，并不需要经过我的店。再说如果我改做熟菜，那和饮品就不那么兼容了。而我在饮品上的营收其实和在卤货上的相差无几。而且饮品的制作工序不像卤货那么烦琐，我不想放弃容易挣的钱，去挣那难挣的。

可是我也不能改为专营饮品，因为新街上还有两家饮品店，开业时间都比我早，离我的店只有两三百米。他们的经营面积比我大，均设有堂食的桌椅。而我的经营空间只有几平米，只够作为我的工作区，因此只能做外卖店。镇上的居民更喜欢光顾另外两家饮品店，他们到饮品店是为了打发时间，一般是三三两两结伴去，坐下聊天打打牌。我提供不了休闲的场所，就只能依靠价格的优势，毕竟我的成本也比较低。故此每周二赶集那天我的生意最好，因为来赶集的人喜欢边走边喝，他们不想耽搁时间。

宾川县非常干旱，20世纪90年代的"引洱入宾"工程把洱海水引导到宾川，才解决了这里的用水困难。宾川县同时是大理州最炎热的一个县，至少我感觉比下关热多了。夏天的时候，有赖天气的加持，我的饮品销量还可以。而且饮品的毛利率也比较高。可是入秋之后，天气逐渐凉快下来，饮品就没那么畅销了。至于卤货方面，半年过去了，销量不但没有增长，反而还有所下降。这可能是本地人尝鲜的劲头过了。毕竟镇上的年轻人不多，中老年人对零食又没啥兴趣。而年轻人，尤其是下面村子的年轻人，更喜欢上县城去消费，而不是来镇上消费。因为县城远比镇上繁华，消费选择要多得多。宾居镇的人口分布得很散，有些村子去县城比到镇上来更近。这时我才意识到，假如我只做外卖，到了冬天基本就可以歇业了。开店的时候，我考虑得不够周全，这时我想在冬天改营热食，比如麻辣烫之类的。可是我的店没有空间，总不能让顾客站在路边吃热食。

　　正当我一筹莫展的时候，音响器材期刊的主编又来游说我合伙做网店了。尽管之前的进口零食店没开成，但我和他一直保持着微信联系，他知道我到宾居镇开店的经过。这时他帮我分析处境：宾居镇是个小地方，几乎没有流动人口，市场不会有太大变化。而新街已经修好大半年，我作为首批商户也经营了半年多，从这半年的情况已足以推断将来的前景。我的经营面积小，资金又有限，继续做下去的话，挣的钱比打工还少。而且我每天工作十五六个小时，连读书写作的时间都没有，这并非长远之计。尽管他的这些分析有自己的目的，但我认为并非没有道理。于是考虑了一段时间后，我接受了他的建议。2015年年底，我和合租店面的组长协商，他接手了我的小半边店面，并入到他的烘焙店里。然后我离开宾居镇回到广州，和主编一起做起了网店。

这次开店虽然没有成功，但因为我的投资很小，最后结算时并没有亏钱。当然，我没有把自己的工资打入成本里。我并不觉得浪费了时间。在我看来，人生不是一条通往某个目的的途径，而是所有的经验、感受、思考和领悟本身。因此只要是认真度过的日子，我都不认为是蹉跎岁月。此外，在宾居镇开店的半年多，是我至今仅有的农村生活经验，对我来说是实实在在的增广见闻。由于人口总是从农村往城市迁移，所以出生在农村但了解城市的人很多，而出生在城市但了解农村的人却很少。我发现总体而言，那些没有因为读书或打工而离开家乡的农民，他们的品性和观念更多受到传统和风俗的影响，而不像城市人的精神来源那么复杂。他们看待问题的方式和角度、他们感兴趣的事情，包括上网看的内容等，很多都是我陌生的。和他们交流经常会有出乎我意料的认识和发现。

　　和下关不同，宾居镇的本地人大多是汉族。他们的肤色比较黑，是由于高原上紫外线强，而不是天生就黑。我接触的一些年轻人基本都不务农了，只有在父母忙不过来时才帮一下。他们的营生五花八门：有跑运输的，有盖房子的，有做小生意的，当然也有游手好闲的。他们大多酗酒。在喝酒这件事上，中老年人并不比年轻人收敛。比如在组长的烘焙店帮忙的小姨子，她的公公就喝得很凶。有天他喝醉了骑摩托回家，连人带车栽到了路边的水沟里，幸好只受了轻伤。在农村打老婆好像是一件寻常事，人们并不因此大惊小怪。这个公公也打他的老婆。不过他老婆块头比他大，而且他是喝醉后动手，因此每次反倒要被老婆揍一顿。这些都是他的儿媳告诉我的。我还发现在农活上，这里的妇女比男人承担得更多。但我不清楚这是个别情况还是普遍情况。

宾居镇乃至整个宾川县的主产业都是种植业，尤其是水果种植方面，博得了"水果之乡"的美名，还专门创作了若干歌曲对此进行歌颂。县电视台每天超过一半的时间在播放各种栽培营养液的广告，没完没了地念叨什么海藻提取、非洲原料、德国研发之类的广告语。在宾居镇最广泛种植的水果是提子。提子对储存和运输有很高要求，一般收购商会自带工人来装箱，果农则只负责采摘。但采摘也不容易，既不能伤了果子，又要保证速度。因为采下的果子要立即运走或送进冷库，不能在烈日下耽误时间，所以果农一般采取互助的方式：谁家要采收提子，就提前打一声招呼，到那天大家一起去帮忙，完工后东家招待一顿饭。于是我也跟组长的小姨子说，她家哪天要收提子，就把我喊上，我想去帮忙。但她当即就拒绝了我。因为我从没下地干过活，她怕我造成的破坏比帮上的忙还大。

我发现本地人普遍不重视教育。可能他们意识到，通过接受教育改变命运的，只有成绩最好的那百中之一或千中之一。没有那样的天赋还是早点干活好，以免被耽误了人生。而且在教育上，这里的家长既无力指导孩子，又找不到家教资源。所以除非孩子真的特别优秀，否则大多不会选择升学之路。我了解到这些是因为组长的老婆就在小学里做老师。她几乎每天回来都要诅咒那些不配合的家长，以及作为报复她是如何为难他们的。她小小的身躯里充满了恨意，以至于有时面目狰狞。我甚至产生这样一种感觉：她的学生普遍不爱学习，或许是被她这副狰狞的面目吓到了。

当然这么想可能错怪了她。我相信有些家长确实轻视教育、轻视学校，乃至轻视作为教师的她，还为她增添了额外的麻烦。而她就是那特别优秀的百分之一，考上了位于昆明的云南师范大学，最后回到家乡从事教育工作。至于她算不算改变了自己的命运，那就仁者见仁、智者见智了。她唯一的亲妹则资质平平，读完初中后帮家里干活，很早就结了婚，已经有一个孩子，现在来姐夫的烘焙店里打下手，每天边干活边和我聊天，帮助我了解农村的方方面面。此外我和她老公都帮她批改过学生的作文。我发现超过一半的学生作文其实抄袭自作文选，甚至有不同的学生摘抄了同一段的情况。这些抄袭作文很好分辨：内容一般都脱离孩子的实际生活，空洞地抒情或说理，但着眼点很高、大局观很强。组长的老婆告诉我，不必太认真对待这些作文，因为毫无意义。她好像也有一两个喜欢的学生，并且只认真对待那一两个学生。

"创业文化"

回到广州后,我住到了主编的工厂宿舍里。他的工厂原本有男女宿舍各一间,各有八个床位。可是这时男工已经全部流失,剩下来的都是女工,因此男工宿舍是空的。后来他们新请了个厂长,我才有了一个舍友。

说起来这是我第二回做网店了。上一回是2011年,我独自做女装店,当年淘宝网还一枝独秀。这会儿已经是2016年,京东早已强势崛起,拼多多也渐露峥嵘。这次我们是三个人合作，除我和主编以外，还有一个我俩当年的女同事，她和主编这时是情侣关系，不过我在回到广州前对此并不知情。主编和人合股开的工厂生产倒车摄像装置，他已在汽车用品行业打拼了近十年。但出于内部和外部的多种原因，这时他的工厂已濒临解体。他打算趁机撤出制造业，改为从营销策划方面切入。实际上他已吃够了制造业的苦，也受够了他的合伙人。我回到广州后，他几乎没有一天不向我吐槽他的两个合伙人。他想换一批合伙人重新创业，这次他要做大股东，要手握决定权。以上是他游说我和他合伙的前因。

作为这次创业的主导者，主编已大致构想好我们的经营内容和方向。他提出做汽车香水，因为这类产品利润高、生产工艺简单，而且他认识这行的人，可以为我们提供帮助。我们先注册了公司和商标，然后从淘宝企业店做起。开始的时候，我们到批发市场进货，并放在淘宝店上销售。按照主编的规划，销量和经验积累到一定程度后，我们就找厂家做贴牌，打上自己的商标。最后一步则是自己设计产品。不过主编说，走到这一步只是我们的起点。他要做的其实不是一个汽车香水品牌，而是一种文化，或者说一家互联网企业。以上这些都是他的原话。说实话，直到最后我都没搞清楚他的具体想法。我们的合作是一次失败的尝试，一年半后我们分开时，甚至都没有到达他设定的"起点"。

当年有一个很火的创业播客，我从云南回到广州后，主编很热情地向我推介这个播客。原来之前我在上海打工、后来回云南摆摊和开店时，他已经迷上了这个播客。就我个人的看法，这个播客表面在分享一些趣味知识和观点，但内里却在包装一种所谓的互联网思维，以此作为营销的手段，通过鼓动人创业获得粉丝。这个播客的粉丝以中青年男性为主，尤其是那些面对经济上的压力和机遇渴望通过创业改变命运的人群，而主编恰好归属此列。

坦白地说，他们把创业描述得充满智慧和乐趣，把一些我不喜欢的营销手段美化为高超的智力游戏甚至玄学，同时他们又强调成功的可复制性，仿佛每个人都可以成为乔布斯，否则就没人听他们授业解惑了。主编却认为这些是励志。他借给我一些创业书籍，这些书他读得津津有味，认为我也会从中获益良多。但我读完却觉得这些大多是在炒作概念，夸夸其谈，脱离实际。作者不过擅长说一些听起来似乎有启发性的聪明话，未必真有创业的能力和经验。比如里面对成功案例的分析，就常常刻意放大一些新颖概念的作用，而对一些不那么新颖也不太能复制的决定性因素省略不谈。

受了这些创业宣传的鼓动，当年主编的精神状态总体是乐观积极、热情好辩。他向我讲述他的创业理念时，表情和腔调不由自主地模仿着那名主播，也从不掩饰自己对他的崇拜。他知道我写作多年，却没取得任何成绩，就提醒我总结失败的教训。他完全善意地建议我向主播学习，这让我觉得有点莫名其妙。他解释那人是一个文化事业中的英雄，而我写作也和文化相关。照我的理解，他的意思可能是：那名主播把创业当作一种文化来传播，这提升了创业的内涵，就像乔布斯重新定义了手机一样，我也可以从中得到启迪，使自己的写作获得某种成功。他作为那名主播的粉丝，也把自己的生意当作一种文化来对待。可他要不就是不清楚我的写作和创作有什么区别，要不就是认为在创业压倒性的重要价值面前，我的写作无论有什么意义都不值一提了。或许这确实是一种无知和自大，但也包含了对我的善意——一种觉得自己比对方更成熟和智慧，因此也比对方更清楚对方需要些什么，继而从为了对方好的动机出发的家长式关怀。

主编喜欢夸夸其谈，他自己也认识到这点，有次他向我解释：创业就是要有这种心态，如果你自己都不相信自己，又怎能让别人相信你？我对他的这些描述很容易令人产生误解，所以这里澄清一下：他不是个方方面面都幼稚的人。他经商近十年，克服过无数困难，经历过起起落落，纳过的税远比我多，对社会经济的贡献远比我大，还是两个孩子的爸爸——光是最后这点我就永远做不到。他对很多事情的认识要比我深刻，比如对经济、体制和普遍的社会现象等方面，也肯定有很多方面想法比我复杂。（好吧，事实上我认识的大多数人想法都比我复杂。）同时对于创业，他远比我投入和认真。公平地说，我在这里提到的关于他的一切，都只是我的一面之词。他肯定不会认同我上面说的大部分内容。因为他和我在观念上分歧很大，看事情的角度和结论自然也大相径庭。但我们的交情并没因为这些分歧而受到损害——起码在当时没有——我和他的合作不需要在思想层面上达成一致。

其实2016年的淘宝网已经发展到流量瓶颈的阶段，在越来越难开发新流量的背景下，平台转而花精力提升产品和服务的品质，以此拉高整体的客单价和总成交额。正是在这段时期，中高端品牌和卖家得到了更多机会，而大量被冷落和压缩了生存空间的中小卖家则陆续转战拼多多平台。因为当年形势逼着淘宝网往高处走，拼多多才得到了发展的空间和资源。那些被淘宝网清退的低端、无牌或伪劣产品，利润其实已经低于淘宝网的流量成本，因此几乎都被拼多多接收了。

从实际情况来看，无论我们心气有多高，但我们的资本决定了我们属于中小卖家。然而当时我们对拼多多非常陌生——我们三人都没有注册过拼多多的账号。因为看到拼多多上很多产品便宜得吓人，就认为拼多多是一个低端产品的倾销平台。这种看法或许不是完全没有道理，但主编脑里想的却是把生意当作文化来做，这和依赖低价、走农村包围城市路线的拼多多格格不入。因此我们从头到尾就没考虑过拼多多。

今天回过头看，当年我们犯了很多错误，主要是看不清大形势和自身的条件。我们花了大量精力在网店的内部优化上，其实该做的我们早就做到了，而多做的工作则毫无意义，纯粹是浪费时间。我们没有抓到问题的症结，以为自己得不到免费流量，是因为"内功"没做好。殊不知淘宝网已经不给中小卖家免费流量了。我们销售的产品都是从批发市场进的散货，都没有代理权更别说独家代理权，其中大部分甚至是连商标都没有的"三无产品",平台上和我们卖同款产品的店家多如牛毛。像我们这种缺乏原创和个性、纯粹倒买倒卖的小卖家,在2016年已被淘宝网视为糟粕,很难再获得平台的资源和扶持。这就像我们是一条鱼,却不好好地游泳,成天在琢磨自己为啥飞不起来。

尽管淘宝网上不花钱也能开集市店和企业店,但那其实是在浪费时间。要知道时间也有价,甚至还很昂贵。所以免费的流量得不到,我们就花钱买流量。比如直通车和淘宝客这两个工具,性价比虽然很低,但可以用来测试款式或打破僵局。

做网店不能凭感觉,一切要以数据为准。新品一般没有数据,这时可以用直通车展示,收集点击率、转化率等数据,然后择优推广。这个过程肯定要花钱,而且花得少的话,数据样本量也小,据此做出的判断就未必准确。淘宝客则相当于找一群网络推销员帮你推销产品,然后按成交额支付佣金。但你的产品没有很大的销售潜力,或佣金比例设置得不够诱人的话,淘宝客一般都不想理睬你。像汽车香水这种相对冷门的品类,就很难找到淘宝客接单。在我看来,这两个工具不是常规的营销手段,而是短期使用的数据增幅器。因为淘宝网的搜索算法会自动分析每个产品的展示、访问、成交和售后等环节共几十项数据——好的产品在增幅后数据表现也好,搜索算法会加速识别其为优质产品,继而在搜索展示中得到更多机会,由此进入良性循环。差的产品在增幅后数据表现也差,搜索算法会加速识别其为劣质产品,继而在搜索展示中机会越来越少,直到最后被淘汰。当然，刷单可以在一定程度上改善数据，我们也刷了一些单。不过淘宝网在查处刷单方面积累了很多技术和经验，这导致安全刷单的成本非常高。起码在2016年，光靠刷单已不能把一款产品打造成爆品，除非根本不考虑赢利。由此我认识到，运营网店最根本和关键的一环还是产品本身——一切运营手段必须建立在一个好的产品上，才会发挥出作用。

原本我应该在选品上多下功夫，多到批发市场走走看看，和那里的商家沟通。可是我没能克服对批发市场和商家的抗拒心理，没有负起我本应负起的责任。当初主编游说我回广州时，我还没意识到这份工作需要我去大量地洽谈。而主编也因为缺乏运营网店的经验，加上我们看的一些线上教程出于哗众取宠的目的，对运营技巧有所神化，这令他最初时高估了运营的作用，而轻视了产品本身。于是在开头很长一段时间里，我们基本没淘到什么好产品。接着面对不理想的销售情况，我们又总是在运营方面找原因，而不是考虑更换产品。

或许因为我过惯了节俭和窘迫的生活，哪怕在生意上，我也非常保守，不敢在营销上多花钱。我喜欢精打细算，不喜欢冒险。于是当我显而易见地趋向被动和保守后，我的两个合伙人便提出了更多的主张。我们的分工原本就不明确，名义上我负责运营，但主编从一开始就提出很多意见，这些意见有的对有的不对，基本都由我来执行。渐渐地我也不愿意说出自己的想法了。因为说出想法就要和他们辩论一番，主编把这叫作"头脑风暴"，但我觉得这些辩论相当无聊。此外为了省钱，最初我们没把售后工作外包出去，为此我打了很多处理中差评的电话，这些电话打得我胃痛发作。事实上我两段运营网店的经历都伴随着胃痛。

就这么过了大半年，我提出想退伙，因为我不喜欢这次合作中遇到的很多事情，我再也不想经营什么网店了。可是主编软硬兼施地劝我留下来。他一方面要求我对他们负责，另一方面又向我描绘他构想的美好前景。我拗不过他，只好又干了几个月，不过这时我对待工作已非常消极。到了2017年5月，我终于和他们分了手。这时我的积蓄已所剩无几，我不敢再耽搁，立刻上"58同城"找工作。很快，大约就过了两三天，我找到了一份在德邦的货运中转场做理货员的工作。这份工作是长期夜班，工作内容是搬运、分拣和打包货运快件。几年后我才从网上了解到，我入职的顺德陈村德邦，是国内最大的一个物流枢纽中心。

重建自我认同

从 2017 年 5 月到 2018 年 3 月,我在德邦的货运中转场上了十个月的夜班,每天晚上 7 点上班,早上 7 点下班,每个月休息四天,工资四千八左右。这份工作比较累,不仅是体力活本身对体能的过度消耗,长期日夜颠倒也令身体得不到正常的休养。这段时期我平均每天只能睡四个小时——不是我不想睡,而是白天睡不着。因为是流水线作业,上班时我们不能无故停下,快去快回地上个厕所还可以，坐下休息则绝无可能。甚至从晚上9点半到第二天早上7点的这九个半小时里，公司都没有给我们安排用餐时间。换言之，公司是要我们饿着肚子干活。而这只是平常的情况，遇到电商平台大促时我们还要加班。比如2017年的"6·18"那天，我们就加班到早上10点多。而且加班也不让我们去吃饭。因为加班意味着货物处理不过来，货场上已经出现堆积情况，这时当然更不能放我们走。所以我每天都随身带着饼干去上班。我还买了一只三升的水壶，夏天每晚要喝掉满满一壶水，但一般只小便一次，甚至还试过完全没小便——喝下去的水都从汗腺排出了。我的T恤和短裤常常连续几个小时完全湿透。

我是德邦的正式工，不是外包公司的临工，但劳动合同却是和第三方劳务派遣公司签——只有组长以上级别才能直接和德邦签合同。这是行业普遍的情况而不是只有德邦这样。当时我们的工作地点在佛山，公司却帮我们购买深圳的社保，所以我们看病买药从来享受不到医保的福利，公司也从没把医保卡发给我们。工人很可能不受到劳动法的完整保护，但是我起码问了二三十个同事，他们对此都漠不关心。

物流工作是争分夺秒的，每天半夜发往不同城市的货运计划排满了时刻表，我们的工作稍有懈怠，一批快件就可能要在货场多滞留一天，工人的吃饭和作息很难兼顾，这个活你不干，还有大把人来干。

我组里的同事主要来自贵州、四川、湖南、广西、江西以及广东省内，其中来自贵州的人数比重较大。开始时这很出乎我意料。我记得早年广州的外来工约有一半来自湖南，其次是广西、湖北、河南、四川和江西等。而贵州的外来工原本很少，几乎碰不到。因为贵州到广东的交通不方便，费用也不便宜。后来和这些贵州的同事聊天我才知道，2015年贵阳到广州通了直达高铁，票价只要一百多元（今天已涨到三百多元），所以来广东打工的贵州人才多了起来。这大概又是全国一盘棋的宏观战略。因为广东缺劳动力，而贵州缺工作岗位，两省在人力资源和就业机会上正好互补，这就叫"办法总比困难多"。所以那些人才会说：这个活你不干，还有大把人来干。不过话又说回来，不是每个想干这个活的人，最后都能坚持下来。总的来说，到我们这儿来应聘试工的人，最后会留下来的也就一半左右。

和之前做网店相比，德邦的这份工作才是我的"舒适区"。在这里我不需要和人交际，只要埋头苦干就行了。体力劳动不涉及价值判断，它和脑力劳动不同，我对于工作的内容，以及干活的方法、目的和意义等，不存在认不认同的问题，因此我不会产生抵触情绪。此外每天把力气用光、筋疲力尽地下班，对我的精神也大有益处。我实实在在地感觉到了自己的劳动价值。当我把一件货物从这边搬到那边时，这种价值不是抽象的——它比脑力劳动的价值更即时、直接、具体和诚实——我领到的每一分钱都因为我付出了力气。

我们货场工作区的面积为六点七万平方米，约等于九个足球场大小，底下垒起了约一米高的平台，我们就在平台上干活，而货车则停靠在平台边上等待装卸。概括来说，我们货场的任务是把本地揽收的货物快件，按照不同的发往目的地进行卸车、分拣和装车，同时把外地运来的货物快件，按照不同的下级中转场或营业站点进行卸车、分拣和装车。其中负责装卸车的工人最累，但挣得也最多。叉车工则相对轻松，只是操作叉车搬货，而不是人力搬货，负责把卸货区的货物传送到分拣区，以及把分拣好的货物传送到装车区。不过货场上需要传送的货物数量和种类非常多，叉车工的收入完全计件，要机灵且脸皮厚才能挣到钱。而我从事的理货是货场上人数最多的岗位，负责货物快件的传送、分拣、拆包和打包等工作，尽管收入不高但胜在稳定。

在物流园上班确实很利于攒钱，因为每天干活累且时间长，平常没机会也没精力去花钱。我们物流园在佛山市顺德区陈村镇，位置比较偏僻，周围没有什么消费场所，物价也远比市区低。我住的单间月租四百块钱，公司饭堂十块钱能吃饱（肉菜称重，米饭和汤免费不限量），所以我每个月都能攒下三千多块钱。我总共干了十个月，虽然春节时花了些钱，但也差不多攒下了三万元左右。

2018年3月，因为私人原因，我辞掉了德邦的工作，从广东搬到了北京通州。还是通过"58同城"，我在顺丰找到了一份快递员的工作。去到北京的第五天，我已经在顺丰试工了。很多人说送快递累，其实远没夜班理货那么累，而且收入还更高。早知道我之前就该去送快递。我原本以为快递员要频繁地和客户接触，甚至可能要招揽业务，而我对此有所抵触。结果干下来才发现，我应付得还不错。其实负责居民区的快递员根本不用招揽业务，我们的主要任务是派件，有人要寄件的话会主动找我们。单纯的事务性沟通并不会造成我的精神负担，只要工作中我不必求人，我就不会有压力。相反每天都有客户向我道谢，这种被人需要且自己的劳动被立即认可的感觉真的很好。

我在顺丰干了六个月，然后又跳槽到唯品会自营的品骏快递。这次跳槽有很多方面原因，或许是我运气不好，在顺丰被分配到一个六十多人的大站点。因为站点人多、负责的区域面积大，到站的快件量也大。于是我们每天早上光卸货、分拣、装车（三轮）和开往各自工作小区所花的时间，就要比一般的小站点多大半个小时。此外顺丰因为要提高收派件时效，每天运来站点的待派快件有五批，同时拉走揽收快件四批，这就是所谓的"送五收四"。作为对比，通达系一般每天"送二收一"。但我们大多数人的工作区域离站点太远，只能靠接驳面包车频繁转运，这挤压了我们的派件时间，也拉低了整个站点的服务数据。

当时我们站点的各项服务数据，每个月在北京的两百五十几个顺丰站点里名列倒数。但是因为租不到合适的仓库，公司没有从根本上解决问题，即把我们站点拆分，而是派了个督导员下来，和我们主管共同抓管理，通过强化纪律来提高服务质量。这导致我们方方面面的要求非常严，尤其是每周还要开两到三次晚会。原本我们就要从早上7点干到晚上8点多，碰到开晚会的时候，更要拖到晚上11点多才下班。这就相当于我一天里有十六个小时都投在工作上了。尽管在这十六个小时里，我不是每分每秒都在干活。可是闲着的时间散碎且短促，我们顶多只能在路边的树荫下乘凉短憩，却无法利用这点时间来做别的事。我觉得这对我的时间占用太大，而且顺丰的工资并不比别家高。那么既然有更好的选择，我想实在没必要在顺丰死磕到底。事实上我离职后不久，那个顺丰站点就拆分了。

2018年9月，我入职了品骏快递。当时我没有料到，自己会见证这家公司的解散。在品骏干活要比在顺丰自由得多，首先下班后不用开什么会，其次工作中也没那么多要求和限制，尤其是不会有管理人员每天打电话来提醒我手上有几个快件即将超时。在品骏快递，当天的快件当天送出去就行了，没有具体的时间限制。而揽收唯品会的退货虽然有时间要求，但相对比较宽松，不会像之前在顺丰时，经常碰到早班货绝对无法按时送完的情况。

不过因为单位区域的快件量相对小，品骏每个快递员的负责区域非常广。我在顺丰的后期，其实就只负责一个半小区，总共不到二十栋楼，外加一个工地。这还是因为我工作所在地颐瑞东里已经靠近六环，那里的人口密度较低。要是换了更靠近中心的城区，每个顺丰快递员可能就负责一个小区里的几栋楼而已。但是在品骏，我一个人要负责八个住宅小区、两座写字楼、两个大型商场和两个创业园，以及无数的沿街商铺。因为我要在路上花去不少时间，所以在品骏，我平均每天的收派件量只有一百件左右，遇到平台大促时也只有两三百件。为此我们的单件派件费要比其他快递公司略高，否则公司就请不到人来干活了。我们公司其实一直都靠唯品会输血，而这也是我们最后被解散的原因：我们的快件量始终提不起来，导致单件派送成本过高。

我在品骏的平均月收入七千元左右，和附近送餐员的平均收入差不多。但干送餐要自备电动车，而且经常要一边接电话一边逆向行车或闯红灯。事实上送快递远比送餐安全，我就目睹过好几次送餐员的交通事故。有的人可能以为，送餐员出事故是因为他们贪心，假如他们愿意少干点、少挣点，严格遵守交通规则，那就不会有意外了。然而事实并非如此。送餐员的单件报酬并不固定，而是采用分级制。比如你这个月送了一千五百单，每单的报酬就是八块；送了一千二百单，每单的报酬是七块；只送了一千单，每单的报酬就只有六块……所以你少送一点，可能不是比别人少挣一点，而是少挣很多。你的领导可能也不喜欢你，因为你拖累了站点的数据表现，并且在高峰时段不能有力地分担订单压力。那这份工作你干着还有啥意思？说白了就是不适合你。与此同时，平台对每个订单的时效要求，是通过大数据分析得出的。也就是说，你的同事都在逆行闯红灯，算法就会判定逆行闯红灯所达到的时效是正常水平，并且也以此来要求你。假如你达不到，订单超时了就要被扣钱。久而久之，那些动作慢或遵守交规的送餐员，因为挣得越来越少，最后只好另谋出路，留下来的则都是玩命的。这些玩命的为了多挣点，会一天比一天更玩命，平台算法也随之一天比一天提高对所有人的要求。这时你加入这个行业，身处这种环境中，面对的就不是能不能保持定力、控制贪欲的问题，而是这份工作适不适合自己的问题了。

我在品骏快递总共只干了一年零两个月，到了2019年12月，唯品会解散了这家全资子公司，包括我在内，全国四万多名品骏快递员全部被遣散。我领到了公司的"N+1"补偿，加上最后一个月的工资和退回的押金，合共约三万块钱。这时我手上大约攒到了十万元，是我人生至今为止的财富巅峰。恰好也是在这个时候，首轮新冠肺炎疫情从武汉爆发，一时间人心惶惶、百业萧条。2020年春节过后，通州区街上的行人减少了至少三分之二，公交地铁也不再拥挤，很多我熟悉的商铺陆续倒闭。这种状况直到2020年下半年才逐渐缓解。

自疫情后我就没有上过班了。很幸运，这时我的写作有了一些读者，签了出版合同，也收到一些稿费。2021年9月，我搬到了成都，并居住至今。不得不说，不上班的感觉真好：每天睡到自然醒，想喝水的时候可以喝水，想上厕所的时候也可以上厕所。之前我在送快递时，因为上厕所不方便，每天早上我根本不敢喝水。饶是如此，还是有很多次，我被迫钻进小区角落的树丛后面小解——当基本的生理需求都得不到保障时，文明不过是一种奢谈。

在这部围绕我工作经历的自述里，我记录了自己从学校毕业至今，合共约二十年里从事过的每一份工作，以及我的一些经历、见闻、思考和感受。尽管已经发生的事情无法改变，但我不想辜负自己走过的每一段路。那些当年没有来得及消化的内容，值得我今天重新去审视。除此以外，有些事情一旦写下来、坦露在阳光下，就会变得容易面对和克服。无疑我身上有很多局限，有些我能意识到，有些还没意识到；有些我希望克服，有些则似乎保持也挺好。对于有些我不认同、不喜欢的人和事，我就要尽量和他们"对着干"。我说的"对着干"不是指和他们对抗——我这辈子很少和人对抗——而是尽量成为和他们相反的人，尽量以和他们相反的方式和态度处世。这不是是与非的站队，也不是利与害的计算，而是在美与丑面前的自爱和自重。

和年轻时不同，今天我看待很多人和事时，更看重美与丑，已不太关心其中的是非对错。在我看来，庸俗是一种丑，狭隘是一种丑，虚伪是一种丑，傲慢是一种丑，自私是一种丑……人生的方方面面都关乎审美。因为美统率真和善，也本质于真和善。而写作（也包括阅读和思考）对我来说，是亲近和向往美的途径。在写作中，我渐渐看清楚真实的自己，并反省自己，也学会了肯定和爱自己，并由此通往内心的平和、坦荡、充实和满足。今天我提到职业无分贵贱时，不是在自我安慰或自欺欺人。不同的职业当然有不同的重要性，但职业本身没有哪种相比其他更高贵或卑贱——人的尊严不是由其职业，而是由其整体的言行信念所构成。而卑微在我身上如影随形，恰是因为我始终坚信自己的高贵。这就像有些人表现得很傲慢，恰是因为其内心很自卑。无论如何，我已经走到今天，我希望正视自己的缺陷和错误，但不会以否定和消极的眼光看待自己走过的路。因为照目前的情形来看，我还会继续走下去。

显然，我也没能免俗，在全书的结尾总结了一段文字。这些都是我今天的信念，并非与生俱来，也经历了从浑浊到清澈、从怀疑到坚定的过程。或许听起来有些像鸡汤，其实如果我可以选择，我希望没有出生到这个世界；如果我有孩子，我也希望他（她）的人生不要像我的。只是和所有人一样，当我开始思考这些问题时，我已经在这个世界上了。如果我不存在，当然就不会思考——只有存在的人会思考存在的意义。这像是一个悖论，或是一个恶作剧，尤其是当得出的结论是存在并无意义时。可是如果答案只有一个，即存在肯定有某种意义，那么这才是真正的鸡汤。我觉得人生就像一种疾病，天然地存在种种病症或缺陷，因此并不完满。至少我没见过完满的人。这种不完满永远无法完全弥补。而我的所有努力，都建立在这一认识上。

在德邦工作时我的右手（摄于 2017 年）

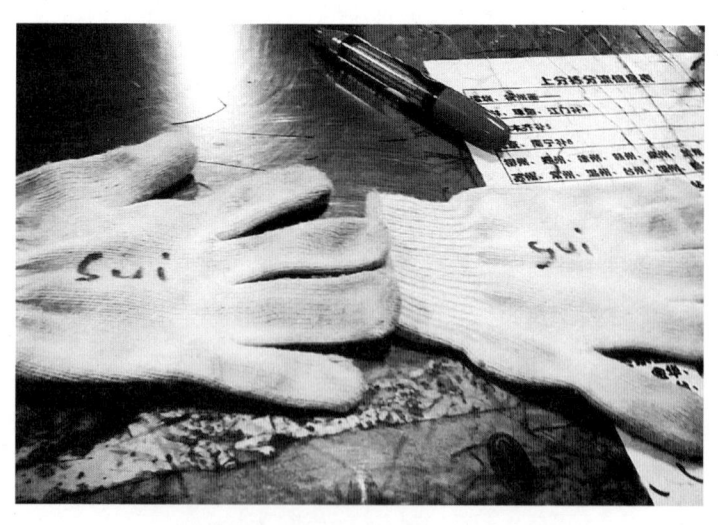

给分拣台上我的手套做的记号（摄于 2017 年）

临河里站点早上卸货分拣（摄于 2018 年）

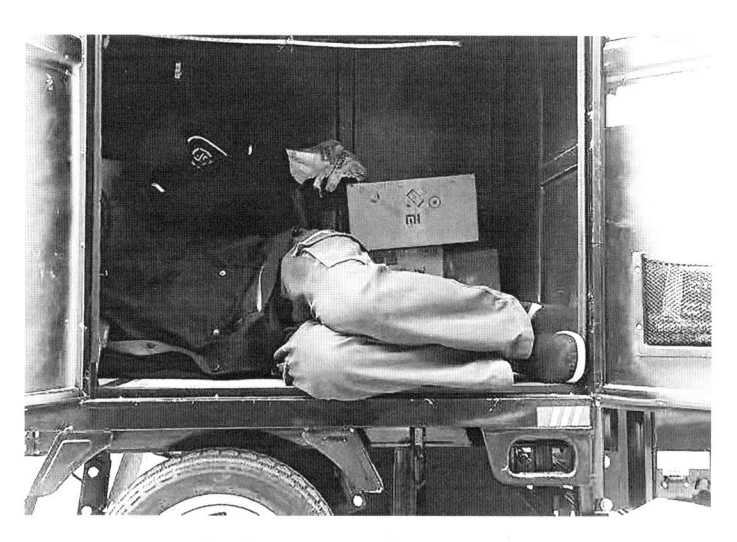

滨江帝景小区外试工（摄于 2018 年）

后记(一)

大约是2016或2017年的某天早上,我母亲独自去我家附近一个大型菜场买菜,按照她事后的讲述,她在一个摊位上挑了几只西红柿,菜贩称好重后,她掏出钱包来付钱。我母亲的动作总是不徐不疾,不太高效。她是个有条不紊、极少犯错的人。尽管她的钱早已按照面值大小排序叠放,但因为她的零钱包很小,纸币要对折两次才能塞入。我根据过往无数次目睹的情形,想象那天她应该也是一板一眼地先把钱抠出来——那都是些小面额的纸币——然后在指间抻开,再拈出一张、两张、三张……直到凑够数目。与此同时,她还会把每张钱的面额读出来。比如说,假如要付的金额是八块五,她就会数:"五块,两块,一块,五角。"然后伸手递出去,再叮嘱一句:"你也点一遍吧。"从来没有商家会再点一遍她的钱,因为人家早就数得一清二楚了。

那天我母亲付过钱后,提着菜贩交给她的袋子就回家了。回到家后她打开袋子,发现里面的西红柿被调了包,换来的几只都是软绵绵、眼看就要坏的,已经无法食用了——起码我们不会吃那样的西红柿。她很生气,无法相信会发生这种事。她当时快七十岁了,头发早已花白。恰好那天我在家里,在听了她说的事情经过后,我让她带我去菜场,找那个菜贩解决一下。我也很生气,甚至想砸了那个菜摊。

然而母亲没有答应我。尽管她很生气,但似乎不知道该采取什么行动。或许我的气愤反倒令她冷静了下来,甚至变得有点儿胆怯,可能她担心我会做出过激的行为。而那个菜场很大,光是卖西红柿的摊位就有十几个,只凭她前面讲述的内容,我无法找出那个菜贩来,否则我可能撇下她自己就去了。

我对母亲说,一定要让那个菜贩受到惩罚。但是母亲气愤归气愤,却始终没有回应我的要求。她把装着西红柿的袋子拿起又放下,在厨房里转来转去。终于,她做出了决定,对我说:"你不用跟我去,我自己去找她,跟她再买一份西红柿,然后把这袋坏的还给她,告诉她这么做不对。"

听到她这么说,我瞬间被激怒了。我知道这不是一句以德报怨那么简单,我对她的这种反应实在太熟悉。我感到屈辱、难过、愤怒,甚至是痛恨。我问她:"你为什么要再买一份呢?"她回答:"因为我要吃。"可是我的意思显然是:为什么不理直气壮地去换回来,而是要再掏钱买一份?实际上我清楚她的心理和想法,她的这种反应本该在我预料之中。如果我足够冷静的话,我和她的对话就会像自己和自己对话。我和她其实很像,在某些方面,但又激烈地对立——她做过的很多荒唐事,我都做过性质一样的。所以与其说我痛恨她,不如说我痛恨自己身上和她相似的那些特质。

我接着问她:"那你为什么不到别的摊买,而要再跟一个骗子买?"她马上义正词严地说:"因为我要让她知道,她这么做不对!"我问:"既然她做得不对,你为什么不叫她换给你,而是再付她一次钱?"母亲不回答这个问题,她低下头收拾手边的东西,意思是谈话到此结束。她的这种态度令我更加生气。于是我指责她败坏公德——那个菜贩不会因为她的"高尚举动"而羞愧,而只会为她的愚蠢和懦弱愈加得寸进尺。我说假如我们不惩罚她,下次她还会用同样的方法欺骗其他老人。最后,母亲没有去找那个菜贩,那袋坏的西红柿她扔了,这件事就这么过去了。

但它在我心里并没有过去——这里面包含了很多内容,和西红柿无关,和菜贩无关,而和母亲为什么做出那种反应有关。同样的问题也曾长期地困扰着我，甚至至今仍在困扰我。毋庸讳言，我和母亲的关系很复杂，我知道她爱我、关心我，我肯定也爱她、在乎她。可是与此同时，我和她没办法好好相处。如今，我们每年只见几次面，关系反倒融洽了许多。

我记得自己还小的时候，一直很崇拜母亲，经常为她感到骄傲。因为她总是以身作则，牢牢地站在道德高点，并且和大多数人相反，她对自己和家人严格，对外人却和气宽容。她的逻辑性强，擅长讲道理，更难得的是她言行一致，总能自圆其说。于是在那个年代，一般人根本没法从她身上挑出任何道德瑕疵。而和她的高风亮节相比，我身边小伙伴们的父母都显得粗俗贪婪、自私自利，既不懂道理，又缺少尊严。

可是到了二十几岁后，因为在社会里吃了苦头碰了钉，我对父母，尤其是对母亲的感情发生了一百八十度的转弯。我怪她脱离现实，活在自己被灌输的理想世界里，秉持一套荒唐可笑的道德准则处世为人，这导致她根本没有为我进入真实的社会提供任何指导。我刚踏入社会时，虽然已将年满二十岁，心态和观念却幼稚得像个小学生。我琢磨不透同龄人在想些什么，也吃不准他们会对各种事情做出怎样的反应。

我母亲完全相信个人的价值只体现在对社会的贡献上，假如一个人脑子里只想着自己的私欲，那么哪怕他通过合法的手段去追求，在我母亲看来可能也是可耻的，或最起码是可疑的。因而她对我的培养，从不鼓励我去追求个人的满足或实利，相反倒时时提醒我要克己和自律。只要我对这个社会有用，那么无论我在别人眼里是多么卑贱、愚蠢、无能和懦弱，她都会对我感到满意——当我处在二十几岁的年龄，每天吃着现实的哑巴亏时，我真的没办法认识到她身上的这点有多么宝贵——这其实就是一种虔诚的信仰，尽管她是个无神论者。

母亲从没帮过我规划人生，甚至她都没有这种意识——人生还需要规划？社会需要我们做什么，我们就做什么嘛，至于能得到多少回报，那根本就不重要，社会不会让一个勤劳的人饿死！所以，无论我是去酒店实习，或是去加油站上班，她一律感到高兴和欣慰。换言之，她从不对我提任何要求，她不需要我对她的物质回报，也不会为我定立升官发财之类的目标。甚至对于成家立室和生儿育女，她也只是偶尔提醒我一下，远远谈不上催促，更别说强迫了。于是我既没有来自家庭的压力，又缺乏从欲望中迸发的动力，我早年的人生便过得自由散漫、茫无目标。我的晚熟是多方面的：我比同龄人更晚看清楚这个社会是什么，也花费了更多时间去寻思自己想要些什么。

今天，我渐渐庆幸于自己的这种晚熟，这是我的父母以及家庭教育以一种阴差阳错的方式给予我的馈赠。或许一个人很早就具有一种目的意识，人生确实会过得更高效，但未必会更丰富和深入。因为当人眼里盯着一个目标时，其他的东西就看不到了。

这部非虚构自述原本以连载的方式发布在黑蓝文学公众号上，从 2021 年 12 月开始写作，到 2022 年 7 月结束，总共历时大半年，期间我对它的认识和构想也经历了一些变化。它是我对自己精神成长的一次回顾和梳理，其中的一些价值表达，只是我对自己"自我"的一种确立，而不是要向人提倡那些价值。我希望它们能触动读者对人生的可能性的开放性思考，而不是给出"对"与"错"的答案——因为人生并无一个标准的答案。

胡安焉

2023 年 6 月

后记(二)

我一直视自己为小说写作者,尽管没有出版过小说,甚至没有持续地写作,但哪怕是断断续续地写,打一阵工写一阵,我也从没偏离过小说的方向。在2020年之前,我没想过要写回忆录或自传,更没想过这些可以出版。在意外受到关注之前,我不知道自己的某些经历有那么多人感兴趣。当读者的鼓励、朋友的邀约、出版的机会陆续出现在我面前时,我觉得没有理由去拒绝。

这三年多来,我进行的自传写作,其实

质是对自身经验的一次回忆与激活、梳理并反思、记叙和交流。过程中我对过往不同时期的自己，以及当时的遭遇和处境等，都产生了不少新的理解、感受和认识。甚至对这一系列写作的意义，我的认识也在不断地发展。

我不是一个暮年的自传写作者，我看待自己生平的眼光不是一种尘埃落定的眼光，我的想法会随着写作的推进而推进、深入而深入。而写下的文本记录了我在某个静止时刻的看法，但我这个人还在向前，认知还在不断发展，看问题的眼光和角度也随之发生着微妙的变化和转移。比如说，对于自己两年前写下的更早年的经历，今天的我已经有了更多层面和不同层次的认识。

2023年3月，我的打工经历自传《我在北京送快递》出版，大概因为这个题材比较受关注，为此我接受了不少采访，也受邀录制了一些播客和视频，以及参与线下的读者分享会。这些事务打破了我原本平静的生活，也中断了我后续的写作计划。不过凡事都有利有弊，我不想过多表达它们对我造成的负担，这些活动都有利于书的推广和宣传，我不能既得了好处又抱怨付出。我只想分享一些收获。

这些经历对我来说都是特殊和陌生的，它们丰富了我的经验、见识和感知，也为我看清楚自己提供了更多角度。和媒体人、读者的交流经常给予我启发，他们有时会从我意想不到的角度，提出一些我从来没有想到过的问题，这推动了我的思考，拓展了我的认知；其中有些问题，假如没有人来问的话，我大概这辈子都不会去想。甚至就连大家对我和我的写作怀有的一些误解，也成为我观察社会的窗口。透过这些误解，我得以观察对方，这常常会给我一些新的启发，让我对世界、对人性产生新的认识。

别看我二十多年来去过很多地方，做过很多工作，经历似乎很丰富，但因为性格内向的缘故，大多数时候我过着很封闭的生活，并未真正扎入到世道人心的旋涡中。同时我又非常晚熟，二十几岁时过得懵懵懂懂、漫无目的，后来遭遇的挫折多了，才渐渐变得敏感多思。

很多采访我的年轻记者认为，我具有对人性和社会现象的深刻洞察力——无论他们是恭维之辞还是发自内心，我都愧不敢当，我想他们可能没有意识到我的年龄。我已经四十多了，我只对一些自己反复或长期遭遇的问题看得比较透，并总结了一些观点，仅此而已。我习惯性用年龄解释我的洞察力，次数太多，这句话都成了我的口头禅，有次一位女记者突然打断我问："为什么你老是提到自己四十几岁？"

当年我在南宁经营女装店时，每天要和很多顾客接触，但我是那种很疏离的人，和自来熟正好相反。有些顾客光顾我很多次了，在对方看来，和我早就是朋友了，但在我看来，我们只是老板和顾客的关系，我只会为她们介绍货品，不会像朋友一样天南地北地聊天，更不会打听她们的生活内容，哪怕她们主动挑起话头，我也是应付一下就打住。记得有一次，一个经常光顾我的大学生，毕业要离开南宁了，她最后一次来商场时，提出想和我拥抱一下，大概是一种道别的仪式吧。可是我却愕然地想：我和你又不熟，只是卖过几件衣服给你，连你的名字都不知道，这样做太夸张了吧？于是我委婉拒绝了："这样不太好吧？"直到几天之后，我才突然醒悟：当时自己的回应不太妥当，人家可能是把我看作朋友的。可是这已经没有办法补偿，因为在那次之后，我就再没有见过她了。

我举上面的例子是为了说明，我的经历看似丰富，实则并没有多丰富，因为我长年回避与人接触、回避与人建立关系，我对世道人心的了解远远达不到通透的水平。而现在有那么多人对我和我的写作——内容恰好又是我的真实经历——发表意见和疑问，这为我提供了许多反向观察的机会。当有人对我表达看法时，其看法中往往揭示了自身真实的某个方面，而形形色色的人和看法加在一起组成了一个有趣的社会观察面。毫无疑问，这段特殊的经历对我的认知及将来的写作——无论是虚构或非虚构写作——都大有裨益。

此外我还观察到一些有意思的情况，随着读者与媒体对《我在北京送快递》这一话题的深入，大家的注意力已经不仅仅放在"快递员"和"北京"这两个标签上，重点已经移向了探讨工作意义和个人价值。新的报道，带来新的切入点，在这种不断迭代的挖掘中，读者与媒体的反应也在相互带动、影响和作用。

对于出版，我感到万分庆幸，我知道大多数写作者都渴望出版，这不仅是经济回报的问题，更加是一种肯定和鼓励。而我的性格很被动，几乎从不进取和追求，反倒经常懒散放弃。写作之初，头两年里我投过稿，但从没得到过任何反馈，后来我就不再投了，写好的小说直接发在网上，反倒有编辑主动来问我要，这样陆陆续续也发表了一些作品。但是出版要比发表困难得多。

这些年来我对待写作的态度，基本是有冲动的时候写一阵，没有冲动的时候就去做别的事情，哪怕在不写的日子里我也并不觉得怅然若失。

不过无论是机缘促使也好，有感而发也好，当我开始写下自己的经历、梳理自己的回忆、消化其中的经验后，我发现自己对一些事物的轻重价值有了更清醒的判断和坚持。我最初选择写作，肯定有一部分受逃避现实的潜在动机驱使，但假如不是借助写作，我大概很难有机会对自己做出那么全面和深入的检视。当写作对我具有了这种意义，它就已经不再是一种被动的逃避，而是主动的"成为"——成为那个更完善的自己。

胡安焉

2023 年 10 月

我成都的书桌（摄于 2023 年）

图书代号　WX23N2206

图书在版编目（CIP）数据

我比世界晚熟 / 胡安焉著. —西安：陕西师范大学出版总社有限公司, 2024.1（2025.5重印）
ISBN 978-7-5695-3842-7

Ⅰ.①我⋯　Ⅱ.①胡⋯　Ⅲ.①回忆录－中国－当代　Ⅳ.①I251

中国国家版本馆CIP数据核字（2023）第164224号

我 比 世 界 晚 熟

WO BI SHIJIE WANSHU

胡安焉　著

出 版 人	刘东风
选题策划	胡杨文化　何崇吉
联合策划	黑蓝文学
责任编辑	焦　凌
责任校对	宋媛媛
特约编辑	杨子铎　介晓莉
装帧设计	朱镜霖　FBTD studio
出版发行	陕西师范大学出版总社
	（西安市长安南路199号　邮编 710062）
网　　址	http://www.snupg.com
印　　刷	北京中科印刷有限公司
开　　本	880 mm × 1230 mm　1/32
印　　张	9.5
字　　数	189千
版　　次	2024年1月第1版
印　　次	2025年5月第3次印刷
书　　号	ISBN 978-7-5695-3842-7
定　　价	55.00元